DEMASIADOS COCHES FÚNEBRES

IMPEDIMENTA NARRATIVA, 309

EDMUND CRISPIN

DEMASIADOS COCHES FÚNEBRES

Traducción del inglés de Alicia Frieyro

IMPEDIMENTA

Título original: *Frequent Hearses*

Primera edición en Impedimenta: junio de 2025

Juan Álvarez Mendizábal, 27. 28008 Madrid

IMPEDIMENTA
Premio TodosTusLibros al Mejor Proyecto Editorial, 2024,
otorgado por CEGAL (Confederación Española de Gremios
y Asociaciones de Libreros)

http://www.impedimenta.es

ISBN: 979-13-87641-09-2
Depósito Legal: M-7977-2025
IBIC: FA

Impresión y encuadernación: Kadmos
P. I. El Tormes. Río Ubierna 12-14. 37003 Salamanca

Impreso en España en papel 100 % procedente de bosques gestionados de acuerdo con criterios de sostenibilidad.

Sobre el linaje una venganza súbita despierta,
y demasiados coches fúnebres asediarán su puerta.

Elegía en memoria de una dama desdichada

CAPÍTULO I

1

Pinche un compás en Piccadilly Circus, dibuje una circunferencia con un radio de dieciocho millas y encontrará los principales estudios de cine —Denham, Elstree y los demás— repartidos por el perímetro. Long Fulton queda al noroeste. Si quisiera desplazarse hasta Long Fulton desde Oxford, lo mejor es poner rumbo a Londres en tren y, una vez allí, empezar de cero desde Marylebone. El viaje por la campiña es largo y tedioso: implica cuatro transbordos —en estaciones de tamaño cada vez más reducido y de antigüedad creciente, de modo que uno tiene la impresión de estar asistiendo a una dramatización de la historia de los ferrocarriles marcha atrás— y, como colofón, un desvencijado autobús motorizado de un solo piso asediado por corrientes de aire. Por lo general, no es aconsejable probar este camino. Que Gervase Fen se empeñara en hacerlo puede atribuirse primeramente a su perversidad innata y, en segundo lugar, a que la primavera era una estación que de costumbre lo sumía en un estado de aletargamiento, así que aquello de serpentear por la floreciente campiña marceña a veinte millas por hora era una ocupación que se compadecía con su estado de ánimo. Si se levantaba a las seis, podía estar en Long Fulton fácilmente a las diez, hora a la que solía programarse el comienzo de las reuniones de guion. Y puesto que, en puridad (el mundo del cine es como es), jamás empezaban hasta las diez y media o las once, tenía tiempo de sobra para tomar un café en la cantina o pasearse entre los cúmulos de estructuras de aspecto decrépito donde criaban entre algodones a los retoños de la productora Leiper Combine, desde su indisciplinada infancia hasta la edición, mezcla de sonido y producción final que precedía a su debut en tal o cual pantalla del West End. La diversión que esta actividad proporcionaba a Fen era exigua, a lo sumo. Se sentía incapaz de contemplar el cine británico como algo en modo alguno indispensable para una vida feliz, y, en consecuencia, su responsabilidad pasajera en los estudios —que consistía en proporcionar información experta sobre la vida y obra del poeta Pope— le pesaba más bien poco.

Fue con ocasión de su tercera visita —un día soleado de nubes volanderas y claridad equinoccial— cuando tuvo primera noticia de la existencia de la muchacha que se hacía llamar Gloria Scott.

A efectos prácticos, los estudios habían aniquilado el pueblo de Long Fulton, cosa que habría inundado de quejas la sección de cartas al director de *The Times* si las pruebas hubiesen permitido argumentar de manera convincente que había existido dolo en el susodicho proceso de aniquilación. Sin embargo, saltaba a la vista enseguida que, tomado simplemente como pueblo, poco o más bien nada se podía decir en defensa de Long Fulton: su arquitectura era uniformemente mediocre, y su importancia histórica y literaria tan ilusoria como para enmudecer a la más osada y exhaustiva guía de viajes. Es más, podríamos afirmar sin temor a equivocarnos que los mismos lugareños se habrían opuesto a cualquier tentativa de protegerlos de la invasión de la Leiper Combine, en la medida en que la edificación de los estudios no solo les brindaba embriagadores atisbos de los ídolos (de identidad variable, pero inalterablemente estimulantes) a cuya adoración se entregaban dos veces por semana en el Regent de Gisford, sino que les permitía sacar de la invasión no pocas ganancias pecuniarias mediante solapadas estratagemas de diversa índole. Como una suerte de Danae vulgar, Long Fulton había sido seducida por la irresistible mezcla de oro y divinidad. Y los lugareños adquirieron la consiguiente e inevitable condición de ilotas, para la cual su naturaleza e instinto estaban admirablemente preparados. Abandonados a sus propios y exiguos medios, habían llevado a Long Fulton al mismísimo borde de la extinción. De modo que les faltó tiempo para rendir su independencia a los estudios, y se habrían plantado como un solo hombre en contra de cualquier plan que pretendiera devolvérsela.

El pueblo tenía los estudios tan cerca que casi resultaban indistinguibles. Se alzaban amenazadores detrás de la iglesia: un extenso apiñamiento de multitud de edificios dispares que bien podrían haber sido las casas de muñecas de un descuidado niño gigante que las hubiese apartado a patadas en un rincón del cuarto de juegos. De cara a la calle se alzaba un intento de fachada, pero tal era su ineptitud para aportar coherencia a las estructuras de detrás que, estéticamente, habría sido preferible una y mil veces ahorrarse el intento. La calle se hallaba saturada por una carga de tráfico para la que no había sido diseñada, y su aire de deterioro encontraba eco dondequiera que se mirase. Los omnipresentes encalados necesitaban urgentemente una mano de pintura; los estragos de los bombardeos (hasta el último momento, el servicio de información alemán se había aferrado con tenacidad al convencimiento de que los estudios eran algún tipo de fábrica de armas) se habían parcheado en lugar de repararse como es debido, y los grandes platós, que se elevaban como gigantescos monolitos por encima de los demás edificios, tenían el aspecto de poder doblarse en dos en cuanto soplara un vendaval. La causa de todo esto, sin duda, era de índole económica —la industria siempre se halla sumida en una crisis financiera u otra—, pero los alrededores no hacían más que acentuar la imperante sensación de desorden, atestados como estaban de aviones destrozados con sumo realismo, casitas de contrachapado medio demolidas, pantallas inmensas de cielos azules, desconcertantes pirámides de arena, pequeños faros y multitud de trastos variopintos.

Tampoco es que la cosa mejorase demasiado en el interior de los estudios. Había grandes grietas zigzagueantes en las paredes; de los desconchones del techo era fácil que cayeran costras de cal y le anidasen a uno en la cabellera; el polvo campaba a sus anchas y la limpieza brillaba por su ausencia; de la multiplicidad de teléfonos que conformaban la mayor parte del mobiliario, al menos una tercera parte se encontraban perpetuamente estropeados. Es más, el espacio poseía una topografía tan irracional y confusa que parecía a medio hacer. Contaba, cómo no, con un puñado de hitos permanentes, como eran el departamento de Sonido y el departamento de Guion, pero por lo demás parecía compuesto de un montón de pequeños habitáculos insulsos, amueblados todos ellos de idéntica manera con sillas, una mesa y el inevitable teléfono, que se empleaban para confabulaciones oficiales y extraoficiales y que tan solo podían distinguirse los unos de los otros gracias a un surrealista sistema de dígitos y letras; huelga decir que dar con cualquiera de ellos sin ayuda era toda una aventura. Entre todos sus defectos, lo que más se echaba de menos en los estudios era, probablemente, un foco central. Una contundente entrada principal podría haber desempeñado esta función, pero lo cierto es que existían tres entradas principales, rigurosamente igualitarias en los servicios que prestaban y sin nada que las diferenciara salvo el hecho de que una daba acceso al lugar al que uno deseaba llegar y las otras dos no; y en ninguna de ellas había un sitio donde uno pudiera informarse o recibir orientación de alguna clase. Para el mero forastero resultaba todo enormemente confuso.

Los meros forasteros, no obstante, eran contados; por razones obvias, la productora no fomentaba su presencia. Y se suponía que los empleados del señor Leiper, cada cual en su órbita y ocupado en lo suyo, podían orientarse sin problema. Desde luego se trataba de una comunidad diversa: innumerables técnicos rumiando huelgas; taquígrafas impecablemente peinadas y de natural desenvueltas y elegantes como las heroínas de una novelista; operarios de cámara; anotadoras; directores más bien jovencitos; productores y directivos trajeados, bien afeitados y más bien maduritos; actores y actrices completamente maquillados; figurantes aburridos como ostras; cantineros, mozos y recaderos. La suma de sus esfuerzos proveería de romances a Wigan; a West Hartlepool, de apabullantes aventuras; a Birmingham y Aberyswyth, de un bálsamo para mitigar las penas de la vida. Merced a los estudios, Jane y George, Sally y Dick, cogidos pegajosamente de la mano, cabeza contra hombro, disfrutarían durante al menos tres horas de inmunidad frente a la guerra y los rumores de guerra; las riñas domésticas y el conflicto social; frente al tedio y la mezquindad y la rutina y la lucha por la supervivencia... En resumidas cuentas, Long Fulton tenía su peso como venero del culto más pujante de nuestros días; y como tal, habría sido razonable esperar de sus acólitos cierto grado de desmesura. Pero, en general, esta gente de los estudios no era jactanciosa. Al igual que Gulliver en el país de los brobdingnagianos, eran muy conscientes de los defectos más miserables del objeto de su ministerio, así que no dejaba de sorprenderles —por no decir que les asqueaba, directamente— la pleitesía que de manera indefectible le rendían sus millones de fieles. Solo en raras ocasiones llegaba a subírsele a alguien a la cabeza aquello de «trabajar en el cine» y, si bien la muchacha que se hacía llamar Gloria Scott padecía de esa clase de delirios de grandeza, ella tenía la excusa de ser joven y, en cualquier caso, era una persona de escasa trascendencia. Es posible que el espanto que causaron su muerte y las atroces consecuencias de esta obedeciera precisamente al hecho mismo de su insignificancia; fue como si estallara una bomba en una zona que las autoridades hubieran decretado sin ambages como totalmente segura…

2

El autobús procedente de Gisford no iba más allá de The Bear, una deslucida fonda a las afueras del pueblo, justo en el extremo opuesto a los estudios, así que a Fen no le quedaba otro remedio que caminar desde allí. En ello estaba la mañana que nos ocupa, transitando por la calle principal, con un ejemplar de *Los embajadores* abierto delante de las narices, cuando un pequeño sedán se situó a su lado.

—Los estudios —dijo una voz desde el interior—. ¿Puede decirme si voy bien para los estudios, por favor?

La mitad de la atención de Fen permaneció con el desaprensivo Strether; con la otra mitad, articuló una afirmación. Tenía intención de ampliar esta última con instrucciones concretas cuando una exclamación lo contuvo.

—¡Profesor Fen! —dijo con cordialidad el ocupante del coche—. Vaya, qué coincidencia tan agradable. ¿Cómo está usted?

Ante esto, Fen se sacudió de golpe el sopor en que le sumía invariablemente la prosa de Henry James, se inclinó hacia delante y se asomó al interior del coche por la ventanilla.

Sentado al volante como un gnomo servicial vio a un hombre menudo de aspecto gallardo y aseado de entre cincuenta y sesenta años, con el pelo entrecano, la cara redondeada y colorada, la barba bien afeitada y unos inocentones ojos azules. De la comisura de la boca le colgaba un purito; un sombrero gris de fieltro coronaba su cabeza; unos lustrosos zapatos marrones cubrían sus pies. Podría haber pasado por un representante comercial próspero y emprendedor con discretas ínfulas intelectuales, y es posible que fuera esa la impresión que buscaba causar, teniendo en cuenta que el camuflaje a menudo le había resultado útil para vérselas con las complejidades de la delincuencia metropolitana. Pero su aspecto traslucía con bastante descaro su verdadera naturaleza: en realidad era, sin artificio alguno, un hombre de mente ordenada, encantador y discretamente cultivado; y aunque estos atributos le eran de indudable ayuda en su trabajo en New Scotland Yard, él siempre se había resistido con éxito a la tentación —una tentación completamente lógica, dadas las circunstancias— de rizar el rizo y exagerarlos hasta el punto de convertirlos en pose.

—Humbleby —dijo Fen, reanimado, y tendió una mano que Humbleby estrechó flácidamente arriba y abajo dentro del coche—. ¿Cuánto hace, dos, tres años?

—Algo menos de dos, diría yo. —Humbleby celebró con un gesto de asentimiento su perspicacia—. El caso Sanford tuvo lugar en septiembre de 1947. ¿Ha vuelto por allí desde entonces? Tengo entendido que al final no consiguió usted escaño en el Parlamento. Menos mal. ¿Se ha enterado de que Myra…?

Pasaron un par de minutos cotilleando sobre el caso por el que se habían conocido. Quizá el lector lo recuerde: la historia de la exprostituta a la que envenenaron con el correo. Entonces Fen, cansado de repente de estas reminiscencias, dijo:

—Pero ¿qué lo trae a los estudios? ¿Algún asunto policial?

Humbleby asintió.

—Algo así. Es lo que usted, si no me equivoco, denominó en otra ocasión «vacaciones criminológicas». Pero no es nada del otro mundo, por lo que se ve de momento… ¿Por aquí voy bien a los estudios, ¿verdad?

—Son esos de ahí —señaló Fen—. Esos caprichosos edificios blancos detrás de los árboles. La verja de entrada queda a la izquierda, unas doscientas yardas más adelante. Yo voy para allá, así que podría acercarme.

—Por supuesto. —Humbleby abrió la puerta del coche, y Fen se acomodó en el interior—. ¿Qué es eso que va leyendo?

—*Los embajadores.*

—Soporífero —dijo Humbleby—. Siempre me da la impresión de que el consumo de Henry James tendría que estar regulado por la Ley de Drogas Peligrosas, y también de que quizá podría emplearse en los partos como analgésico alternativo al Trilene… En marcha, pues.

Humbleby no era hábil al volante, y el coche se incorporó dando tirones a la calle casi desierta. El sol los iluminaba desde lo alto con impersonal benevolencia, y un perro receloso de sus intenciones les ladró trémulamente desde la acera cuando pasaron a su lado.

—¿Y qué me dice de usted? —preguntó—. ¿Va a los estudios solo de visita o por motivos profesionales?

—Por lo segundo. —Fen se puso rígido al ver que se aproximaban a una curva y no se relajó hasta que el coche la salvó sin percance—. Pero se trata de un encargo puntual. Les hago de consultor literario para una película que están rodando.

—Válgame Dios —comentó Humbleby—. ¿Sobre qué?

—Es una película sobre la vida de Pope. —Las últimas palabras quedaron ahogadas bajo un imperioso, y en apariencia indiferente, claxonazo por parte de Humbleby—. Es una película —reiteró Fen molesto—, sobre la vida de Pope.

—¿El papa?[1]

—*Pope.*

—¿Y sobre qué papa en particular? A ver... —dijo Humbleby con el aire de quien trata de interesarse de manera inteligente en el tema de conversación—. Pío, Clemente o...

Fen lo fulminó con la mirada.

—Alexander.

—¿Alexander? —Humbleby hablaba como si le costase cierto esfuerzo—. ¿Se refiere a Alejandro Borgia?

—No sea ridículo, Humbleby —dijo Fen—. ¿En serio cree que han recurrido a un profesor de Lengua Inglesa para que les documente sobre los Borgia? No. Me refiero al poeta, claro está.

—Es lo primero que he pensado —Humbleby estaba ofendido—, pero lo he descartado de plano, claro. En la vida de Pope no hay absolutamente nada que dé para hacer una película comercial.

—Tiene toda la razón. —Fen meneó la cabeza de manera apesadumbrada—. No obstante, la van a rodar. Y el motivo es que...

Interrumpió sus palabras con el fin de blandir un dedo preceptivo hacia las verjas de los estudios, adonde acababan de llegar. De un volantazo, traspasaron la entrada ante la indiferencia de un guarda apostado en una suerte de garita. Se suponía que había que enseñar la autorización, pero exceptuando los días de selección de figurantes, la regla rara vez se hacía cumplir.

1. En inglés, *pope* significa papa, de ahí la confusión de Humbleby. *(Todas las notas son de la traductora.)*

—Y el motivo —repitió Fen con obstinación— es el siguiente. Hace unos meses falleció Andrew Leiper, y su hermano...

Pero Humbleby no prestaba atención. Buscaba un hueco en una hilera de coches de aspecto caro —monumentos, muchos de ellos, a un intricado ardid para darle esquinazo a la agencia tributaria— que se hallaban aparcados en batería delante de los estudios. Finalmente dio con uno y lo ocupó con un chirrido de ruedas.

—¿Y? —dijo animándole a seguir—. ¿Me decía?

—Le contaba que esta empresa pertenecía a Andrew Leiper. Sin embargo, este falleció recientemente, y la productora, junto con sus demás intereses, la heredó su hermano mayor, Giles.

Y Fen señaló a lo alto de la fachada que tenían delante, donde un grupo de obreros trabajaba —con la misma parsimonia que las tres últimas semanas— para reemplazar, en el gran cartel de letras doradas ANDREW LEIPER FILMS INC., la palabra ANDREW por la palabra GILES.

—*Si monumentum requiris...*

—Equilicuá. —Humbleby apagó el motor, se sacó el purito de la boca y escudriñó atentamente el extremo—. Ahora bien, no sé qué tiene que ver eso con...

—Enseguida llegamos... Bien, en lo único que destaca Giles es en que está hecho un literato empedernido. Por ejemplo, cree que el conde de Rutland escribió las obras de Shakespeare (exceptuando *La tempestad,* que atribuye a Beaumont y Fletcher), y ha escrito un inmundo librito que, según cuentan, así lo demuestra. Es de la opinión de que Dryden era impotente, y de que *Cumbres borrascosas* surgió de la relación incestuosa entre Emily y Bramwell. Es más, me da la impresión de que está convencido de que fue Bramwell quien escribió *Cumbres borrascosas,* en lugar de Emily... Pero estoy divagando. A lo que voy es que Giles Leiper también tiene sus teorías acerca de Pope. ¿Conoce usted *Elegía en memoria de una dama desdichada*?

—El doctor Johnson —empezó Humbleby con la cautelosa deliberación del que sabe estar adentrándose en terreno pantanoso— lo interpretó como una apología del suicidio.

—En efecto. Y…

—Pero me gusta —añadió Humbleby, con entusiasmo repentino—. Me encanta, la verdad. «Qué espectro —entonó con dramatismo— me hace señas a la luz de la luna queriendo no sé qué no sé cuántos a aquel claro. ¡Es ella! Pero por qué sangra…»

—Basta, por favor. —Fen extrajo una cajetilla de tabaco del bolsillo de su abrigo y procedió a encenderse un cigarrillo—. Veo que su recuerdo del poema es más bien vago. Será mejor que le explique de qué trata. Versa sobre…

—No hace ninguna falta…

—Es una elegía acerca de una muchacha que se ha quitado la vida tras ser…, esto…, cruelmente abandonada por su marido. El poeta…

—Lo recuerdo de sobra —dijo Humbleby—. Más que de sobra, vaya.

—El poeta, además de deplorar la situación, se declara convencido de que la venganza se abatirá no solo sobre el marido, sino sobre toda su familia.

—«Mientras largos funerales —recitó Humbleby como si de una solemne antífona se tratara— oscurecen el camino.»

—*Ennegrecen* el camino, *ennegrecen…* La muchacha a la que alude pudo ser una tal señora Weston, de soltera señorita Gage. Pero es una deducción fundada en conjeturas. Es casi seguro que el poema no era más que un mero ejercicio creativo, y no hay el menor indicio de que Pope estuviera involucrado personalmente en una historia así. Lo que nos lleva a Giles Leiper.

—Nos lleva, por fin, a Giles Leiper.

—Leiper cree, entre otras tantas necedades, que Pope *sí* estaba involucrado personalmente. Es más, no hace mucho publicó en no sé qué revistilla de tres al cuarto un artículo donde se mostraba convencido de que Pope había mantenido una relación con esa muchacha, y que por eso estaba tan afectado por su muerte. «¿Debemos pensar acaso —citó Fen con repugnancia— que un poema tan sentido como este solo fue un cruel ejercicio de versificación? Conociendo como conocemos a los poetas y la poesía, ¿no es más lógico suponer que Pope profesaba un interés íntimo hacia aquella dama?»

—Bueno, lo es, ¿no? —dijo Humbleby, a quien la cita había pillado realmente desprevenido.

—Pues no, no lo es. Y aunque lo fuera, no existe, en este caso, justificación alguna para imaginar que la relación de Pope con la muchacha fuera más que platónica… Sea como sea, la película gira principalmente en torno a esta aventura espuria, aunque también pasan muchas cosas más, claro está. —Fen las enumeró con mucho gusto—: Sale lady Mary Wortley Montagu. Están Addison y Swift… A Swift lo retratan como un tipo que anda todo el día paseándose por el campo mientras escribe *Gulliver,* elucubra eróticamente sobre Stella y sufre leves ataques incipientes o premonitorios de locura. Luego también sale, de manera un tanto anacrónica, Bolingbroke.[2]

Humbleby soltó una risita.

—Y Dryden y Wycherley —dijo—, y Händel y Gay y la reina Ana. Por nada del mundo he de perderme esa película. ¿Va muy avanzada?

2. Henry St. John, vizconde de Bolingbroke, fue un político y literato coetáneo y amigo de Pope y Swift. Al hablar de anacronismo, Fen se refiere a otro insigne Bolingbroke, el rey Enrique IV de Inglaterra (1367-1413), cuyos esfuerzos para acceder al trono dramatiza Shakespeare en su obra *Ricardo II.*

—Todavía está en la pre.

—¿En la *pre*?

—Sí, perdón: esa maldita jerga suya es contagiosa. Me refiero a que está en preproducción. Estamos aún en la etapa de las reuniones de guion. —Y Fen consultó su reloj—. Hay una esta mañana, por eso he venido.

Humbleby arrojó la colilla de su purito por la ventanilla.

—Espero que no tenga prisa.

—La verdad es que no. Antes de marcharme, cuénteme qué hace aquí. Si no es confidencial, claro.

—No, no es confidencial. —La referencia a la misión había arrogado una leve sombra de circunspección sobre el semblante afable de Humbleby—. Y dado que conoce a esta gente, es posible que pueda echarme una mano.

—¿Se trata de un delito?

—El suicidio es un delito, sí. Pero este no tiene nada de particular, salvo que la pobre desgraciada era jovencísima y que se arrepintió en el último momento, si bien demasiado tarde para salvarse… —Y Humbleby hizo ademán de mentalizarse, a la manera de quien se enfrenta a una tarea necesaria pero harto desagradable—. Dígame —continuó—, ¿le suena una muchacha llamada Gloria Scott?

3

Una cuadrilla de mujeres de la limpieza —señoras mayores de aire taciturno e impasible— cruzó la verja de los estudios; sus voces quebraron con desagradable aspereza el aire puro de la mañana en su intercambio de rudas agudezas con el vigilante. Los hombres del andamio habían dejado de trabajar y recuperaban fuerzas con un té frío. El sonido lejano de una sucesión de reverberantes golpazos sugería que alguien estaba cargando o descargando tablones de madera. Y mientras Humbleby hablaba, la sombra de una nube enorme cubrió los estudios de norte a sur, de modo que, en contraste, las suaves colinas donde aún hacía sol brillaron como el metal bruñido.

—¿Gloria Scott? —repitió Fen—. No, me temo que no me suena de nada.

Humbleby jugueteaba distraído con la solapa de su abrigo gris claro.

—La verdad es que no tengo claro si trabajaba aquí o no —dijo—. Desde luego fue desde donde la señorita..., esto... —rebuscó en su memoria—, sí, desde donde llamó la señorita Flecker para identificarla. ¿Conoce a la señorita Flecker por un casual?

—Pues no —contestó Fen con impaciencia—. Y no entiendo nada de lo que me cuenta. Explíquese, por favor.

—¿No ha leído los periódicos de esta mañana?

—Solamente el *Times* y el *Mail*.

—En el *Mail* sí la han publicado. La fotografía de la muchacha, solicitando ayuda para su identificación.

Fen se sacó el periódico del bolsillo y empezó a hojearlo.

—Ahí —dijo Humbleby, señalando con un dedo.

La fotografía era de una bonita muchacha de aspecto enfurruñado y a la que no le faltaría mucho para cumplir los veinte. Se trataba de uno de esos retratos afectados y llenos de glamur que tanto seducen a la gente del cine, con los labios, la nariz, el cuello y los senos perfilados con agudeza por una estudiada iluminación. El texto que acompañaba la instantánea era escueto y no traslucía nada aparte de que la policía deseaba saber quién era la joven.

—En cierto sentido sí que se la reconoce, claro —dijo Fen con aire pensativo—. Esa fotografía, o una prácticamente indistinguible, se la encuentra uno en el exterior de todos los teatros de repertorio del país... ¿Y cómo era? ¿Morena, pelirroja, castaña? Todas salen igual en estas fotografías en blanco y negro.

—Castaña tirando a pelirroja cuando yo la vi. Un rojizo saturado, con toques de barro y de algas del Támesis.

Fen lo miró con lástima.

—¿Y? —dijo—. ¿Qué más?

—Sucedió ayer de madrugada; es decir, anteanoche, hacia las dos, aproximadamente. Un taxi recogió a la muchacha en la esquina de Half Moon Street con Piccadilly; cuando llegó ella estaba hablando con un hombre, pero el taxista no se fijó en él. La muchacha le dio una dirección en Stamford Street, al otro lado del río. Luego, justo cuando estaban cruzando el puente de Waterloo, le pidió al conductor que detuviera el taxi. Al parecer, estaba muy alterada, y el taxista no reanudó la marcha inmediatamente después de pagarle ella la carrera. La observó correr hasta el pretil y, en cuanto se dio cuenta de lo que pretendía hacer, salió tras ella. El puente se encontraba casi desierto, pero un coche patrulla lo cruzaba en ese momento, y los ocupantes fueron testigos del suceso. El taxista intentó agarrarla cuando ella ya estaba saltando, pero no llegó a tiempo. La muchacha emergió a la superficie una vez y gritó; había caído en plancha, y ya sabe usted lo que esto supone cuando uno se precipita desde una altura considerable. Uno de los hombres que iban en el coche patrulla se zambulló tras ella, pero ya estaba muerta para cuando la sacó a rastras a la orilla.

Las mujeres de la limpieza habían desaparecido en el interior de los estudios. Una ranchera repleta de carpinteros ataviados con monos de trabajo apareció ruidosamente por una entrada oculta situada a la izquierda. Pero Fen apenas se percató: en su mente se encontraba en el puente de Waterloo, a la luz de las farolas, sin un alma a la vista, inclinado sobre el pretil, contemplando una silueta avanzar con dificultad y a trompicones por el agua y el barro de la orilla, tirando del cuerpo laxo y fracturado de una muchacha de pelo rojizo... La nube, arrastrada a su pesar hacia el noroeste, había destapado el sol de nuevo; no obstante, Fen se estremeció un poco, sintiendo en la boca el viento nocturno y en la nariz el olor del río con marea baja. Estas visiones poco o nada tendrían que ver con la realidad de la cuestión que les ocupaba, evidentemente: a buen seguro estaban distorsionadas, sin duda serían incompletas. Pero una extraña reticencia le impidió sacárselas de la cabeza de buenas a primeras...

—Bien —dijo—. Continúe.

Humbleby se removió incómodo en el asiento; quizá porque era consciente de que cuanto más sincero se muestra un hombre, más probabilidades hay de que suene como un histrión.

—De todo este asunto —dijo— se ha hecho cargo, cómo no, el superintendente de la división. Y da la casualidad de que es mi cuñado; hace años, cuando él no era más que sargento, coincidimos en un caso, conoció a mi hermana en mi casa y se enamoró de ella, el pobre, que Dios lo pille confesado... La cosa es que hacía mucho que no lo veía y, como estaba de vacaciones, pasé por comisaría para hacerle una visita ayer por la mañana, y me contó la historia. Como ya habrá deducido, lo complicado fue identificar a la muchacha. Aunque soltó el bolso en el puente, dentro no había nada revelador, salvo la fotografía, y en ella tampoco figuraba el nombre del fotógrafo. Además de eso, todas las prendas que llevaba puestas estaban nuevas y sin marcar, de modo que tampoco proporcionaron ninguna pista.

—La dirección, sin embargo... —dijo Fen, un tanto sorprendido de que a Humbleby se le estuviera pasando por alto la línea de investigación principal y más obvia—. La dirección que le dio al taxista.

—Nada. La localizamos sin dificultad, pero no nos sirvió para identificarla. Se había mudado a esa dirección la tarde del día anterior y no había firmado aún el registro ni tampoco entregado su cartilla de racionamiento. Le dio su nombre a la casera, claro está, pero la señora es sorda y no lo entendió... Es como si los hados se hubiesen puesto de acuerdo para conspirar en nuestra contra.

—¿Y sus cosas? ¿Documentación y demás...?

—Desde luego, sí. Esa es la única parte verdaderamente intrigante de todo el caso. —Humbleby hizo una pausa, satisfecho de tener algo mínimamente interesante que contar—. Cuando por fin dimos con el lugar, descubrimos que habían registrado su habitación y todas sus pertenencias.

Una desordenada formación de mirlos los sobrevoló escudriñando con curiosidad los tejados de los estudios desde arriba. En una ventana de la fachada que tenían justo enfrente apareció un joven de aspecto pulcro que los observó con desconfianza, murmuró algo a un invisible acompañante detrás de él y se esfumó. Humbleby jugueteaba distraídamente con la manilla de la puerta. Por lo general, no era un hombre nervioso, y Fen interpretó el tic como un indicio de considerable inquietud.

—¿La habían registrado? —repitió—. ¿Y qué buscaban?

—Pruebas de identificación. Documentos, fotografías, las portadillas de un par de libros..., todo lo que pudiera servir para identificarla había desaparecido. La ropa tenía las etiquetas cortadas y habían arrancado el forro de papel de la tapa de una maleta, donde obviamente figuraban el nombre y la dirección. Sea quien sea el que estuviera detrás, hizo un trabajo concienzudo. No conseguimos dar con nada que se le hubiera pasado por alto.

—Qué cosa tan extraordinaria —dijo Fen bastante perplejo—. Si la hubiesen asesinado, sería de esperar... Pero supongo que no hay ninguna duda...

—En absoluto. Se suicidó, es innegable. Claro que es muy posible que hubiese alguien a quien no le interesaba que se descubriera el motivo por el que se quitó la vida y optase por esta manera indirecta de, bueno, de taparlo… Por ejemplo, podría ser que la muchacha estuviese embarazada. Lo sabremos cuando llegue el informe de la autopsia.

Fen asintió.

—Qué raro —comentó—. E interesante, en la medida en que el responsable, fuera quien fuera, por fuerza tenía que ser consciente de que, a pesar de sus esfuerzos, existía una alta probabilidad de que la identificaran al final. A no ser…

—A no ser ¿qué?

—¿Dice que han descubierto que se llamaba Gloria Scott?

—Es lo que la tal señorita Flecker afirmó por teléfono.

—Ya. Bueno, no quiero meterle ideas equivocadas en la cabeza, pero a mí me suena a nombre artístico.

Humbleby rumió esta posibilidad.

—Gloria —murmuró—. Sí, entiendo lo que dice. Y de ser así, es probable que fuese su verdadera identidad lo que el intruso quería ocultar.

—Exacto… Pero de momento esto no son más que suposiciones. Veamos, aclárеme un par de datos. Por ejemplo, ¿hay algún indicio que permita deducir cuándo registraron la habitación de la muchacha?

Humbleby había dejado de juguetear con la manilla y ahora estaba manipulando la palanca de cambios.

—Sí —respondió—, hay un indicio muy claro, de hecho. Es casi seguro que se produjo durante la mañana de ayer.

—¿*Después* de que se suicidara?

—Sí, después de que se suicidara. No hace falta que entre en detalles, pero desde que se instaló la muchacha (el jueves, es decir, anteayer por la tarde) hasta aproximadamente las nueve de la mañana de ayer, la verdad es que no hubo oportunidad de que nadie entrara y saliera sin ser visto, y menos aún de demorarse el tiempo necesario para hacer lo que hizo; nadie salvo la casera, claro está, y no existe razón alguna para sospechar de ella. Por hache o por be, el superintendente y yo no pudimos acercarnos a registrar la habitación hasta ayer por la tarde, y para entonces el mal ya estaba hecho. —Humbleby hizo una pausa expectante—. ¿Y bien? —dijo finalmente—, ¿le aclara algo?

—Poco. —Fen aspiró por la nariz con desaprobación, y estiró y encogió sus largas piernas en un intento de mitigar unos calambres incipientes—. Poquísimo, la verdad. Este asunto de borrar la identidad podría no tener relación con el suicidio, en cuyo caso resulta del todo incomprensible tal y como están las cosas. Pero si *existe* una relación, cabe preguntarse entonces cómo se enteró del suicidio la persona en cuestión. ¿Publicaron los periódicos la información en la edición matinal de ayer?

—Una breve reseña, nada más. La fotografía no se publicó, y tampoco se dieron nombres, puesto que en esa etapa de la investigación no había ningún nombre que dar.

—Supongo que nuestro personaje X podría haber estado presente cuando la muchacha se tiró al río. O al menos cuando la sacaron del agua. ¿Sabe usted si había muchos mirones?

—Unos cuantos... Sí, es una posibilidad. —Humbleby había metido la primera marcha y se estaba peleando con la palanca para volver a colocarla en punto muerto—. Indudablemente —dijo resoplando— es todo muy misterioso.

—Deje el coche en paz, ¿quiere, Humbleby? Va a acabar rompiendo algo... Sí, bueno, solamente queda indagar más datos sobre la muchacha. Y eso, si no me equivoco, es lo que le ha traído hasta aquí.

Humbleby claudicó en su batalla y lanzó una mirada de odio a la palanca de cambios. Sacó un trozo de papel del bolsillo, garabateó en él «Ojo, está metida la primera» y lo apoyó contra el parabrisas.

—Sí —corroboró—, por eso estoy aquí. La llamada de la tal Flecker, que vio la fotografía en los periódicos, se ha producido hacia las ocho y media de la mañana, y me he ofrecido a acercarme en coche hasta aquí para interrogarla... Le voy a ser sincero —dijo Humbleby con aire confidencial—: siempre he deseado ver el interior de unos estudios cinematográficos, y esta es la primera oportunidad que se me presenta.

En aquel espacio tan reducido, los calambres de Fen se estaban volviendo intolerables. Zanjó el coloquio de manera abrupta abriendo la puerta y apeándose del coche.

—Pues se va a llevar un chasco —dijo sin compasión—. Y si no me voy ya, llegaré tarde. ¿Quedamos para almorzar?

—Espere, espere —dijo Humbleby, que salió rápidamente por el otro lado—. Entro con usted y así puede ayudarme a localizar a la persona a la que vengo a ver.

—Dudo mucho que le vaya a ser de utilidad, pero haré cuanto esté en mi mano.

Cruzaron la grava hasta la más próxima de las tres entradas, subieron unos peldaños y pasaron al interior. Los recibió un vestíbulo circular. El monograma A. L. F. lucía en un mosaico desgastado en el suelo, y a la derecha de este, bloqueando el tercio inferior de un arco de medio punto, había una especie de zona de recepción, aunque sin nadie atendiéndola. El panorama allende el mostrador consistía en un pasillo que se bifurcaba hacia la mitad de su recorrido y que albergaba a ambos lados una ristra de puertas rotuladas con la palabra PRIVADO. A los estudios cinematográficos les aterran los incendios, y había a la vista gran cantidad de cubos, mangueras enrolladas y extintores. Ahora bien, de otro género de mobiliario y, ya puestos, de presencia humana, no había ni rastro en aquel lugar. Desconcertados por la fría quietud, Fen y Humbleby se detuvieron.

—Qué ingenuo —comentó Humbleby—, siempre me había imaginado que sería algo así como un cruce entre un lupanar y una fábrica de coches. Evidentemente esto no es más que el cascarón. Pero aun así…

Enmudeció cuando el ruido de unos pasos, acompañados de un escandaloso acceso de tos, los embistió desde un pasillo que tenían a la izquierda y en el que no habían reparado hasta ese momento. Este indicio de vida humana se materializó en un hombre delgado de escasa estatura y de entre treinta y cuarenta años, que se adentró en el vestíbulo a grandes zancadas mientras se tapaba la boca con un pañuelo. Tenía una cara morena cómicamente fea, pero agraciada con unos ojos enormes y bonitos, y Humbleby, que acudía al teatro con tolerable regularidad, lo reconoció al instante.

Lo mismo hizo Fen, aparentemente, que dijo sin lástima alguna:

—Está usted enfermo.

—¡Y que lo diga, diablos! —respondió el recién llegado con la voz tomada—. No llevará algo de whisky encima, ¿verdad?

—Ni gota.

—Cabría esperar que hasta en un antro como este pudiera uno conseguir whisky en alguna parte, pero no. Me voy al pueblo a ver si me agencio un trago… Por cierto, han atrasado la reunión de guion de esta mañana hasta las once. Y ahora no es en la trece, es en la CC; dondequiera que sea eso. Ah, y al final Leiper no va, así que yo tampoco, si consigo escaquearme. —El recién llegado se dirigió hacia la puerta—. Anda que no había películas absurdas y van y eligen esta… ¡Maldita sea!

—Espere un momento —dijo Fen—. ¿Sabe dónde podemos encontrar a la señorita Flecker?

El hombre se detuvo. Su rostro adquirió un tono encarnado, y estornudó dos veces seguidas antes de contestar.

—¿Flecker? ¿Flecker? Esa chica trabaja en el departamento de Sonido, ¿no?

—Bien. ¿Y dónde queda el departamento de Sonido?

—Ah, está chupado. —Señaló—. Vayan todo recto por ahí, sigan por el ala de la derecha y luego… Ay, no, demonios; estaba pensando en uno de los estudios de sonido. Vamos a ver… Me parece que si toman el ala de la izquierda…

—No tiene ni idea de donde está —dijo Fen con frialdad.

—Sí, hombre, se lo aseguro. Maldita sea, he estado allí. Lo malo es que, aunque este sitio parece reduplicarse a medida que uno lo recorre, lo cierto es que la repetición nunca es exacta: siempre hay una sala o un pasillo que cambian. Ya sé —en ese instante se le ocurrió una original y gratificante idea—, *pregúntenle* a alguien; es lo mejor que pueden hacer. —Reanudó la marcha hacia la puerta—. Sí, es lo mejor, creo. Nos vemos luego, quizá. —Salió del edificio preso de un nuevo ataque de tos.

—Ese era Stuart North, ¿verdad? —preguntó Humbleby, y pronunció el nombre con un tono cargado de respeto—. No sabía que se hubiera pasado al cine.

—De momento solo ha rodado una película —dijo Fen—. *Visado para el cielo* u otra porquería de título por el estilo. Está previsto que interprete a Pope en esa fantasía que le contaba antes, y después de eso vuelve a las tablas.

—Creo que haría bien de Pope. Si le añaden cierta deformidad artificial, tiene el físico idóneo. Y de cara se parece bastante también.

—No creo que vayan a incidir mucho en la deformidad de Pope… —dijo Fen de manera un tanto vaga—. Pero bueno, digo yo que será mejor que busquemos el departamento de Sonido. Como han pospuesto mi reunión, puedo acompañarle. Vamos a preguntarle a la chica esa.

«La chica esa», que se acercaba ahora a ellos con la intensa mirada vidriosa de una malabarista *amateur* a punto de abordar la parte más peligrosa de su actuación, era una taquígrafa rubia tan superlativamente maquillada que daba la impresión de que se agrietaría al menor contacto. («Lupanar», dijo Humbleby satisfecho. «Vamos progresando.») La muchacha aceptó de bastante buena gana acompañarlos hasta el departamento de Sonido, y a su cargo recorrieron una madriguera de pasillos y escaleras vacíos hasta que finalmente fueron a parar a una puerta sin rotular ante la cual ella les aseguró que era la que estaban buscando. Le dieron las gracias y pasaron al interior, donde se encontraron en una estancia de reducidas dimensiones, con dos escritorios y un mueble archivador enorme, en la cual aproximadamente media docena de jóvenes consumía té entre risitas. Un joven con pinta afable se separó del grupo y preguntó a Fen y a Humbleby en qué podía ayudarles.

—La señorita Flecker —dijo Humbleby—. Buscamos a una tal señorita Flecker.

—Voy a ver si está ocupada. —El joven dejó su taza y abrió una puerta que conducía a una habitación contigua—. Judy —dijo—, hay dos hombres que quieren verte.

Desde el interior, una joven voz femenina, que arrastraba las palabras de manera sugerente y revelaba un posible ceceo, exigió saber de quién se trataba.

—¿Quiénes son ustedes? —preguntó el joven amablemente desde el umbral.

—Soy el detective inspector Humbleby —contestó Humbleby— de Scotland Yard.

—¡Caray! Oye, Judy, es…

—Sí, vale, ya lo he oído —dijo la voz—. Hazlos pasar, por favor… Adelante, inspector —dijo alzando la voz—. Y, Johnny, tráeles un té.

4

Cuando entraron, ella se levantó tras una mesa abarrotada de papeles pero de aspecto muy profesional y se acercó para recibirlos: era una muchacha mediada la veintena, con pelo negro liso y brillante, fríos ojos grises y un cutis muy sano. Poseía dos de los atributos físicos menos habituales en su sexo, hombros anchos y piernas largas, e iba vestida con un traje de chaqueta y falda azul marino, con una blusa nacarada y un broche engastado de diamantes en torno a un zafiro tan oscuro que casi parecía negro. De no ser por su inteligencia y el leve brillo sardónico en su mirada, se la habría podido clasificar como lo que el sensacionalista *Sunday Pictorial* denominaba «un encanto». Una vez en el despacho, Humbleby se detuvo, en guardia, y tras menos de un segundo de ponderación, ella se dirigió a él.

—Hola, inspector —dijo—. Tome asiento, se lo ruego.

Las ventanas daban a una retícula de caminos de asfalto, y se alcanzaba a divisar un rincón del inmenso taller de carpintería, con una arbolada panorámica más allá. Junto a ellos había un butacón, y en él procedió a acomodarse Humbleby con parsimonia.

—Este es el profesor Gervase Fen —comentó—. Está… —Humbleby calló, momentáneamente perplejo—. Creo que podría decirse que me presta asistencia.

—Encantada, ¿cómo está? —saludó la señorita Flecker muy educadamente—. Ya había oído hablar de usted, por supuesto. Y albergaba la esperanza de conocerle aprovechando que trabaja en los estudios. ¿Qué tal va la película de Pope? ¿Avanza?

A falta de una segunda silla, Fen se había acomodado contra el borde del escritorio y observaba a la señorita Flecker con indisimulada aprobación.

—Yo diría que más bien poco, pero no estoy familiarizado con los tiempos de rodaje, así que tampoco puedo juzgar... Eso sí, se pasan el día... —Fen se quedó pensativo un instante— riñendo.

—Era de esperar. —La señorita Flecker esbozó una amplia sonrisa cargada de malicia—. Los Crane *en famille* no sirven de sedante precisamente, al menos en mi experiencia.

—¿Los Crane? —repitió Humbleby educadamente sin entender.

—A Madge Crane seguro que la conoce —dijo la señorita Flecker—, aunque no haya oído hablar de sus hermanos. —Se volvió hacia Fen—: Madge interpreta a lady Mary, ¿verdad?

—Debidamente expurgada —corroboró Fen muy serio— y muy atareada en introducir la práctica turca de inocular la viruela, cuando no está acosando a Pope con sabios y cándidos consejos sobre asuntos personales que no le incumben.

Humbleby, iluminado, hizo un gesto de asentimiento.

—Entonces, ¿Madge Crane es una estrella? —aventuró.

—¿En serio no sabe quién es? —La señorita Flecker soltó una risita malévola—. Se volvería *loca de contento* si se enterara. Madge es una de las primeras damas del cine británico.

—Primera da... —Humbleby meneó la cabeza desconcertado—. ¿Y eso qué diantres significa?

—Verá, creo que quiere decir que ya no está obligada a rodar películas en las que tenga que enseñar las piernas. —La señorita Flecker expresó esta opinión con notable impasibilidad—. Y esto le ahorra muchos problemas a mucha gente, porque siempre tenían que filmárselas con sumo cuidado si querían que salieran mínimamente bien.

Se abrió la puerta y el joven llamado Johnny apareció con dos tazas de té, que tendió a Fen y a Humbleby.

—Nos hemos acabado todas las galletas —anunció sin el menor atisbo de remordimiento—, tendrán que tomárselo sin, lo siento… Judy, la Sinfónica de Londres anda por el Plató 2 quejándose de que Griswold no se ha presentado. ¿Dónde está?

—Ha tenido que acercarse a Denham a ver a Muir[3] por no sé qué historias, y dijo que a lo mejor se retrasaba. Cálmalos, Johnny, cálmalos. Diles que se sienten y practiquen una sinfonía. Y Ireland[4] ¿ha llegado ya?

—Todavía no.

—Bueno, pues cuando llegue, haz el favor de tratarlo con respeto.

—¿Te parece buena idea que coja la batuta y les haga ensayar algunas de las secciones musicales mientras esperan? —preguntó Johnny con aire pensativo.

—Pues no. Sal de aquí y ponte a trabajar.

Johnny se retiró abatido; la señorita Flecker estaba diciendo «Veamos…» cuando sonó el teléfono.

—Maldición —dijo—. Disculpen… Sí, pásamelo… Buenos días, señor Bush… Geoffrey, perdón…[5] ¿Orquestación de maderas a tres? Bueno, supongo que se podrá; le pregunto al señor Griswold… Toca la Philharmonia, sí. —El señor Bush crepitó durante un buen rato—. ¿Que aún no tienen medidos los metrajes de los rollos cuatro y cinco? Vale, les daré un toque… Sí, ya sé que es imposible pretender que escriba usted la banda sonora si no dispone del metraje… No, no hay posibilidad de posponer la grabación; tendrá que trabajar día y noche… ¿Ha enviado ya alguna parte de la banda sonora a los copistas?… Bueno, pues será mejor que se ponga a ello, ¿no le parece?… Le veo en la grabación… No… De ninguna manera. Adiós.

Colgó el instrumento.

3. James Muir Matheson (1911-1975), compositor y director de orquesta escocés, participó como director musical en muchas películas británicas.

4. John Nicholson Ireland (1879-1962), compositor inglés.

5. Geoffrey Bush (1920-1998), compositor inglés pupilo de Ireland.

—Un compositor —aclaró con la misma sobriedad con la que uno se refiere a una necesaria pero nada romántica función fisiológica—. Lamento que las cosas se salgan de madre justo en el momento en que entran por la puerta. Quizá podamos disfrutar ahora de unos minutos de paz y tranquilidad. —Recuperó su taza y se bebió el té, ya tibio, con una mueca de asco—. Ay, Dios, el metraje… ¡Johnny! —llamó, y cuando el individuo en cuestión asomó la cabeza por la puerta con gesto expectante—: Johnny, dale un toque a Loring, ¿quieres?; dile que el señor Bush está esperando el metraje de los rollos cuatro y cinco de *Huida al purgatorio.*

—Lo único que voy a conseguir es que se ponga dramático —dijo Johnny, perdido el optimismo ante la petición— y me diga que están haciendo todo lo que pueden.

—Dile que van a tener que hacerlo mejor si quieren música de fondo para esos rollos… Y, Johnny, ocúpate de que no me molesten en los próximos diez minutos, por favor.

Tras asentir compungido, Johnny desapareció de la vista, y la señorita Flecker se arrellanó agradecida en su silla.

—Por fin —dijo—. Lo siento, de verdad.

—No se preocupe —dijo Humbleby—. Soy yo quien debería disculparse por interrumpirla. —Sacó una libreta y un portaminas de oro y se aclaró la garganta de manera premonitoria—. Bien, en lo referente a la muchacha esta…

—¿Está en disposición de decirme por qué necesita información sobre ella? —La señorita Flecker habló con un tono de levísimo hartazgo.

—Desde luego. —Humbleby le lanzó una mirada inocentona que, en realidad, enmascaraba rápidos y agudos poderes de observación—. Se ha suicidado.

Durante un instante reinó el silencio. Era evidente que la señorita Flecker estaba impresionada, si bien la única muestra que dio de ello fue un levísimo arqueado de cejas.

—Suicidio —murmuró, y durante un breve lapso dio la impresión de estar absorta en unos rápidos cálculos mentales—. ¿Dejó alguna nota con el motivo?

—No. ¿Se le ocurre a usted alguno?

La señorita Flecker vaciló.

—Se rumorea que iba a tener un bebé, pero yo no doy demasiada credibilidad a los cotilleos que circulan por aquí, así que no se fíe. En todo caso, supongo que con la autopsia...

—En efecto. —Humbleby no podía estar más metido en su papel—. Pero empecemos por el principio, ¿le parece? Su nombre... —Orientó su portaminas hacia el papel con expectación.

—Judith Annecy Flecker. Edad: veintiséis años. Ocupación: secretaria del departamento de Sonido de Long Fulton.

—Bien. Y el nombre de la muchacha en cuestión, cuya fotografía vio usted en el periódico, es Gloria Scott.

—Así se hacía llamar, eso es.

Humbleby levantó la vista del cuaderno.

—¿Quiere dar a entender que solo era su nombre artístico?

La señorita Flecker cruzó sus admirables piernas y se quedó un momento contemplándolas con una satisfacción de la que Fen, incapaz de desdeñar los placeres sencillos, participó sin tapujos.

—Eso me parece —contestó—, pero tendrá que preguntarle a alguien que la conociera mejor que yo. Y si resulta que efectivamente era solo un nombre artístico, siento mucho decirle que no tengo ni la más remota idea de cómo se llamaba en realidad.

—¿No la conocía usted bien, entonces?

—Muy poco. Pero me pareció que debía llamarle, porque me conozco a la gente de este sitio. Habrá como medio centenar que haya visto e identificado la fotografía y que todavía estará buscando en qué ocuparse para que sea otro el que se comunique con usted. Así que pensé que bien podía adelantarme a su indecisión. ¿Se ha puesto en contacto con usted alguna otra persona de los estudios, por un casual?

—Antes de que saliera para aquí, no —respondió Humbleby—. Pero tenga en cuenta que de eso hace ya unas horas, y que usted llamó muy temprano. En un rato telefonearé a Charles, el superintendente que lleva el caso, y le preguntaré si han recibido alguna otra información desde aquí. Mientras tanto —sonrió con encanto genuino—, es un placer poder hablar con usted. Y si pudiera contarme cualquier cosa que sepa acerca de la muchacha…

La señorita Flecker hizo un gesto de asentimiento, y su mirada se paseó pensativa por la agradable y desordenada estancia, con sus ventanas severamente funcionales, sus radiadores murmurantes y su estantería llena de partituras de bandas sonoras.

—Bueno, no querrá que le dé su descripción —dijo—, ya tienen la fotografía esa. La favorece, por supuesto, pero el parecido es aceptable. Tendría…, pues diecinueve años o así, imagino.

—¿Casada? ¿Prometida?

—Ninguna de las dos cosas.

—¿Algún acompañante masculino en particular?

La señorita Flecker torció la sonrisa en un gesto cargado de ironía.

—Los rumores la relacionaban con Maurice Crane y Stuart North, pero no sé hasta qué punto será verdad. Posiblemente sea mentira. La he visto con ambos, pero eso no significa nada.

—¿Y con cuál de los dos relacionaban los rumores su…, digamos, hipotético embarazo?

—Por lo que tengo entendido —respondió la señorita Flecker con tacto—, la opinión está dividida a partes iguales.

No sirve de nada que finja que no presto atención a los rumores —añadió con repentina franqueza—, porque lo hago. Y los propago, también, como ya se habrá dado cuenta. Ahora bien, otra cosa muy distinta es que me los crea. Así que quizá deba advertirle… Ay, diantres.

Se interrumpió cuando el teléfono empezó a sonar otra vez, y lo descolgó con ademán irritado.

—Johnny, ¿no te he dicho que no quería que me molestaran?… Ah. Eso es otra cosa… Sí, has hecho bien. Perdona. —Le tendió el auricular a Humbleby—. Es para usted.

—Hola, Charles —dijo Humbleby—. ¿Qué hay? —Y durante un minuto entero guardó silencio mientras el aparato, cual remedo de bruja, le murmuraba insinuante al oído—. Todo sobre ruedas, de momento —comentó por fin—. ¿Ha llamado alguien más desde aquí? ¿Nadie?… No —miró de reojo a la señorita Flecker—, al parecer era de esperar… Sí, estoy disfrutando mucho, gracias… No estaré de vuelta hasta después del almuerzo. Te doy un telefonazo si surge algo de interés… No, todavía no, justo estábamos en ello… Sí, vale. Adiós.

Colgó.

—Resulta que los rumores sí acertaban en algo, después de todo —anunció secamente—. Ya le han practicado la autopsia: estaba embarazada de tres meses… Pobre insensata. ¿Es algo habitual en esta profesión?

—Ni mucho menos —dijo Judy—. A pesar de la fama que tenemos, somos una comunidad muy respetable, si bien bastante ingenua, la verdad. En realidad, es por eso precisamente por lo que Gloria Scott era objeto de tanto cotilleo… Y ahora supongo que tratará de averiguar los respectivos paraderos de Gloria, Stuart y Maurice hace tres meses.

—Exacto. En Navidad, lo que debería facilitar las cosas. —Con aire ausente, Humbleby había empezado a darse golpecitos en la uña del pulgar con el extremo del portaminas—. Veamos, por lo que sabe de ella, ¿cree que el embarazo pudo ser el motivo por el cual se suicidó? ¿La considera la clase de persona que se pondría histérica con algo así?

—Mmm, es raro. —Judy tomó un cigarrillo de la cajetilla que le ofreció Fen y, murmurando las gracias, lo prendió con un pesado encendedor de sobremesa—. Verá, tampoco es que la conociera tan bien; almorzamos juntas un par de veces aquí, en el Club, y poco más. Pero yo diría que no. Es verdad que era emocionalmente inestable, o al menos esa sensación me dio, pero no como para seguir esos derroteros, creo… Seguro que todo esto le suena muy vago e insatisfactorio, pero me ha pedido mi impresión, y esa es, si es que sirve de algo.

—No obstante, si el hombre implicado se hubiese negado a… a…

—¿A hacer de ella una mujer decente? Bueno, a ver… Desde luego que se habría llevado un disgusto, pero no tanto como para suicidarse. No me la imagino haciendo algo así.

Fen, que hasta el momento había mantenido un desacostumbrado silencio, preguntó de manera breve y tajante:

—¿Por qué no?

—Pues… Bueno, pues porque era una de esas personas que dan menos importancia a su vida emocional que a… otras cosas.

—Ajá —dijo Fen—, eso ya es más interesante. Y en el caso de la muchacha, ¿menos importancia que a qué otras cosas?

—Bueno…, que a su carrera, por ejemplo.

—¿Era muy ambiciosa, entonces?

—Desde luego, sí.

—¿Caía bien?

—Me temo que no.

—¿Por qué no caía bien?

—Era presuntuosa… Descaradamente presuntuosa. En este oficio hay muchas personas así, pero la mayoría consiguen disimularlo. Ella no.

—Y los defectos que más detestamos en los demás —murmuró Fen— son generalmente los mismos de los que adolecemos sin saberlo. —Hizo una pausa para considerar sus palabras y, por lo visto, la cita o el empleo gratuito que había hecho de ella le resultó de mal gusto en cierto modo—. Pero, y a usted, ¿le caía bien?

—Sí. Me gustaba. —La señorita Flecker lo reconoció con cierta renuencia—. Era muy joven —mientras hablaba, los veintiséis años de la señorita Flecker se transmutaron misteriosamente en una infinitud de valiosas experiencias— y muy ambiciosa. También resultaba curiosamente vulnerable, como suele ocurrir con las personas decididas. Sí, me gustaba. Pero no había mucha más gente a la que cayese bien.

—Exceptuando, es de suponer —con su intromisión en este dueto de vaguedades, quedó claro que Humbleby pretendía restablecer el sentido de la realidad—, el señor Crane y el señor North.

Y miró a Fen con la satisfacción de un hombre que ha barrido la metafísica de un solo golpe de sentido común. Fen, sin embargo, no se dejó intimidar.

—No se entera, Humbleby —dijo con tono mordaz—. Las personas cuerdas solo se suicidan por motivos que a ellas les resultan, de manera acertada o no, extremadamente importantes. Y la señorita Flecker, a resultas de mi perspicaz interrogatorio, ha indicado que, en el caso de Gloria Scott, esos motivos estaban relacionados con su carrera profesional.

—Lo que nos lleva —terció Humbleby, ni mucho menos achantado por el reproche— a preguntar qué reveses profesionales había sufrido en los últimos tiempos. —Y dirigió una mirada inquisitiva a la señorita Flecker.

Pero ella negó con la cabeza.

—Fue más bien al contrario, me temo. Cuando llegó aquí…

—Alto, alto —la interrumpió Humbleby, que se aplicó rápidamente a su cuaderno—. ¿*Cuándo* llegó aquí?

—Hará un año, creo yo. Empezó como figurante.

—¿Y *de dónde* venía?

—Tengo entendido que estaba en una compañía de teatro, pero no sabría decirle en cuál.

—No creo que sea difícil de averiguar… Disculpe la interrupción. Continúe.

—Como le decía, la contrataron de figurante. Luego consiguió un papelito en una película… Caray, ¿cómo se titulaba? —Judy chasqueó los dedos con irritación—. Ah, ya me acuerdo, *Visado para el cielo.*

—¿Un papelito?

—Sí, ya sabe, una aparición breve, el equivalente a un papel secundario en teatro. Algo un poquito más importante que figurar de fondo y ya está. Y luego, lo último que llegó a mis oídos, aunque no pondría la mano en el fuego, es que Jocelyn Stafford la fichó para un papel bastante relevante en la película esa de Pope.

Fen levantó la vista.

—¿No me diga? ¿Sabe qué papel era?

—Ella dijo que el de Martha Blount.

—Es un papel que va languideciendo con cada reunión de guion —dijo Fen jovialmente—. Pero aun así no era una mala oportunidad para una muchacha casi desconocida. ¿Tiene idea de cómo lo consiguió?

—Sí, juraría que fue gracias a Maurice Crane.

—Parece que este tipo sale a colación todo el rato —se quejó Humbleby—, pero lamento decir que, lo que es yo, no tengo ni la más remota idea de quién es ni qué hace. Ilumíneme, por favor.

—Es el hermano pequeño de Madge Crane —aclaró Judy—; los otros dos son Nicholas Crane, que es director, y David Crane, que tiene un puestecito de muy poca responsabilidad en el departamento de Guion. Maurice es cámara, y de los buenos, lo que significa que es una persona muy influyente por estos lares.

—¿Cree usted que conseguirle el papel a Gloria Scott era un intento de reparación por haberle, cómo decirlo, impuesto la maternidad a la fuerza?

—Podría ser. Si es que es verdad que él era el responsable.

—Hay otro candidato, por supuesto. —Humbleby suspiró con desaliento—. ¿A cuál de esos dos hombres le afectaría de manera más negativa que se hiciera público el estado, digámoslo así, de la señorita Scott?

—A Stuart North, sin duda. Los cámaras, por buenos que sean, no son famosos. Los actores sí. —Judy respondió tan rauda que por un instante pasó por alto la naturaleza tangencial de la pregunta; cuando cayó en ella, preguntó con mucha curiosidad—: ¿Por qué lo dice?

—Es posible —contestó Humbleby con cautela— que alguien haya intentado tapar el motivo del suicidio de Gloria Scott.

—¿Se refiere a que han roto la nota de suicidio o algo por el estilo?

—Más o menos.

—Stuart North habría tenido más razones que Maurice Crane para hacer una cosa así. Por otro lado… —Los ojos grises de Judy se ensancharon de repente—. ¡Seré tonta, maldita sea! Ahora recuerdo.

—¿El qué?

—Me acabo de acordar de que Stuart North pasó los meses de diciembre y enero en Estados Unidos; estuvo en Broadway actuando en una breve reposición de una obra de Shaw. Y

Gloria segurísimo que estaba en Inglaterra. Así que hemos estado sospechando de Stuart injustamente.

—Cree, entonces, que Maurice Crane…

—Él u otra persona.

—Supongo que —Humbleby se rascó la nariz contrariado—, aparte de Crane, no se le ocurre nadie más que pudiese estar al tanto, ¿verdad?

—Pues sí, hay una posibilidad… Valerie Bryant, que era la mejor amiga de Gloria.

—¿Dónde podemos localizarla?

Me parece que está en un rodaje ahora mismo; en una comedia musical titulada *La gaya Sue.*

—¡Rediez! —dijo Humbleby; era una afectación muy suya dejarse llevar ocasionalmente y recaer en el empleo de formas leves de jerga plebeya—. Entonces, ¿es actriz?

—Corista.

—Y podría hablar con ella a lo largo de la mañana, ¿verdad?

—Bueno, depende de la orden de rodaje. La película no está en pre, desde luego, pero a lo mejor hoy no le toca rodar a ella. Si quiere, me entero.

—Se lo agradecería, sí.

Judy echó mano del teléfono.

—Johnny —dijo—, pásame con alguien que esté trabajando en *La gaya Sue,* ¿quieres?… Sí, creo que Weinberg me valdrá. —Hubo una pausa y, con la mano sobre el micrófono, aclaró—: Weinberg es el experto en *jazz* de nuestro departamento. Es… Ah, hola, Sam. Quería saber qué hacen hoy con *Sue.* ¿Están aquí las bailarinas?… ¿Sí? Genial. ¿En qué plató están rodando?… ¿En el cinco? Vale. Muchísimas gracias. Hasta luego.

Recolocó el instrumento en su soporte.

—Todo en orden —anunció—. Johnny les acercará cuando quieran, y les buscará a la tal Bryant. La chica no tiene muchas luces, se lo advierto… Bien, ¿algo más?

—Veamos, dónde lo habíamos dejado… —Humbleby consultó su cuaderno con mucha ceremonia—. A Gloria Scott le habían dado el papel ese en la película sobre Pope… Ahora bien, ¿de esto hace cuánto tiempo?

—Quince días a lo sumo —contestó Judy en tono categórico—. Puede que menos.

—¿Y estaba contenta?

—Vaya si estaba contenta, madre mía… Pletórica, diría yo. Hace unos días me crucé con ella de camino al departamento y me lo contó. Se le había subido muchísimo a la cabeza, qué tonta, y empezó a fanfarronear de tal manera que me entraron ganas de darle un par de tortazos a la pobre.

—¿Le dio la impresión de que se trataba realmente de un *fait accompli*? Es decir —Humbleby gesticuló de manera imprecisa—, ¿cree que lo tenía firmado y por escrito?

—Sí, sí, desde luego.

—¿No es posible que se lo estuviera inventando todo? ¿Adelantándose, quizá, a los acontecimientos, por así decirlo?

Judy negó con la cabeza.

—Podría, claro, era muy capaz de vender la piel del oso antes de cazarlo, pero estoy casi segura de que esta vez iba en serio. Para comprobarlo solo hay que ir al departamento jurídico y buscar el contrato.

—Eso haré, sí. —Humbleby tomó nota—. Porque si el contrato *existe,* el suicidio no acaba de tener razón de ser.

—Es justo lo que estaba pensando —dijo Judy. Se incorporó y empezó a pasearse de un lado al otro de la habitación—. Por lo que sé de ella, yo hubiese dicho que nada, por abrumador que fuera, podría haberla apartado jamás de ese papel.

—Aunque, claro —y ahora Humbleby se removió incómodo en la silla—, hay que tener en cuenta otro detalle, y es que, si la película continuara en…, esto…, *pre* durante mucho más tiempo, quizá su avanzado estado de embarazo le impediría participar en ella.

—Estoy convencida de que tenía intención de deshacerse del bebé antes de que naciera —dijo Judy de manera tajante—. Esas cosas se hacen. Le aseguro que no habría estado tan pletórica con el papel si no tuviese ya planeada la forma de superar ese obstáculo.

—Hum. Ya —dijo Humbleby azorado—. Perfecto. Bueno, ha sido usted de gran ayuda, señorita Flecker. Y ahora debemos continuar por nuestro propio pie. —Se levantó y dio un taconazo, a modo ilustrativo, presumiblemente—. Me parece que, quizá…

—Solo una cosa más —dijo Judy con tono vacilante—. ¿Cómo… sucedió?

Humbleby se lo contó mientras ella escuchaba de pie, con el ceño fruncido como quien traga un desagradable medicamento, y el gañido de una sierra mecánica en el taller de carpintería acompañaba la narrativa como un *obbligato* tristemente impersonal. Acabado el relato, ella hizo un gesto de asentimiento.

—Sí, supongo que, de cometer un acto semejante, era de esperar que Gloria lo hiciera así. Sin premeditación; solamente un repentino caer en la cuenta de cómo hacerlo, y un repentino impulso incontrolable. Y también es muy propio de ella —Judy sacudió los hombros, como para aplacar un escalofrío— lo de arrepentirse en el mismo instante de hacerlo. Su vida consistía en eso: en dejarse llevar por sus impulsos y arrepentirse al momento… —La voz de Judy se apagó de pronto—. Oh, *Dios* —dijo, y se apoyó en la mesa.

Guardaron silencio unos instantes. Luego, la puerta se abrió y un hombre de mediana edad, totalmente calvo, se asomó y los miró. Judy hizo un esfuerzo para recobrar la compostura.

—Hola, Frank —dijo.

—Hola, Judy. ¿Está aquí la Sinfónica de Londres?

—Sí.
—¿Ireland también?
—Aún no.
—¿En qué plató estamos?
—En el dos.
—Vale. —El hombre asintió con la cabeza y se esfumó; tras un brevísimo lapso reapareció, dijo «Buenos días» de sopetón a Humbleby y Fen, y se esfumó por segunda vez antes de que ellos tuvieran ocasión de responder.
Judy llamó a Johnny al despacho.
—Johnny, ¿puedes acercar a estos caballeros al Plató 5 y localizarles a Valerie Bryant? Es una de las coristas.
—Va —respondió Johnny con poca elegancia—. La conozco. Piernas largas, tontita.
—Y de camino —dijo Humbleby— haremos bien en pasar por el departamento jurídico.
—Hecho —contestó Johnny.
La señorita Flecker estrechó la mano a ambos. Y Fen, que de un tiempo a esta parte había adoptado un aire un tanto distraído que le hacía parecer medio imbécil, dijo:
—Solo una cosa más. ¿Cuál era la actitud de la familia Crane hacia Gloria Scott?
—¿La actitud de los Crane? —Judy se mostró más que sorprendida—. Bueno, a David no creo que ella lo conociera, ni tampoco él a ella. De Maurice ya le he hablado. No tengo ni idea de qué opinaba Nicholas de ella. Y en cuanto a Madge… Bueno, eso está claro: no la podía ni ver.
—¿Por qué?
—Por lo de Stuart North.
—¡Ah! ¿Y eso? —Fen arqueó las cejas—. ¿Eran rivales?
—Madge lleva una vida promiscua, pero tiene sus preferencias, y Stuart North es su favorito en este momento. Lamentablemente para Madge, la favorita de él era Gloria.

—¿Y cómo se tomó la señorita Crane lo de tener que trabajar con Gloria en *La dama desdichada*? ¿Le entusiasmaba la idea, en su opinión?

—Pues ahí está la cosa —contestó Judy, picada de interés—. Imagino que se pondría hecha una furia. De hecho…

—¿Qué?

—No, nada… Pero quizá valga la pena que se informen de cuál fue la reacción de Madge.

—Sí —dijo Fen—. Eso haremos, espero. —Se dirigió hacia la puerta—. Muchas gracias, señorita Flecker. La dejamos en paz ya.

—Puede venir a verme siempre que le apetezca.

Fen sonrió.

—Sería más a menudo de lo conveniente. Pero la mantendré informada de nuestros progresos, si los hay.

—Y, por cierto —medió Humbleby—, no hable de esto con nadie, ¿me hará el favor?

—Por supuesto.

—Pues muchas gracias. Y adiós, de momento.

5

Solamente desde la ociosidad, reflexionaba Fen mientras lo conducían lejos del ambiente relativamente humano del departamento de Sonido, consigue el hombre imprimir su personalidad a los lugares que habita; la laboriosidad deliberada despersonaliza por completo hasta el mejor de los edificios, consiguiendo incluso que este resulte tan nulo y carente de sentido como una cáscara de huevo vacía. Y los estudios no figuraban, ni mucho menos, entre el mejor de los edificios. Representaban, con la detallada pertinencia de una ilustración de libro de texto, ese punto en el que la búsqueda del funcionalismo estricto se estira hasta los límites de lo absurdo. Ya desde su intención primigenia de promover la eficiencia estaba aquella arquitectura abocada al fracaso, en tanto en cuanto el efecto psicológico de aquellos pasillos insulsos e indistinguibles, sus panorámicas de cubos contra incendios y las escalinatas de piedra con balaustradas de metal, monótonas en su anodina ausencia de adornos, por fuerza debía ejercer un efecto en extremo debilitante y descorazonador sobre la comunidad que transitaba por ellos. Es verdad que las personas con las que uno se cruzaba no parecían visiblemente afligidas por tan fantasmal entorno; pero la aquiescencia ante la fealdad resulta más devastadora aún si cabe para el espíritu que soportarla con impotencia, y en una industria consagrada a fabricar patrones visuales bonitos, y en la que los frutos más jugosos de la imaginación brillaban por su ausencia, resultaba penoso que al cuestionable nivel educativo del personal se le sumara la desventaja adicional de una *mise-en-scène* grotesca y deprimente…

A medida que pasaba el tiempo, quedó claro que el departamento jurídico se encontraba a una distancia más que considerable. Sin apartarse de Johnny —quien, tal vez con ánimo de alentarles, iba silbando de manera ininterrumpida una versión muy personal de *La donna è mobile*—, Fen y Humbleby salvaron una larga sucesión de corredores y pasillos que los condujeron definitiva e inverosímilmente ante unas puertas ventana que se abrían a un pequeño y siniestro patio cubierto de hierbajos, con un estilo arquitectónico de pretensiones árabes y una fuente a todas luces inservible en el centro; con aquellos muros picados de agujeros, pensó Fen, el lugar parecía un paredón de fusilamiento abandonado tras la guerra civil española. Al otro lado del patio, unos escalones los impelieron al subsuelo, donde recorrieron un breve trecho de túnel mal iluminado que, de manera inexplicable, los hizo emerger, tras franquear una puerta desvencijada de madera, en el tejado de un edificio cúbico de una única planta; a continuación, después de acceder a la planta baja por una escalera de caracol, salieron y toparon, para gran desconcierto de ambos, con una auténtica villa victoriana de piedra anidada entre arbustos de durillo y rododendros. La caleidoscópica secuencia de incongruencias hizo que Humbleby soltara una imprecación entre dientes, y Johnny, que sin duda se enorgullecía de los estudios y sin duda interpretó el sonido como un gesto de desaprobación hacia la reliquia que tenían delante, desistió de silbar el tiempo justo para explicar en tono de disculpa que la villa ya estaba allí cuando se construyeron los estudios y que, en consecuencia, habían permitido que permaneciera —de mala gana, como una suerte de reserva de pieles rojas— entre las maravillas modernistas erigidas por la productora Leiper.

—Además, solamente la usa el departamento jurídico —añadió, en opinión de Fen, muy a la manera en que un hombre justificaría ser dueño de un ordinario pañuelo de algodón afirmando que lo usa únicamente para sonarse la nariz—. Ahí está la puerta.

Con esta información innecesaria —por lo visto temía que Fen y Humbleby no lograsen acceder al interior jamás si dejaba que se las apañaran solos— y un ademán, los animó a entrar en la villa, donde otro joven, con un lápiz detrás de la oreja, los saludó receloso y, al conocer la identidad de Humbleby, se retiró con mayor desconfianza aún para consultar con alguna persona de más trascendencia que él. Al cabo regresó —ligeramente ufano, como quien contra viento y marea se las ha compuesto para arrastrar una montaña ante la presencia de un profeta— acompañado de un hombre de pelo canoso y expresión agotada, y con este individuo entabló conversación Humbleby sobre el contrato de Gloria Scott para *La dama desdichada* y averiguó que este en efecto existía, que se había firmado hacía nueve días y que la remuneración y las condiciones eran las habituales para aquella clase de acuerdos.

—¿El responsable de asignar el papel? —repitió el hombre canoso a raíz de una pregunta—. Ah, eso es cosa del productor, aunque lo consulta con otras personas también, desde luego.

—Ya veo —dijo Humbleby—. Bueno, pues creo que eso es todo lo que quería saber. Muchas gracias.

Recuperaron a Johnny, que para entonces había saltado de *La donna è mobile* a *La estrella vespertina,* y partieron en busca de Valerie Bryant. El edificio cúbico, el paso subterráneo y el patio árabe marcaron las etapas de su periplo hasta los estudios principales, pero a partir de ahí se adentraron en territorio aún inexplorado, y solo después de un largo y desconcertante viaje alcanzaron por fin el vasto recinto con aspecto de almacén del Plató 5. La zona por donde accedieron estaba completamente a oscuras (no había ventanas, claro), pero a media distancia se alcanzaba a distinguir cierto grado de actividad, y hacia allá se encaminaron abriéndose paso con cautela entre la maraña de cuerdas y cables que cubría el suelo. La fachada de un pub londinense —de las de estilo rococó que el señor Osbert Lancaster denomina «pub clásico»— apareció ante sus ojos; frente a esta, en el lienzo negro montado en un bastidor, estaban bosquejadas con tiza de color blanco las siluetas de varios comercios; delante se extendía una acera; en el interior, y parcialmente visibles a través de las coloridas vidrieras de las ventanas, varios figurantes vestidos con ropa victoriana y repartidos de pie por el espacio aguardaban a que sucediera algo. En la acera había dos mujeres jóvenes con casquetes y polisón. Una cámara las enfocaba desde delante, con un micrófono suspendido por encima mediante una pértiga como una zanahoria delante de un burro, y un hombre en mangas de camisa medía con una cinta métrica la distancia entre la lente y las narices de ellas. De vez en cuando se encaramaban a la cámara otros hombres, que escudriñaban a través del visor antes de retirarse en silencio. Arriba, en unas plataformas que colgaban del altísimo e invisible techo por medio de cadenas, los electricistas trasteaban con varios focos numerados mientras su supervisor, un hombre irascible con un cigarrillo pegado precariamente al labio inferior, les decía a voces desde abajo: «Quita el diez y el veintitrés, Bert» o «Puedes mantener el nueve, Bill» o, simple y llanamente, «La madre que os parió, ¿se puede saber qué estáis haciendo?». La anotadora aporreaba con diligencia una máquina de escribir; el director, un joven apuesto de unos treinta años, estaba hundido en una silla de lona hojeando un manoseado guion y contemplaba la escena con escepticismo; un enorme ventilador pintado de un agresivo rojo buzón permanecía agazapado al fondo como una suerte de insecto gigantesco, y mientras tanto, por doquier, la gente iba y venía, cuchicheaba en grupúsculos por los rincones o simplemente permanecía de pie, quieta, con la boca abierta. Dispersas entre estas personas había unas pocas chicas ligeras de ropa, y Johnny, tras interrogar brevemente a una de ellas, regresó para informar a Fen y a Humbleby de que estaban de suerte, porque el rodaje iba con retraso y a las chicas del coro, diligentemente presentes y cambiadas, todavía les faltaba una hora o dos antes de que las llamaran a escena.

—Esperen aquí —dijo—, que voy a buscarles a la tal Bryant.

Aguardaron muy obedientes, y llevaban así unos dos minutos cuando el director se hartó de repente de tanto preparativo y ordenó rodar una toma. El revuelo fue instantáneo: las luces se encendieron y apagaron de manera intermitente, los técnicos empezaron a correr de un lado para otro, el equipo de cámara se apiñó detrás de su máquina, los rostros de las dos jóvenes de la acera, ya espesamente cubiertos de maquillaje, recibieron una capa fresca de polvos; la anotadora abandonó la máquina de escribir y, cuaderno en mano, corrió a apostarse junto al director, y Fen, que había rodeado la fachada del pub y saludaba con una mano a Humbleby desde una ventana, fue trasladado sin contemplaciones a lugar seguro. Se hizo el silencio.

—Sí —dijo el director mientras supervisaba con aire cansino el resultado de tanto movimiento—. Sí, listos.

—Silencio absoluto, por favor —rogó alguien elevando la voz.

—Márcalo —dijo otra persona, y el chico encargado de la claqueta accionó pudorosa y ruidosamente su instrumento delante del objetivo.

—¡Fondo! —ordenó el director, y los figurantes del interior del pub empezaron a tambalearse en achispado movimiento.

—¡Acción! —exclamó, y las dos jóvenes avanzaron por la acera y se detuvieron ante la puerta del pub, donde una de ellas, dándole un codazo a la otra, dijo: «¿Un traguito, Gert?».

—¡Corten! —dijo el director.

La tensión se disipó.

—Bien —dijo el director—. Muy pero que muy bien, la verdad. Señorita Morris, creo que estaría bien que alargase la pausa una fracción de segundo antes de pronunciar su frase, solo una fracción de segundo. Muy bien, equipo. Vamos a hacer otra directamente.

Fen, incapaz de quedarse quieto, se había llegado hasta el ventilador y lo contemplaba con suma curiosidad. Ya estaba extendiendo una mano hacia él cuando, por fortuna, lo distrajo el regreso de Johnny, que iba azuzando ante él, aguijoneándola con un dedo en la parte baja de la espalda, a una rubia alta de apariencia aturdida. Llevaba zapatos negros de tacón, medias negras con ligas y un historiado corsé blanco y negro repleto de volantes que permitía —y alentaba, todo hay que decirlo— una generosa exposición de muslo y pechuga. Su cara, maquillada, era como una máscara; su extensa superficie de carne desnuda estaba pintada de color cobrizo; y el efecto en su conjunto era peculiarmente anafrodisíaco. Ante esta aparición pseudodecimonónica convergieron Fen y Humbleby de forma un tanto abrupta.

—Ah, señorita Bryant —dijo Humbleby muy cordial—. Me alegra que la hayan encontrado. Si tuviera un par de minutos…, quisiera charlar con usted.

La señorita Bryant le sacó la lengua. Todos los presentes entendieron que la había sacado con objeto de pasársela por los labios y que, en el último momento, se había acordado del estado lacado e imposible de lamer en que aquellos se encontraban, pero no por ello dejó de causar el gesto un efecto perturbador; sobre todo a la propia muchacha, aparentemente, porque se le llenaron los ojos de lágrimas y empezaron a temblarle las rodillas. Humbleby, que no estaba acostumbrado a que su dócil y apaciguadora presencia provocara reacciones adversas como aquella, dijo:

—Vamos, vamos, señorita Bryant, no hay motivos para asustarse.

Fen dijo:

—Me llamo Gervase Fen.

Y Johnny, a la vez que le asestaba una sonora palmada en el trasero ligero de ropa, dijo:

—No seas tonta, niña.

De entre esta variada oferta de medidas profilácticas, la última fue la que resultó más eficaz. Dio la sensación de que incluso animaba a la señorita Bryant, tal vez debido a que era la clase de trato con el que estaba más o menos familiarizada. Se frotó con naturalidad y con una timorata vocecita contestó con acento cockney:

—Estoy bien, señor, gracias.

—Bien, bien —dijo Humbleby con mucha alharaca.

Era obvio que en su experiencia no figuraba el trato con coristas tímidas y sensibles, y dio la impresión de que no sabía qué hacer o qué decir a continuación. Lo sacó del atolladero, no obstante, el grito de «¡Silencio absoluto, por favor!» que anunció la segunda toma, y puesto que resultó evidente que si deseaban conversar debían marcharse a otra parte, hizo un ademán a los demás para que lo siguieran y se encaminó de puntillas hacia la puerta. Una vez fuera, pidió que los llevaran a una estancia vacía, y Johnny, tras una intentona fallida en la que perturbó sin tacto alguno los arrumacos entre una camarera de la cantina y un ingeniero de sonido, enseguida le encontró una: un espacio cuadrado, insulso y sin apenas muebles, cuyas ventanas dominaban parte del complejo y, en ese momento en particular, ofrecían una panorámica de un grupo de obreros que, provistos de carretillas, cavaban con suma parsimonia un pequeño hoyo en el suelo.

—¿Alguna cosa más? —preguntó Johnny—. Porque si no me necesitan, debería volver… Y haz el favor de comportarte, Miss Sex Appeal —le dijo a Valerie Bryant— o te encerrarán en el calabozo. Me las piro, entonces. Se despide John Wilberforce Mornington, a su servicio hoy y siempre.

Dicho esto se marchó alegremente. Y Humbleby, tras aclararse la garganta con gesto abochornado, dijo:

—Por favor, siéntese, señorita Bryant.

La señorita Bryant tomó asiento —con precaución, en el borde de una silla—, levantó la vista hacia ellos y los miró con ojos de carnero degollado.

—Es que tengo que ir con cuidado —explicó—, no se me vaya a correr el maquillaje de las piernas y de los brazos.

—Y que lo diga —dijo Humbleby—. Desde luego.

Era evidente que a la señorita Bryant no le consoló esta

pronta expresión de aquiescencia, porque se echó a temblar de nuevo, aunque de manera menos violenta que la vez anterior.

—Yo… —tartamudeó—. ¿En serio que es usted de la policía, señor?

—Sí, muy en serio —contestó Humbleby—, pero no se alarme, señorita Bryant. Tan solo quiero hacerle un par de preguntas sobre Gloria Scott.

—¿Sobre Gloria? —La señorita Bryant estaba atónita—. ¿No se habrá metido en un lío, verdad que no, señor?

Humbleby meneó la cabeza con gesto grave.

—Siento mucho comunicarle, señorita Bryant, que Gloria ha, esto… Se ha suicidado.

La señorita Bryant se quedó muy quieta. Al cabo de un momento, dos gruesas lágrimas rodaron por sus mejillas, dejando sendos regueros brillantes en el maquillaje. Tanto Fen como Humbleby temieron que fuera a echarse a llorar, pero el impacto de la inteligencia de Humbleby la había insensibilizado, y solamente se movió para enjugarse las lágrimas con el dorso de la mano. Finalmente, susurró:

—Gloria siempre estaba diciendo que lo iba a hacer.

—¿El qué? ¿Suicidarse?

La señorita Bryant asintió muy despacio con la cabeza.

—Y yo no le hacía caso porque siempre se ha dicho que los que más lo dicen nunca lo hacen. —Entonces se le ocurrió algo que hizo que se irguiera muy tiesa en la silla—. ¡Pero no puede ser, señor! No se habría suicidado después del papel ese tan bueno que había conseguido en la película histórica esa. No sabe lo contenta que estaba, y además…

—Sí —la interrumpió Humbleby—. Lo sabemos, señorita Bryant, y por eso estamos intentando dar con alguna otra razón… Un motivo lo bastante grave como para que el contrato para *La dama desdichada* pasara a segundo plano, y como para que la señorita Scott se viese impelida a…, esto…, a quitarse la vida. Quizá usted pueda ayudarnos a encontrarlo.

Pero la señorita Bryant porfió en su discrepancia con sorprendente firmeza.

—Le digo que no puede ser, señor —dijo—. Le juro que no se habría suicidado, ¡lo juro! —Y percibieron que algo rayano a la histeria empezaba a abrirse paso hacia la superficie—. Se la han cargado, seguro. —Su voz sonó más alta y chillona—. Algún cerdo hijo de…

—No diga tonterías, muchacha —terció Fen con brusquedad—. Hay varios testigos que lo presenciaron todo, y no hay la menor probabilidad de que la asesinaran. Sáquese eso de la cabeza y hable con sensatez. —Entonces, tras comprobar que el desbarre hacia un ataque de nervios quedaba atajado por el momento, añadió con mayor delicadeza—: Es desolador y horrible, lo sé, pero no hay nada que ni usted ni yo podamos hacer. —Y un poco para sí mismo, murmuró—: Debemos a Dios una muerte.[6]

La muchacha levantó la vista hacia él.

—Qué manera *más rara* de verlo.

Como otros en otras ocasiones, la muchacha estaba descubriendo que la presencia y la personalidad de Fen resultaban por sí solas extrañamente gratificantes y tranquilizadoras. Él le dedicó una sonrisa alentadora y sin una gota de sentimentalismo, y dijo:

—Yo diría que fantástica, ¿no le parece?

Humbleby, entretanto, había sacado su cuaderno.

—No se inquiete por esto —dijo—. Solamente voy a tomar notas porque soy olvidadizo por naturaleza.

6. Aquí, Fen cita a Shakespeare, en *Enrique IV,* Segunda Parte, III, ii, 243. Tomo la traducción de Luis Astrana Marín, en *Obras Completas* de William Shakespeare (Aguilar, 1951).

Ante esta solemne afirmación, el voluble espíritu de la juventud aplacó la aflicción inmediata, y la señorita Bryant soltó una risita.

—Vale, vale —dijo mostrándose por primera vez más o menos segura de sí misma—. Ya sé lo que dicen de mí, que parezco la rubia tonta de las pelis y eso, pero tampoco hace falta que me hable como si fuera *retrasada.* —Y volvió a reírse.

—No, desde luego que no. —A Humbleby le alivió y mucho que la entrevista pasara de este modo a un plano menos emocional—. Empecemos por el principio, entonces. —Preparó el portaminas—. Su nombre es Valerie Bryant.

—Valerie Rose Bryant. Lo que pasa es que Rose es un nombre *corriente,* ya sabe, así que no se lo digo a cualquiera. —Y con este ingenuo ramalazo de coquetería, la señorita Bryant se meneó la delantera para encajarla más cómodamente en el precario sostén de su atuendo—. Mi madre siempre dice que…

Los *obiter dicta* maternales no eran, sin embargo, lo que buscaba Humbleby, y los atajó sin contemplaciones diciendo:

—¿Y su edad?

—Diecisiete años, señor.

—¿Diecisiete? —repitió Humbleby con desmayo; aquella muchacha alta y de tan hermosas proporciones aparentaba veinticinco, como poco—. ¿Diecisiete, dice usted?

—Sí, señor. Diecisiete.

—Oh. Ah. Diecisiete, entonces. ¿Y desde cuándo conocía a Gloria Scott?

La señorita Bryant frunció sus cejas delineadas y sumó con los dedos.

—Pues hará ahora casi un año, señor. Al principio, ella era figurante, y un día nos pusimos a charlar durante el almuerzo, en la cantina.

—¿Y llegaron a ser íntimas?

De nuevo una lágrima surcó destructivamente la mejilla cobriza de la señorita Bryant.

—Era un cielo, señor —contestó, y su tono de voz transmitió un homenaje tan sencillo y carente de crítica que pilló a Fen por sorpresa—. Y listísima, vaya que sí. Era una actriz de verdad, no una simple corista como yo; ella era una actriz de las de verdad. Siempre me he preguntado qué vería en mí, en serio se lo digo.

Ante tamaño encomio, pensó Fen, no costaba hacerse una idea de cómo había sido la relación entre las dos: por un lado, Gloria Scott, idolatrada y encantada de serlo; y por el otro, aquella muchacha simplona, tan perdidamente subyugada por el habla rimbombante como Desdémona por el relato de las campañas de Otelo. Así visto, se le ocurrió a Fen que el cuadro era bastante desagradable, tanto que, a medida que lo contemplaba, fue menguando la leve simpatía que Judy Flecker había sembrado en él hacia Gloria Scott.

A una conclusión por el estilo debía de haber llegado Humbleby también, porque arrugó un poco la frente antes de decir:

—Y, por lo que tengo entendido, «Gloria Scott» no era su verdadero nombre.

—No, señor, qué va. Ella decía que su familia era muy conocida y que por eso se había cambiado el nombre, para que la gente no le diera trabajo por ser quien era.

Sí, pensó Fen, sería muy propio de ella decir eso; como pista servía de poco. Y la curiosidad de saber hasta qué punto había estado sometida a Gloria Scott la chica que tenía delante lo impulsó a preguntar:

—Y, en su opinión, ¿era eso cierto?

—No lo sé, señor. —Bajo la capa de maquillaje, la señorita Bryant se sonrojó espantada ante su propia deslealtad—. A veces he pensado que a lo mejor solo se lo cambió porque su nombre verdadero no era lo bastante bonito para una actriz.

—¿Y cuál era su verdadero nombre?

La señorita Bryant negó con la cabeza sin pronunciar palabra.

—¿No lo sabe?

—No, señor.

Humbleby dejó escapar un suspiro.

—¿Le habló en alguna ocasión sobre su familia? ¿O se reunió, que usted sepa, con algún familiar?

—No que yo sepa, señor. Nunca. Parecía... —A la señorita Bryant le tembló la voz—. Parecía muy sola, como si no tuviera a nadie. Una vez me contó que a su familia no le haría gracia que trabajara en el cine, y que por eso no iba a decirles nada hasta que no se hiciera un nombre ella solita.

—Entonces, ¿tuvo usted la impresión de que se había escapado de casa?

—Sí, señor, es justo lo que pensé. Aunque cada vez que se lo preguntaba directamente, como que se ponía supermisteriosa y tal.

—Y cuando uno se pone misterioso —dijo Fen muy a propósito— es fácil impresionar a los demás, ¿verdad?

Ella captó al vuelo la intención del comentario.

—Ya sé que me dejaba tratar como a una tonta, señor —dijo con humildad—. Pero nunca había conocido una persona así que quisiera ser amiga mía y... y ahora está muerta... y...

—Y ya no necesita admiradores —dijo Fen—. Usted también merece que la admiren un poco, ¿sabe? ¿Lo hizo ella alguna vez?

Ella lo miró asombrada.

—¿A mí, señor?

—Es usted una jovencita modesta de buen corazón, muy guapa y con una figura única.

La señorita Bryant se contempló sin convicción.

—A ver, tengo buenas piernas —reconoció—, pero... pero... no veo...

—Ah, ¿no? —Fen la sonrió, mientras pensaba para sí que la edad empezaba a alimentar en él emociones de un paternalismo y moralismo desalentadores—. Piénselo bien y ya verá como sí. A mí me parece que lo que usted tenía era una tirana y no una amiga. ¿No es así?

Y para alivio suyo —pues sabía de sobra que jugar a los terapeutas como había estado haciendo hasta ese momento tenía un peligroso doble filo—, la muchacha asintió con la cabeza muy despacio.

—Sí, señor, digo yo que sí era un poco de esa manera. Pero tampoco la voy a dejar tirada, ¿no, señor?

—Pues no —dijo Fen muy serio—, de ninguna manera.

Aunque levemente divertido y muy de acuerdo con aquella demostración elemental de sanación espiritual, Humbleby empezaba a tener la sensación de que ya era hora de volver al grano. Dijo:

—Y resuelto ese particular, hay un par de cosas de las que nos puede informar. Por ejemplo, ¿tenía la señorita Scott alguna amistad íntima aparte de usted misma?

—Que yo sepa, no, señor. O sea, digo amistades femeninas. En cuanto a hombres… —Vaciló.

—Justo, iba a preguntarle sobre eso. Prosiga.

—Bueno, era guapísima, señor —dijo la señorita Bryant un tanto abruptamente después de hacer una pausa de una fracción de segundo—, así que es lógico que…, bueno, que picotease bastante, ¿no le parece?

—Iba a tener un bebé.

—Sí, señor —dijo la señorita Bryant con un hilo de voz—. Me lo contó… Casi… —sus ojos eran los de una niña dolida— casi parecía orgullosa. —Desvió la vista hacia Fen, que asintió con la cabeza.

—Seguro que se lo tomó con experta serenidad —comentó—. ¿La impresionó?

—No, señor, qué va. Me… me pareció espantoso. —Atormentada una vez más por la sensación de deslealtad, Valerie Bryant entornó sus pestañas recubiertas de rímel, pero cuando levantó la vista de nuevo fue para repetir, más alto y claro que antes—: Me pareció atroz.

—Y yo no me he expresado con propiedad, ¿verdad? —dijo Humbleby—. No iba a *tener* al bebé. Iba a deshacerse de él antes de dar a luz.

—Sí, señor. —Y entonces, como si por fin hubiese resuelto el asunto que la tenía perpleja, Valerie Bryant habló con firmeza—. Iba a abortar. De otro modo no habría podido aceptar ese papel en la película histórica.

—Es evidente. ¿Quién era el padre?

—Eso no me lo contó, señor. Solamente dio a entender que era alguien importante. —De nuevo desvió la vista hacia Fen, dejando traslucir su decepción y su disposición a admitirla; en respuesta, él esbozó una sonrisa comprensiva—. Pero, claro, yo tenía mis sospechas.

—¿De quién?

Miró con desconfianza a su alrededor, y Humbleby, interpretando el gesto, dijo:

—Tranquila. Lo que diga no saldrá de aquí.

—Bueno, señor, en ese caso… Yo pensaba que tenía que ser o el señor North, ya sabe, Stuart North, la estrella de cine, o el señor Maurice Crane.

—Sí, encaja con lo que ya sabemos. ¿Dónde pasó Gloria Scott las navidades?

—¿Fue entonces cuando pasó, señor? Fue a visitar a los Crane, así que digo yo que…

—Sí. De todos modos, lo investigaremos. Supongo que la señorita Scott no le dio la impresión de que tuviera intención de casarse, ¿verdad?

—¿Por lo del bebé, dice usted, señor?

—No solo por eso. Digo en general, cuando fuera, con quien fuera...

—Bueno, sí que dejaba caer de vez en cuando que había alguien muy interesado en ella, pero a lo mejor era un cuento. Seguro seguro no lo sé, señor.

—¿No se le ocurre ningún motivo por el cual pudo quitarse la vida?

Valerie Bryant reflexionó larga y pausadamente.

—No, señor —respondió al fin—. Ninguno, de verdad se lo digo.

—¿Cuándo fue la última vez que la vio?

—Antes de ayer fue, señor. Vino a almorzar a la cantina.

—¿Y la notó normal, como siempre?

—Oh, sí, señor. Muy contenta y eso. Aunque, no sé...

—¿Qué?

—Como que me dio a entender que ya no iba a querer verme tanto. —Valerie hundió sus hombros cobrizos con ademán apesadumbrado—. Normal, tenía que seguir su camino; así que, bueno, tampoco me extraña, la verdad.

—En calidad de agente de la ley —dijo Humbleby sin alterarse—, se supone que he de abstenerme de hacer comentarios personales. No obstante, permítame que le diga una cosa: a mí me parece que esa lo que era es un mal bicho... ¿Le contó qué pensaba hacer esa tarde noche?

—Sí, señor, así es.

—Ajá. —Humbleby aparcó los ultrajes y adoptó un aire más profesional—. ¿Y bien? ¿Qué era?

—La habían invitado a una fiesta, señor. En el piso del señor Nicholas Crane.

—Esto ya es otra cosa. —Tan satisfecho estaba Humbleby que soltó una risotada nasal—. ¿Y ya no volvió a verla?

—No, señor.

—Muy bien. —Humbleby cerró el cuaderno de golpe y lo

aseguró con una enorme goma elástica—. Ah… Solo un par de preguntas más. ¿Dónde vivía Gloria Scott?

—En Kensington, señor. En el número 22 de Renfrew Gardens… Pero, ay —se acordó Valerie de repente—, iba a mudarse; no sé a dónde…

—No se preocupe; nosotros sí lo sabemos. Y la otra pregunta… ¿Dónde vivía y a qué se dedicaba hace un año, antes de empezar a trabajar aquí?

—Oh, esa es fácil, señor. Actuaba en un teatro de repertorio de Menenford.

—Bien. —Humbleby se levantó—. Pues creo que eso es todo. Le ruego que, de momento, no comente con nadie nuestra conversación.

Valerie también se puso de pie.

—No, señor, lo que usted diga. Pero me… Me… ¿Podría decirme, por favor, cómo pasó, señor?

—Desde luego —accedió Humbleby y la puso al corriente en pocas palabras.

Ella lo escuchó con apatía; parecía demasiado aturdida por el hecho en sí como para asimilar los detalles.

—¿Y el funeral, señor? —preguntó cuando él hubo terminado—. Me gustaría ir.

—Depende de lo que consigamos averiguar sobre su familia —respondió Humbleby—. Pero, sea como sea, procuraré hacerle saber cuándo se celebrará… Y ahora nosotros tenemos que marcharnos, y usted debe volver al trabajo.

Ella se encaminó hacia la puerta, que Fen le abrió solícito. El sueño de todo hombre de negocios, pensó: no era difícil predecir, en líneas generales, lo que acabaría siendo de ella… La muchacha se detuvo un instante y le sonrió con timidez; luego aceleró el paso y se alejó por el pasillo, con los hombros temblando por el llanto… Por lo visto había al menos una persona cuya tristeza por la pérdida de Gloria Scott no era fingida.

6

Fen y Humbleby la observaron marcharse sin saber qué hacer.

—Debería usted montar una consulta psiquiátrica —dijo Humbleby con sarcasmo—. *Spécialité de la maison:* sublimación de relaciones tóxicas entre adolescentes. Le veo muy serio; mucho más que como le recordaba.

El pelo castaño de Fen, aplastado de manera ineficaz con agua, se le levantaba en picos rebeldes en la coronilla; su rostro enjuto, de tez rubicunda y perfectamente rasurada, adoptó una expresión pensativa.

—A medida que me hago mayor —explicó—, me vuelvo menos estoico y más predecible. A veces lo pienso y me deprimo. —Suspiró y consultó el reloj—. Las once menos cinco. Debo irme a mi reunión. ¿Qué planes tiene?

—Mis planes son Maurice y Nicholas Crane.

—Pues yo los voy a ver ahora mismo: los dos participan en la película. Acompáñeme.

—Se lo agradezco, pero antes tengo que llamar a Charles; además, no me parece de recibo perturbar el desarrollo de su reunión con mis…, esto…, con mis pesquisas. ¿Cuánto durará?

—Vaya usted a saber. Calculo que no mucho, teniendo en cuenta que no estará Leiper.

—Está bien, ¿puede decirles a Maurice y a Nicholas que deseo verlos tan pronto acabe la reunión?

Fen lo miró con reservas.

—Se lo diré —dijo—, cómo no. Pero esa gente no es muy de obedecer, ni siquiera a la policía, y lo más probable es que se escabullan fingiendo haberse olvidado del asunto. Lo mejor es que venga en persona y les meta el miedo en el cuerpo.

—No me diga que van a ser tan irresponsables como para…

—El cine es como una religión —le interrumpió Fen—. Hasta las agencias gubernamentales, como la de racionamiento de petróleo, la tributaria y demás, hacen la vista gorda con ellos hasta cierto punto. Y eso infunde a la gente importante de la industria cierta sensación de inmunidad, que no es del todo ilusoria, dicho sea de paso. Si quiere hablar con los hermanos Crane, va a tener que abordarlos en persona.

Humbleby se rindió a la propuesta, no sin antes resistirse un poco, y ambos partieron en busca de la sala CC, para descubrir, con cierto asombro, que estaba muy cerca de donde se encontraban. Aunque más amplia, guardaba un parecido descorazonador con la estancia que acababan de abandonar. El suelo de parqué empezaba a levantarse, por lo que había láminas que sobresalían traicioneramente y hacían tropezar a la gente. La pintura verde de los radiadores se estaba descascarillando. Alguien —es posible que en un arrebato al estilo de Martín Lutero ante una aparición del demonio— había lanzado un frasco de tinta contra la pared. En el centro, una mesa se hallaba aprovisionada, como para la reunión de una junta directiva, con ceniceros, papel de sobremesa y tinteros, y tenía sillas de tubo cromado con asientos tapizados de rojo dispuestas a su alrededor. La estancia contaba, no obstante, con dos toques más o menos humanos: una fotografía enmarcada del equipo de hockey de los estudios de 1937, y un carrito con ruedas de caucho cargado de tazas de humeante café.

Hacia este último dirigió Fen sus pasos de inmediato nada más llegar, aunque antes le señaló a Humbleby quiénes eran los hermanos Crane. Advirtió que la reunión no había empezado oficialmente. La dispersa concurrencia estaba de pie y charlaba con desgana; se trataba de un grupo variopinto que representaba, bien lo sabía Fen, los entusiasmos personales de Giles Leiper en distintos ámbitos. En su mayor parte, eran personas que en condiciones normales no habrían escogido trabajar juntas, pero que en aquel instante se habían visto superadas por las circunstancias y habían llegado a un entente para solucionar su problema social, juntándose incómodamente en grupitos. No mejoraba el ambiente que al menos la mitad de ellos no pudiese aportar absolutamente nada en una ocasión como aquella y solo se encontrase allí porque Giles Leiper, que concebía las películas como Obras de Arte Colectivas, había insistido en que todos los artistas contribuyesen a planificar la película que se traían entre manos. Leiper —tal y como había pronosticado Stuart North— no estaba presente, pero su influencia se cernía sobre el grupo como las maldiciones en los cuentos, impregnándolo todo con una inevitable aura de pesimismo… Aunque —se dijo Fen— quizá el ánimo reinante en aquella reunión en particular, con sus cuchicheos recelosos y un aire generalizado de sombría aprensión, obedeciera a una causa más poderosa e inmediata que los caprichos de Leiper; los grandes nombres de la industria del cine no tienden a mostrarse joviales en el desempeño de su profesión, pero el talante taciturno que en aquel instante mostraba cada uno de los presentes resultaba exagerado, y era razonable suponer que fuera la consecuencia directa de algún asunto silenciado y lo bastante grave como para acentuar la ya de por sí penetrante melancolía que generaba *La dama desdichada;* un asunto como la muerte de Gloria Scott, quizá… Fen observó de reojo a Maurice y Nicholas Crane mientras Humbleby hablaba con ellos, y le dio la impresión de que a ambos les turbaba sobremanera la petición del policía de interrogarlos, especialmente (cosa rara) a Nicholas…

Interrumpió su furtivo escrutinio Gresson, un nimio y liliputiense profesor de Cambridge cuya tarea era prestar asesoramiento sobre el contexto histórico y sociológico de la época de Pope. Durante la primera reunión de guion, Gresson, que estaba hecho un flan, no había sido capaz de recordar la fecha de la muerte de la reina Ana, y esto le hizo perder tantos puntos entre el personal que apenas le habían vuelto a consultar desde entonces. A pesar de todo, aquella desafortunada circunstancia no le había desanimado en exceso, más que nada porque su aceptación del puesto de asesor no había obedecido tanto al deseo de garantizar el rigor histórico de la película como a la promesa de bellas mujeres. Concebía los estudios, al igual que Humbleby —aunque en el caso de Gresson hasta tal punto que rayaba la alucinación—, como una suerte de coto de acecho y caza para los devotos de la Venus Pandemos, donde se podían encontrar números ingentes de jóvenes y hermosas muchachas que, decididas a alcanzar fama y fortuna, hacían fila para entregar sus cuerpos a cualquier representante del sexo opuesto al que estimaran capaz de conseguirles una prueba cinematográfica. Enfrentada a la realidad, esta disparatada idea no habría resistido ni un día en la mente de un hombre que no se dejara llevar tanto como Gresson por sus fantasías lúbricas. Él, sin embargo, se aferraba a esa convicción y, tras cumplir con los saludos de rigor, se dirigió a Fen con voz de sátiro y le dijo:

—Esas chicas de ahí... Llevan anillo de compromiso.

Fen conocía los delirios de Gresson y le traían bastante sin cuidado. Siguió su mirada hasta dos secretarias rubias indistinguibles, al servicio de Jocelyn Stafford y Nicholas Crane, que estaban sentadas juntas cuchicheando, con sus cuadernos de notas sobre los muslos, mientras esperaban a que empezara la reunión.

—Sí —corroboró Fen—. En efecto.

—Pero dígame —prosiguió Gresson—, ¿usted cree que están prometidas *de verdad*? ¿O que solo llevan los anillos como... como protección?

—Los anillos son puro camuflaje —respondió Fen con firmeza. Le tenía antipatía a Gresson y acababa de recordar que el novio de una de las chicas era campeón de boxeo de pesos pesados—. En ese aspecto, yo diría que cualquiera de las dos está a su disposición. Y es posible que muy especialmente la de la izquierda.

Gresson soltó una risita nerviosa; no acababa de hacerle gracia que se arrojara luz de manera tan despiadada sobre los impulsos que ocultaba su pregunta.

—Vamos, vamos —dijo—, no estaba pensando en nada parecido. Lo preguntaba por curiosidad, nada más… Supongo —continuó como quien no quiere la cosa— que una chica como esa tendrá unas ganas locas de hacerse con un papel en una película, ¿verdad? Lo que quiero decir es que muchas de ellas se meten a secretarias solo para poner un pie en los estudios, ¿no es así?

—Solo tiene que hablar con ellas para ver las ganas que tienen —dijo Fen con malicia—. Creo que algunas estarían dispuestas a matar a su madre a cambio de una prueba.

—Ajá. ¿Eso cree?

—Sin duda, sin duda.

Gresson respiró hondo, satisfecho.

—Vaya, vaya —dijo—. Qué curiosa es la naturaleza humana, ¿eh?

—Curiosísima.

—Me parece… —Gresson se llevó un dedo a los labios en ademán pensativo—. Me parece que voy a acercarme a preguntarles por el horario de trenes para regresar a Londres. Son cosas de las que están al tanto, supongo.

—Vaya con cuidado —dijo Fen con guasa—, no vayan a seducirle.

—¡Ja! —Ante tan deliciosa sugerencia, la *idée fixe* de Gresson afloró sin control, como un salmón en una presa—. ¡Seducirme! Pues tampoco me quejaría, la verdad. Pero, dígame, ¿quién cree que tiene mejores piernas? —Esta última palabra brotó de sus labios como un gorjeo libidinoso—. ¿Cuál de las dos cree que…?

—La de la izquierda. —Fen contestó de manera un tanto abrupta; siendo como era un hombre de temperamento voluble, ya empezaba a estar harto del tema y de Gresson—. Fíjese bien en sus piernas mientras les pregunta lo de los trenes, y luego vuelva y dígame si está o no de acuerdo.

—Qué grosería —dijo Gresson—. Me temo que sería una grosería.

Su nerviosismo le estaba ganando la partida y, como estaba claro que, por complaciente que se mostrara la chica a la que abordara, en la práctica aquello quedaría en nada, Fen lo abandonó, enclaustrado para la eternidad en las figuraciones priápicas de su propia mente, y fue a interceptar a Humbleby, que se había separado de los Crane y se dirigía hacia la puerta.

—Arreglado —dijo Humbleby en voz baja—. Van a reunirse conmigo en lo que aquí llaman el Club, a mediodía o un poco más tarde.

—¿Les ha contado de qué se trataba?

—Sí. ¿Nos acompañará?

—Como no ostento un cargo oficial —dijo Fen—, es posible que no quieran que asista. Pero por intentarlo que no falte; y si me echan, podemos quedar para almorzar juntos. No le importa que me meta, ¿verdad?

—¡Pero qué dice, hombre!

—Entonces, le veo más tarde.

Al salir, Humbleby casi chocó con Madge Crane. Se hizo a un lado para dejarla pasar, y ella le dio las gracias con alegría y naturalidad. Su nula afectación se había publicitado mucho en los periódicos, y siempre que había extraños a su alrededor hacía honor a este rasgo con determinación. Fen tuvo tiempo de advertir que los hermanos Crane lo miraban con recelo como consecuencia de su breve conversación con Humbleby, justo antes de que Jocelyn Stafford, el productor, elevara la voz para sugerir que empezase la reunión. Abandonadas las tazas de café, los presentes se acomodaron obedientemente en torno a la mesa.

Fen acabó con Gresson a un lado y Aubrey Medesco al otro. Medesco, un anciano de estatura y tonelaje formidables, era el escenógrafo y, como todos los presentes, le tenía especial manía a *La dama desdichada* y a cuanto tuviera que ver con la película. Cuando lo llamaron para participar en una película sobre Pope, había dado por supuesto, como es natural, que la villa de Twickenham, con su gruta subterránea, estaría ampliamente representada en ella, y con el fin de reproducirla con éxito le había dedicado, antes de celebrarse la primera lectura de guion, muchas horas de sesuda reflexión. Por desgracia, empero, la fecha escogida para el desarrollo de la acción había sido 1716, cuando Pope todavía vivía en Binfield, y la noticia de que Twickenham, por lo tanto, no saldría ni una sola vez en la película amargó hasta tal punto a Medesco que, desde entonces, su cooperación en el proyecto había sido nula, incluso delante de Leiper. Ahora, como en ocasiones anteriores, estaba sentado con cara de absoluta desaprobación mientras trasladaba rápida pero delicadamente fragmentos de una pequeña tableta de chocolate con leche de la mesa a su boca. La única persona capaz de suscitar cierta cordialidad de su parte había sido Fen, cuyo talento para dormitar con disimulo había despertado en él el interés y devoción de un experto en la materia.

Gráciles y eficientes, las rubias indistinguibles fueron situando delante de cada uno de los asistentes una copia del guion revisado: un grueso trasunto mecanografiado, con aseadas tapas de cartulina verde y un lazo rojo. Unos lo abrieron y se pusieron a hurgar entre las páginas fingiendo curiosidad y buena voluntad, mientras que otros, Fen y Medesco entre ellos, lo ignoraron. Las rubias se acomodaron entonces con lápiz y cuaderno en mano y, bajo la presidencia de Jocelyn Stafford, dio oneroso comienzo la reunión.

Stafford era un hombre de mediana edad tirando a rellenito, con pelo marrón que empezaba a ralear y unos ojos levemente saltones. Mientras hojeaba el guion revisado, le dedicó una serie de cumplidos muy corteses. A estos reaccionó el autor, que se encontraba situado a su derecha, con gesto abatido. El abatimiento, pensó Fen, era de esperar. Evan George, un popular novelista que había alcanzado la fama con una sucesión de esos libros tan cómodos de leer sobre personas-como-tú-y-como-yo a los que las féminas de clase media guardan inquebrantable fidelidad, había reaccionado a su primer encargo para la industria del cine (se lo había endilgado Leiper) como era de esperar: primero con comedido entusiasmo y confianza; luego con recelo —puesto que, pese al derroche de alabanzas cosechadas por su primer esbozo del guion, al parecer este necesitaba un número considerable de cambios—; y finalmente con desesperación, al contemplar las míseras astillas que habían sobrevivido de su preciada construcción original. Era un hombre menudo y enjuto, de unos cincuenta años, con el rostro moreno surcado de arrugas, una ropa que daba la impresión de que su dueño se hubiese acostumbrado a dormir con ella puesta, y cierta propensión a la dispepsia que intentaba aliviar mediante la frecuente ingestión de cápsulas de sales de magnesio. A su derecha, Stuart North tosía y salpicaba saliva sin parar, mientras Madge Crane lo miraba con una expresión de desasosiego en la que claramente pretendía que él recalase. Al lado de ella, y atenta a esta acción secundaria que presenciaba con gesto burlón, estaba sentada Caroline Cecil, una actriz encasillada en papeles melodramáticos a la que el personaje de la señora Weston le venía que ni pintado. Y junto a ella estaba la mano derecha de Griswold en el departamento de Sonido, leyendo una novela a escondidas.

Pero de entre todas estas personas, los que tenían prácticamente secuestrada la atención de Fen eran los Crane: Madge, de cabello negro, complexión estilizada y una actitud amable y servicial poco convincente; Nicholas, reservado, callado, a punto de cumplir los treinta, ayudante de dirección nada más acabar los estudios en su colegio privado, cámara a los veintitrés, director a los veintisiete; y Maurice, irreverente, de mirada ladina, aire displicente y con aspecto —juzgó Fen— muy desmejorado. Apenas guardaban parecido familiar entre ellos, exceptuando, quizá, la impecable forma de la nariz, pero sí daban la impresión de compartir un mismo malestar, que se delataba a través de algún que otro significativo pero mudo intercambio de miradas. Y la razón de ello, pensó Fen, carecía de misterio: hacía ya rato que se le había ocurrido cuál podría haber sido el motivo del suicidio de Gloria Scott, y estaba razonablemente seguro de que su conjetura era acertada.

Los Crane, si no se equivocaba, hacían bien en inquietarse, puesto que de no evitarse el escándalo del suicidio y su causa —y era improbable que Humbleby se prestara a acallarlo—, no era inconcebible que este acabara de golpe con sus carreras.

La reunión se eternizaba. A Fen lo sacaron de su introspección para que fechase *El rizo robado;* el joven del departamento de Sonido, instado a concretar la música que acompañaría una escena de baile, sugirió el minueto de *Berenice* y montó en cólera repentina e inesperadamente cuando le dijeron que era una pieza muy trillada; y Gresson —sin quitar ojo a las rubias indistinguibles, a las que obviamente esperaba impresionar— se despachó a gusto pronunciando un sermón soporífero, e innecesariamente largo, sobre el consumo de alcohol en la era de Pope. A pesar de todo, se veía la luz al final del túnel: las propuestas de cambios para el guion fueron contadas y triviales, y de todo menos acaloradas las discusiones que propiciaron. Llegadas las doce menos cuarto, la reunión alcanzó un punto de estancamiento por falta de temas de debate, y debió de ser por entonces cuando Maurice Crane se levantó de repente y abandonó la sala. Es cuando menos curioso que Fen, dada la deriva de sus pensamientos, no solo no prestase más atención a tan significativa salida, sino que, de hecho, apenas reparase en ella. Una monstruosa premonición lo mantenía sumido en estado de trance. Alguien había intentado ocultar la identidad de Gloria Scott. Pero… ¿por qué razón? Y entonces se le vino a la cabeza, como el despertar —*Lass' mich schlafen*— del dragón en *Sigfrido,* un pareado de la oda de Pope que clamó a su inteligencia como una runa o un encantamiento: «Sobre el linaje una venganza súbita despierta, y demasiados coches fúnebres asediarán su puerta…».

Maurice Crane no se ausentó mucho rato. Volvió justo en el momento en que Stafford, para alivio de todos, daba por finalizada la reunión. Estaba pálido y tenía la frente perlada de sudor; su respiración era un estertor irregular y doloroso. Sus labios se movieron un instante, en un vano intento de decir algo. Luego se tambaleó, se agarró inútilmente al marco de la puerta y se desplomó. En el suelo, una violenta convulsión sacudió su cuerpo. Pasada esta, no hubo más movimiento, y se dieron cuenta de que estaba muerto.

CAPÍTULO II

1

—No digo que no esté justificada su alarma —dijo Humbleby—. Cabe la posibilidad de que a Maurice Crane lo hayan envenenado, como usted teme. Pero, insisto, podría al menos explicarme de dónde parten sus sospechas. La situación en este momento es tremendamente complicada y..., esto..., anómala.

Miró al superintendente Capstick para que corroborase sus palabras y este asintió varias veces con gesto desconcertado. En los veinte minutos que habían transcurrido desde su llegada a los estudios, el superintendente Capstick había alcanzado un estado tan absoluto de perplejidad como para quedarse sin habla. La narración de Fen y Humbleby en antifonía le había nublado por completo el intelecto, de tal suerte que, por el momento, y a pesar de que en teoría era él quien estaba al mando, lo más constructivo que alcanzaba a hacer era seguir sentado con los ojos y la boca muy abiertos. Pero que no piense nadie que Capstick era estúpido. Al contrario, era un hombre con la cabeza muy bien amueblada. Lo que pasa es que lo habían sacado de la comisaría de Gisford con la mente en un anhelado proyecto de reforma de la ordenación del tráfico rodado de la ciudad, y la combinación de esta inquietud con el discurso repleto de veladas alusiones de Fen y Humbleby había limitado de manera desastrosa el alcance de su entendimiento. Por el momento no acababa de comprender quién era Gloria Scott, por qué se había suicidado, qué relación guardaba con Maurice Crane, qué hacía Fen en los estudios ni a qué venía la sospecha de que la muerte de Maurice Crane pudiera ocultar intenciones siniestras; y dado que Humbleby lo intimidaba un poco y el lugar lo intimidaba mucho más (era muy cinéfilo), no se había atrevido a pedir una explicación más clara sobre estos particulares. Así pues, ante el ruego de Humbleby a Fen, adelantó el cuerpo en la silla con actitud expectante: uno de los puntos, al menos, iba a quedar resuelto.

Pero, a su pesar, no fue así. A Fen no le gustó que le aplicaran el tercer grado, y empezó a hablar de premoniciones de manera irritante. El médico, dijo, se había mostrado de acuerdo con que la muerte de Maurice Crane podría haberse debido a un envenenamiento, y cuando le puntualizaron que el médico también convino con que podría no haberla provocado un veneno, Fen contraatacó recordándole a Humbleby que tanto Madge como Nicholas habían certificado con su testimonio que su hermano gozaba de buena salud.

—Aun así, también se producen muertes naturales de vez en cuando —dijo Humbleby con bastante mala idea—. Cada tanto hay alguien que estira la pata sin que medie ni premeditación ni alevosía. Y el mero hecho de que Maurice Crane no estuviera enfermo no prueba nada. Todo el mundo se pone malo tarde o temprano.

—De hecho, se puso malo. —Capstick, cuya propia inacción empezaba a desesperarle, metió baza precipitadamente con el que parecía ser uno de los hechos incontestables del caso—. Por eso salió de la sala. Para vomitar.

Fen y Humbleby ignoraron el comentario, no porque pretendieran ser groseros, sino porque era demasiado poco constructivo como para contestar. Y Capstick, frenado en seco una vez más, se dejó caer contra el respaldo de su silla y se pasó un enorme pañuelo por la frente sudorosa.

—No, a lo que voy es a lo siguiente —prosiguió Humbleby—: a no ser que la muerte de Crane guarde alguna relación significativa con el suicidio de Gloria Scott, me estoy metiendo en territorio oficialmente prohibido, y debo abandonarlo cuanto antes. Pero cuando le pido que *establezca* una relación significativa, resulta que lo único que hace es farfullar acerca de no sé qué presagio absurdo...

—¡Será posible! —exclamó Fen irritado—. Crane era un testigo esencial en el caso de Gloria Scott, ¿verdad? Hace mal en agobiarse tanto con las competencias, Humbleby, ni que estuviera usted haciéndose cargo del caso... Lo único que va a hacer es pedirle a Capstick su cooperación al abordar un asunto que probablemente esté relacionado con él. ¿No es así, Capstick?

—Ajá —se apresuró a contestar Capstick—. Ajá.

—Está bien —dijo Humbleby como quien se ve obligado a desentenderse de toda responsabilidad en contra de su voluntad—. De acuerdo. Pero, caramba, ¿por qué iban a asesinarlo?

—Porque alguien trató de impedir que descubriera usted quién era Gloria Scott en realidad.

—Vaya, eso sí que es interesante —intervino Capstick—. Me acuerdo de una vez que estábamos haciendo una redada para apresar a una banda de estafadores de carreras de caballos...

—No veo qué puede tener eso que ver —dijo Humbleby.

Capstick se sintió avergonzado.

—Solo he pensado —dijo sumiso— que quizá les pareciera interesante saber cómo…

—No, no. Me refiero a la relación entre la ocultación de la identidad de Gloria Scott y la teoría del asesinato de Maurice Crane.

—En serio se lo digo, Humbleby, es usted de una torpeza nada envidiable. —Y Fen miró al policía un tanto escamado—. Estará de acuerdo, supongo, en que el objetivo de la persona que registró los aposentos de la muchacha no era ocultar su identidad como Gloria Scott, ¿sí?

—Sí, eso no se lo discuto. Puesto que ya había participado en un par de películas, ese era un dato que por fuerza saldría a la luz enseguida.

—Lo que buscaba, entonces, era ocultar su *verdadera* identidad.

—En efecto.

—Y puesto que es casi seguro que la muchacha se quitó la vida por algo sucedido recientemente, es decir, por algo que había pasado mientras se hacía llamar Gloria Scott, entonces no puede ser que el propósito de X al poner su habitación patas arriba fuera ocultar ese algo.

—¿Quiere decir —intervino Capstick con cautela— que si a un tipo se la presentaron como Gloria Scott y luego le hizo algún daño que llevó a la muchacha a suicidarse, entonces difícilmente podía esperar que no fueran a relacionarle con el asunto solo por arrancar las etiquetas de su ropa y demás?

—Exacto. ¿Ve usted lo rápido que ha pescado Capstick el meollo del asunto, Humbleby? —Y ante esta involuntaria ironía Fen hizo una pausa para recuperar el aliento—. Por lo tanto, el propósito de X al visitar su habitación era algo muy distinto.

—Esta teoría hace agua por todas partes —se quejó Humbleby—. Por no decir que está plagada de…, esto…, paralogismos, pero bueno, continúe. ¿Cuál era el propósito de X?

—En mi opinión, es lógico suponer que su propósito era mantener en secreto una conexión que existía entre ambos antes de que ella adoptara el nombre de Gloria Scott, y que dejó de existir, al menos de cara a la galería, tan pronto como ella empezó a usar ese nombre.

—No está mal —concedió Humbleby—. Nada mal… Y a ella podemos rastrearla hasta dos años atrás con la identidad de Gloria Scott…

—¿No me diga?

—Sí. He vuelto a telefonear a Charles, y en el último par de horas ha recibido un montón de llamadas de gente que ha visto la fotografía, incluidas dos procedentes de Menenford: una del productor del teatro de repertorio y otra de una mujer que regenta una pensión donde estuvo alojada la chica mientras trabajaba allí. Por lo que se ve, no había nadie en Menenford que supiera que su nombre *no era* Gloria Scott. De hecho, ni una sola de las personas que han llamado la conocía por otro nombre.

—Cabe la posibilidad —dijo Capstick con cautela— de que ese fuera su verdadero nombre, después de todo.

—No tenemos pruebas fehacientes de que no lo fuera —admitió Humbleby—. Y, por otro lado, nadie hasta la fecha ha admitido haberla conocido antes de que apareciera como Gloria Scott en Menenford, hace dos años.

—Eso sí que es un paralogismo, perdone que le diga —intervino Fen; estaba a punto de explicar por qué, cuando Capstick, ávido por exprimir su momentánea ventaja, se le anticipó.

—Pero es su *cara* lo que le está pidiendo a la gente que identifique —dijo Capstick—. Y por mucho que se hubiese cambiado de nombre, su cara seguiría siendo la *misma.* Si no hay nadie que la conozca de antes, cabe pensar que lo más probable es que antes de esos dos años ella no estuviera en Inglaterra, así de fácil.

—Exacto —dijo Fen.

—Ah, claro. Qué tonto soy —dijo Humbleby con enervante jovialidad—. Mira que no haberlo pensado. Entonces, es posible que su verdadero nombre sí fuera Gloria Scott. Y que simplemente dijera que no lo era para hacerse la misteriosa y llamar la atención.

Pero Fen negó con la cabeza.

—En ese caso, los destrozos en su habitación resultan *totalmente* inexplicables.

—Oh, sí, desde luego —dijo Capstick tras cavilar un instante; y dicho esto, emprendió la retirada del campo de batalla, no del todo deshonrosamente, en su opinión, y volvió a afanarse en secarse la frente.

Humbleby hizo un gesto de asentimiento.

—De modo que, volviendo a cuál podría ser el propósito de X al intentar ocultar una conexión de hace al menos dos años con la chica… —Vaciló, pensativo—. Digo yo que no sería razonable retrotraerse tanto en busca del motivo de su suicidio… Claro que, pensándolo bien —y en este punto cambió su enfoque inesperadamente—, supongo que tampoco es inconcebible que algo o alguien resurgiera de su pasado y la llevara a quitarse la vida. Algún tipo de chantaje, por ejemplo.

—¿Sabe? Me parece que es probable que descubramos el motivo de su suicidio mucho más cerca —dijo Fen—. Y de ser así, si se trata de algo relacionado con Gloria Scott y no con Aggie Thistleton o como quiera que se llamase en realidad, entonces creo que solo hay una razón por la que X irrumpiría en esa habitación y haría lo que hizo.

—¿Y qué razón es esa?

—Venganza —dijo Fen.

Esta palabra acostumbra a tener una marcada carga melodramática, pero ni Humbleby ni Capstick se sintieron con ganas de sonreír en aquel contexto en particular. Quizá obedeciera a que la proximidad del cadáver de Maurice Crane, que yacía cubierto por una manta de mudanza en el mismo lugar donde se había desplomado, imponía un aire de gravedad incluso entre hombres profesionalmente habituados a la muerte. Aparte de aquel, y de ellos tres, la estancia ahora se encontraba vacía. El papel de anotar desperdigado por la mesa, los ceniceros rebosantes de colillas y el vertido de copias del guion de *La dama desdichada* ofrecían mudo testimonio de la reunión que una hora antes se había visto disuelta de manera tan catastrófica. El carrito permanecía cargado de tazas medio vacías, su contenido frío, gris y nada apetecible, y había otras tazas abandonadas por otros rincones de la estancia. La aguja del reloj eléctrico de encima de la puerta podía escucharse en el silencio a medida que avanzaba con cada sacudida; fuera de las ventanas, la brisa arreciaba contra los árboles, agitando las yemas como pelotas malabares y haciendo que sus tiernas hojas verdes brillaran al sol. Y Humbleby, muy pensativo, dijo:

—«Sobre el linaje una venganza súbita despierta...» ¿En eso piensa?

—Es lo que me ha dado la idea.

—Una venganza súbita despierta —repitió Capstick desconcertado—. Una venganza... —Hizo un esfuerzo para controlarse—. ¿Se puede saber de qué hablan ahora? —exigió saber.

Se lo explicaron y no consiguieron impresionarle.

—Pero si solo es un poema —dijo muy indignado—. Los poemas no tienen nada que ver con lo que ocurre en la vida real. En serio se lo digo, no veo adónde quieren ir a parar.

—A lo que voy es a esto —contestó Fen—: si un hombre quisiera vengar la muerte de Gloria Scott asesinando a las personas que la empujaron a suicidarse, y ese mismo hombre supiera que lo pueden relacionar con la muchacha solamente a través de la verdadera identidad de ella, entonces eliminar dicha identidad contribuiría a asegurar su anonimato. Ahora, imagine que usted es su hermano, Capstick. Desde que ella se escapó de casa hace tres años no ha vuelto a verla ni a saber nada de ella. Entonces, una noche, se la encuentra en Londres por casualidad. Ella le explica que está metida en un lío y le cuenta quién es el responsable. Luego ella se suicida, y usted, que ha sido testigo o se ha enterado de su muerte, decide vengarse. Pero sabe que la policía registrará la habitación de su hermana y que, casi con toda seguridad, descubrirá pruebas que demuestran que su verdadero nombre era Jane Capstick. De modo que, tan pronto como empiecen a morir los responsables de su suicidio, la policía se pondrá a investigarle a usted de cerca. Ahora bien, si pudiera ocultar que su hermana se apellidaba Capstick, tendría muchas más probabilidades de llevar a cabo los asesinatos y salir indemne, puesto que la policía no sabría dónde buscar. Así que se dirige usted a su habitación y elimina ese apellido de todas sus pertenencias. Y a continuación va a por su víctima o víctimas.

—Es un cuento muy bonito —dijo Humbleby—, pero poco más.

—Al menos es una hipótesis posible —respondió Fen a la defensiva—. Y si se demuestra que Maurice Crane murió envenenado, entonces la consideraré hasta probable. Tiene todas las papeletas para el rol de Primera Víctima, ya sabe, dado que es casi seguro que fue él quien preñó a la muchacha.

—Bueno, no se lo discuto, caballero —el leve espasmo de irritación que venía sufriendo Capstick empezaba a desaparecer a medida que iba comprendiendo mejor el caso—, pero la cuestión es si su hipótesis justifica que aborde esto —hizo un gesto con la cabeza hacia el cadáver del suelo— como un caso de asesinato, y como sospechosos a todas esas personas que tenemos encerradas en el cuarto de al lado.

—Todavía hay algunas cosas que puede hacer sin causar molestias a nadie —sugirió Humbleby—. Por ejemplo, podría requisar esas tazas de café y pedir que analicen su contenido, y puede tomar una muestra de lo…, esto…, evacuado. También puede intentar averiguar cuál de las tazas era la de Maurice Crane, aunque con lo revuelta que está la sala me temo que quizá sea complicado.

—¿Y si registramos a la gente? —preguntó Fen.

Capstick lo miró escandalizado.

—¿*Registrarles* dice usted, caballero?

—¿Por qué no? El hecho de trabajar en la industria cinematográfica no es como si… como si pertenecieran al clero y solo fueran imputables ante un tribunal eclesiástico o algo por el estilo.

—No sé si sería prudente. —Capstick habló con desánimo—. Son personas influyentes de mucho dinero, y es mejor andarse con cuidado cuando se trata con esta gente. Es más, ya los hemos tenido encerrados un poco más de lo debido. —Suspiró con aire nostálgico, recordando la cómoda impersonalidad de las normas de aparcamiento y de las calles de dirección única—. No quiero descuidar ninguna de mis obligaciones, desde luego, pero…

Hizo una pausa y lanzó una mirada suplicante a Humbleby, que para su alivio dijo:

—Sea como sea, tampoco creo que registrarlos fuera a servirnos de algo. Si hay un envenenador entre ellos, seguro que está preparado para algo así. Ahora bien, sí los tendremos que interrogar, por supuesto, aunque signifique tenerlos ahí retenidos otra media hora aproximadamente. Espero que esto no afecte demasiado a la actividad de los estudios.

—Es sábado —dijo Fen—, y aquí los sábados se deja de trabajar a mediodía. Quizá les fastidie el fin de semana, pero tampoco es algo que me preocupe demasiado, la verdad.

Capstick volvió a mirar a Humbleby.

—Entonces, ¿se encarga usted de los interrogatorios, inspector? Sé que tiene preguntas que hacer sobre la muchacha, y de todos modos —añadió Capstick con cierto tono fatalista— reconozco que, por el momento, está usted mucho más al tanto que yo.

—Si así lo desea, lo haré encantado —contestó Humbleby—. Y usted estese calladito, Fen —añadió de repente—. Si convierte el interrogatorio en una suerte de tribunal de la Inquisición, se van a soliviantar, y quizá le cause problemas al superintendente.

—Se diría que no tiene usted ninguna fe en mi discreción —masculló Fen mientras se ponía de pie—, y de verdad que no entiendo qué he hecho para merecerlo. Si he de permanecer mudo, tendrá usted que hacer una pregunta por mí.

—¿Cuál?

—Pregúnteles a Madge y a Nicholas Crane si conocen algún motivo, aparte de la salacidad de Maurice, por el cual Gloria Scott podría haberse suicidado. Le contestarán que no, pero usted insista de todos modos.

—¿Me está usted ocultando información? —preguntó Humbleby con suspicacia.

—No, es otro presentimiento. —Fen meneó la cabeza en un gesto afable—. Estoy sembrado de presentimientos hoy. Deme un poco más de tiempo y le haré el favor de soñar con el caballo ganador de la carrera de las tres y media… ¿Vamos?

2

En la estancia contigua se palpaba cierta impaciencia. Si Leiper se hubiera presentado, la reunión de *La dama desdichada* se habría alargado hasta la una o incluso hasta más tarde, pero esta reflexión en modo alguno paliaba la sensación imperante de agravio por seguir confinados en los estudios. En un rincón, Madge Crane hacía ostentación de su pena en silencio, y de no ser porque su reacción inmediata a la muerte de su hermano había sido de índole muy distinta, la emoción quizá hubiese resultado creíble. Stuart North, se diría que impelido por un insondable sentido del deber, la consolaba entre estornudos, mientras que Caroline Cecil, la única otra mujer presente, secundaba sus esfuerzos con expresión grave. Medesco estaba sentado a solas y bosquejaba grutas subterráneas con actitud desafiante mientras el joven del departamento de Sonido miraba por la ventana y silbaba el minueto de *Berenice* entre dientes. Evan George, con discreto pero decidido buen ánimo, hablaba con Nicholas Crane; Jocelyn Stafford se paseaba de un lado para otro con cara de pocos amigos, y Gresson obsequiaba en voz baja a las taquígrafas rubias con una conversación, a su parecer, frívola y divertida. Todos levantaron la vista cuando entraron Fen, Capstick y Humbleby, y al menos a Fen lo miraron con manifiesta desconfianza; sin duda alguna resultaba desconcertante, y despedía un cierto tufo a traición, ver de repente al otro lado de la valla a quien momentos antes había sido un colaborador.

Humbleby fue directamente al grano.

—Sentimos mucho haberles retenido aquí tanto tiempo —dijo con tono obsequioso—, sobre todo en circunstancias tan terribles —saludó con la cabeza a Madge Crane, que respondió esbozando una sonrisa lacrimosa muy lograda—, pero la muerte del señor Crane ha sido demasiado súbita e inesperada.

Medesco soltó un gruñido.

—¿Quién es usted? —preguntó.

Humbleby lo observó con desaprobación.

—Soy inspector de Scotland Yard —contestó—. Estoy aquí por un caso que podría estar relacionado de algún modo con la muerte del señor Crane… Súbita e inesperada, como iba diciendo, y cuya causa no ha podido aclararnos el médico, lamentablemente.

—Y creen que o bien se ha envenenado —dijo Medesco con brusquedad—, o bien se lo han cargado.

Al escuchar estas palabras, Madge Crane soltó un gritito de consternación. Estas cosas requieren mucha práctica para que resulten efectivas, y esta ejecución en concreto, más que transmitir un pesar espiritual, sonó como la reacción al despiadado pinchazo de un alfiler. Nicholas Crane, quizá dándose cuenta de que estaba sobreactuando un poco, arrugó levemente la frente y dijo:

—Por favor, Aubrey, no me parece un comentario de buen gusto.

—No lo es —dijo Humbleby, que pronunció el reproche con una gravedad tan tajante que Jocelyn Stafford dejó de pasearse para observarle con una mirada sorprendida e interesada a la vez; la gente del cine siempre anda ojo avizor en busca de nuevos talentos en el campo de la interpretación, o al menos se engañan pensando que eso hacen—. No estamos barajando ninguna de esas sospechas que acaba usted de…, esto…, bosquejar —prosiguió Humbleby mendazmente—. Pero se van a investigar las causas de la muerte, como es natural, y por lo tanto es nuestro deber sondear todas las contingencias posibles, por remotas e improbables que puedan parecer. Así que, si pueden cooperar, será solo unos minutos…

Lo hicieron; en un par de casos con beligerancia hostil, pero la mayoría con buena disposición. Sin embargo, no arrojaron luz alguna sobre el particular. Nadie recordaba dónde había depositado su taza Maurice Crane cuando acabó con ella y, hasta el momento en que abandonó la estancia, nadie había notado nada fuera de lo normal ni en su comportamiento ni en el de ningún otro de los presentes.

—Gracias —dijo Humbleby cuando por fin acabó este desfile de ignorancia—. Y ahora pasaremos al asunto que más me concierne. El asunto de Gloria Scott.

De repente se hizo un silencio clamoroso; la expresión de Madge Crane se endureció a la vez que miraba de reojo a su hermano. De entre todos los presentes, Gresson y el joven del departamento de Sonido fueron los únicos a los que escuchar el nombre no pareció afectarles. Las dos taquígrafas, su pose momentáneamente en suspenso, intercambiaron miradas de complicidad. Y a Stuart North le pilló tan de improviso que se quedó boquiabierto.

—¿Gloria Scott? —dijo—. Pero ¿qué diantres…?

—Deduzco que no ha visto los periódicos matutinos, señor North.

—Pues no. Tengo los ojos tan legañosos que no habría sido capaz de leerlos.

—La mayoría incluye una fotografía de la señorita Scott —dijo Humbleby—. Es posible que otros de ustedes sí la hayan visto. —Madge, Nicholas, Medesco y Jocelyn Stafford asintieron con la cabeza—. La publicación de la instantánea se debe a que la señorita Scott se suicidó en el transcurso de la noche de anteayer.

Una expresión rayana en el espanto alteró el rostro moreno y arrugado de Stuart North.

—Dios… Dios mío —tartamudeó—. No lo dirá en serio, ¿verdad?

—Lo siento, pero así es.

North miró aturdido el arrugado pañuelo húmedo que sostenía en la mano.

—Esa dulce e inconsciente criatura —dijo con vehemencia—. No me lo puedo creer… Pero si ella…

Y entonces, al recordar algo, enmudeció y bajó la vista hacia Madge Crane, sentada a su lado de gris y verde oliva. Todos los presentes exhibían en esos momentos un grado mayor o menor de asombro; todos salvo Nicholas Crane, claro está, que permanecía impasible, con las manos hundidas en los bolsillos de su elegantísima chaqueta deportiva. A Fen se le antojó probable que estuviese evitando a propósito la mirada de su hermana. A Humbleby no se le pasaba casi nada, así que también él debía de haber reparado en este detalle, pero no hizo comentario alguno, y su voz sonó completamente neutra cuando dijo:

—Tenemos motivos para pensar que Gloria Scott era solo su nombre artístico. ¿Alguien conoce cuál era el verdadero nombre de la muchacha?

Silencio.

—¿Alguno de los presentes tenía trato con ella antes de que llegara a los estudios hace un año?

De nuevo silencio.

—¿Se le ocurre a alguno de ustedes algún motivo por el que pudiera querer quitarse la vida?

Esto provocó una oleada de inquietud y malestar. Unos volvieron la cabeza, otros movieron los pies, unos y otros se indagaron con miradas de asombro. Pero así y todo nadie dijo palabra.

—Quizá alguno de ustedes pueda responder a esta pregunta, pero no desee hacerlo en público —sugirió Humbleby—. Si es el caso, tanto el superintendente —señaló con un ademán a Capstick, que permanecía pegado a él con aire cohibido— como yo mismo quedamos a su disposición para hablar en privado, ya sea al acabar aquí o en cualquier otro momento.

Evan George, menudo, atormentado y desaseado, hizo ademán de abrir la boca para hablar, pero volvió a cerrarla rápidamente. No hubo otra reacción.

—De acuerdo —dijo Humbleby—. Y ahora queda solo un último asunto… Señor Crane, tengo entendido que dio usted una fiesta anteanoche; es decir, la noche del jueves.

Nicholas Crane se agarrotó de manera casi imperceptible. Luego, tras relajarse de nuevo, extrajo una pitillera de oro de un bolsillo interior, sacó un cigarrillo y se lo encajó de manera historiada en la comisura de los labios. Sus ojos grises despedían una mirada penetrante desde debajo de unos pesados párpados; su pelo trigueño, con su irritante sugerencia de una ondulación artificial en la frente, destellaba donde lo alcanzaban los rayos del sol; su cuerpo, el cuerpo de un atleta en horas bajas, parecía colgar de sus hombros como un abrigo de una percha. Su mejilla izquierda experimentaba repetidas contracciones en lo que podría ser un síntoma incipiente de un tic doloroso, y cuando abrió sus gruesos labios para encenderse el cigarrillo, dejó a la vista una irregular hilera de dientes fuertes y amarillos.

Dio una calada y exhaló el humo antes de responder.

—Sí —dijo con indiferencia—. Di una fiesta ¿y qué?

—¿Y la señorita Scott era una de las invitadas?

—Desde luego.

—¿Y puedo preguntarle por qué la invitó?

Nicholas abrió mucho los ojos.

—Me gustaba —dijo con sosiego, y algo en su afirmación hizo que sonara genuina—. Era una cría agradable. Nada presuntuosa.

Fen pensó que, con personas tan importantes como Nicholas, la muchacha no podía pasar por otra cosa; solo quienes estuvieran por debajo de ella en la jerarquía, como Valerie Bryant, verían el lado menos encantador de su carácter. Fen cambió de postura, y Humbleby, al notar el movimiento y temiéndose, al parecer, que Fen estaba a punto de romper su voto de silencio, se apresuró a continuar:

—¿Y asistió a su fiesta alguno de los aquí presentes?

Nicholas paseó la vista por la estancia. Se tomó su tiempo, aunque no tanto como para resultar descortés.

—Madge sí que vino —dijo—. Y Aubrey…, el señor Medesco. Y el señor Evan George. Y el señor Stuart North. Y la señorita Caroline Cecil. —Parecía obtener un irónico placer al adoptar aquellos formalismos—. Fueron otras personas, también; mi hermano David, por ejemplo. Le puedo proporcionar la lista completa si lo necesita.

—¿Y el señor Maurice Crane?

—No pudo venir.

—Entiendo. —Humbleby se tomó un momento para digerir la información—. Creo que queda todo claro… Me gustaría que las personas que estuvieron en la fiesta se quedaran un poco más. Los demás creo que pueden marcharse, a no ser que… —Se volvió con ademán inquisitivo hacia Capstick, que estaba distraído y se apresuró a resoplar por la nariz de manera evasiva—. Pueden marcharse, entonces. Recuerden, por favor, que el superintendente y yo quedamos a su disposición por si tuvieran algo importante que contarnos acerca de la señorita Scott o del señor Maurice Crane… Muchas gracias a todos.

Guardando un silencio forzado, con los ojos clavados en el suelo y caminando lenta y pesadamente, cual asistentes a un funeral, Gresson, Stafford, las dos taquígrafas y el joven del departamento de Sonido efectuaron su salida. Tan pronto como su retaguardia hubo cerrado la puerta, se escuchó al otro lado una descarga de voces contenidas que se fueron disipando a medida que se alejaban por el pasillo.

Nicholas Crane, que se había acomodado en el borde de una mesa y columpiaba una pierna enfundada en un impecable pantalón, arqueó las cejas con guasa.

—Cotillas —dijo—. Se van a pasar dos semanas chismorreando… Si no es mucha indiscreción, inspector, ¿puedo preguntarle qué tiene que ver mi fiesta con la muerte de esa pobre muchacha?

Madge levantó la vista y miró a Stuart North con un rostro anegado en lágrimas que no parecía tener ninguna prisa en enjugarse.

—Pobrecito Maurice —murmuró—. Y Gloria también…, la pobre, con lo dulce que era… —Se volvió hacia Humbleby—. Es terrible lo de Gloria, lo sé —se lamentó con la voz entrecortada—, pero Maurice era mucho más cercano y, no sé… Ay, no quiero ser insensible, pero me parece tan espantoso estar aquí hablando de ella tan tranquilos mientras el pobre Maurice está ahí al lado, en el suelo, tumbado y…

—Muerto. —Fue Medesco, frío, colosal e inmisericorde, quien pronunció este despiadado remate, y en cuanto habló, la bonita cara de Madge se tornó de repente malvada y rencorosa.

—Cuidado con lo que dices —le dijo con un tono de voz agudo e incisivo— o me encargaré de que no vuelvan a llamarte para…

Se calló de manera abrupta, tardíamente consciente de que eso no le iba a funcionar. Y al instante, con un aplomo que Fen no pudo sino admirar, estaba lloriqueando en silencio, el dorso de una fina y delicada mano apoyada sobre la frente en ademán avergonzado.

—Ay, Dios, estoy histérica —susurró—. Me estoy alterando. Stuart…, cielo…

Stuart North, con cierta ineptitud, le dio unas palmaditas en el hombro, a la vez que pronunciaba una ristra de condolencias que habría resultado más efectiva de no haber coincidido con un prolongado acceso de tos. Y Nicholas, quien todo este rato había estado observando a su hermana sin dar muestra alguna de empatía, aprovechó la oportunidad para repetir su pregunta a Humbleby.

—Ah, eso. —Humbleby aparcó su actitud formal y se mostró amigable y confiado—. Es fácil de contestar. No comprendemos por qué la señorita Scott se quitó la vida y, como metomentodos profesionales que somos, queremos descubrirlo. Sabemos que a la hora del almuerzo de ese mismo día estaba contenta y parecía la misma de siempre; también que a las dos de la madrugada se suicidó. Así que, como verá, es cuestión de intentar averiguar qué fue lo que la disgustó, y su fiesta es una de las posibles líneas de investigación. —Humbleby elevó la voz para dirigirse en general a todos los presentes—. Escuchen todos, por favor. Quiero saber todo lo que puedan contarme sobre lo que Gloria Scott dijo e hizo en la fiesta del jueves por la noche; si se la veía de buen humor, etcétera… Por cierto, ¿la fiesta era por algún motivo en particular?

Nicholas esbozó una amplia y atractiva sonrisa.

—Era mi cumpleaños.

—Felicidades —dijo Humbleby educadamente—. Siempre me ha parecido un muy buen pretexto para una fiesta… Pero a lo que íbamos, ¿qué me cuentan de Gloria Scott?

Se enteró de que había sido casi la última en llegar, y entre todos llegaron a la conclusión de que debían de ser las diez de la noche. Se mostró contenta, como siempre. Y lo único raro fue que pareció descolocada por algo nada más entrar. Nicholas y Caroline Cecil fueron los que se dieron cuenta; los demás, por lo que dedujo Humbleby, no repararon en ello.

—¿Descolocada? —repitió—. ¿De qué manera?

—Oh… Pues como si hubiera visto un fantasma —respondió Caroline Cecil. Era una joven bien parecida, de pelo negro, que en el ámbito privado compensaba sus roles cinematográficos con una afabilidad inagotable—. No duró mucho, se repuso casi al instante. Le pregunté si le pasaba algo, y me soltó no sé qué historia de que por un momento pensaba que se le había roto el elástico de las braguitas. —La señorita Cecil se rio con ganas—. Reconozco que esos accidentes la desarman a una; pero, vamos, no me creí nada: obviamente lo dijo para disimular.

—¿Para disimular qué?

La señorita Cecil meneó la cabeza.

—Ahí me ha pillado. Y, como le digo, no le duró nada.

—Aparte de eso, ¿se la veía contenta?

—Pues... —La señorita Cecil frunció los labios en un gesto de reserva—. Andaba... *meditabunda,* diría yo. No deprimida. Solo meditabunda. Como si le estuviera dando vueltas a un problema; no un problema angustioso, pero sí complicado.

—¿Pero no un problema que la llevara a suicidarse?

—Qué va, por Dios. Se le olvidaba a ratos y entonces parecía que se lo estaba pasando tan bien como los demás. Luego se acordaba y se le volvía a ir el santo al cielo.

—Y en esos momentos, ¿vio que estuviese mirando a una persona en particular?

—Bueno —contestó la señorita Cecil—, la verdad es que sí me dio la impresión de que *evitaba* mirar a una persona concreta. Pero quizá solo fueran imaginaciones mías, ya sabe, a veces me entra la vena romántica...; ahora bien, tampoco sabría decirle a quién del grupo evitaba.

—¿Con quién habló?

—Diría que con todo el mundo. La fiesta ya estaba bastante animada cuando ella llegó, y la gente se movía mucho de un lado para otro. Primero estuvo conmigo, pero no fue mucho rato y, si le soy sincera, no me acuerdo de qué hizo después. Para medianoche —dijo complacida la señorita Cecil— los hombres ya estaban a cien, y las chicas íbamos pasando de mano en mano como si fuéramos balones de playa... Así que no es que ninguna tuviera tiempo de ver qué hacían las demás. La verdad es que fue una fiesta fabulosa —concluyó de manera muy sentida.

Y aparentemente esa era la opinión general: la gente había estado tan ocupada divirtiéndose que nadie se paró a fijarse en Gloria Scott, y aunque todos coincidían en que su estado de ánimo no era ni mucho menos propio de alguien que fuera a suicidarse, tampoco afloró nada sustancioso sobre su conducta aparte de la información ya aportada por Caroline Cecil. De haberse puesto a correr como una posesa por la casa blandiendo un cuchillo de pan, pensó Humbleby un tanto abatido, quizá hubieran reparado los presentes en el incidente y lo recordaran, pero las circunstancias habían condenado rápida y permanentemente al olvido cualquier otro sutilísimo matiz en su comportamiento un segundo después de producirse.

—¿Y a qué hora se marchó? —preguntó.

Nicholas Crane contestó que ella había sido la última en irse. Un reducido contingente de fiesteros incombustibles entre los que se contaban Medesco, Caroline Cecil y Evan George se despidieron y bajaron ruidosamente las escaleras hasta la calle, mientras que Gloria Scott demoró su partida un par de minutos y se quedó a solas en el piso con su anfitrión.

—¿Y a qué se debió? —preguntó Humbleby.

—Quería charlar sobre su participación en *La dama desdichada.* Conseguir el papel se le había subido totalmente a la cabeza. La eché en cuanto me fue posible. Para mí las películas solo son trabajo, y cuando no estoy trabajando me gusta olvidarme de ellas.

—¿Y no la disgustó usted en modo alguno?

—Santo cielo, no. Se marchó tan contenta y fue a reunirse con los demás, que seguían charlando en la acera. Calculo que serían las dos de la mañana, más o menos.

—¿Y a los demás…? ¿Les pareció a ustedes que estaba tan contenta cuando salió del piso y se les unió en la calle?

Medesco resopló.

—No nos dio tiempo, amigo mío —bufó—. Secuestró a Evan George de un solo movimiento y se alejó correteando con él en dirección a Piccadilly… «¿Me acompañará usted a casa, ¿verdad, señor George?» —la imitó Medesco—. Y ¡visto y no visto!, se esfumaron.

Humbleby se volvió hacia el novelista, que se había sonrojado levemente.

—Entonces, ¿la conocía usted bien, caballero?

—En mi vida la había visto antes de la fiesta —se apresuró a responder George—. Es la verdad; pregúntele a cualquiera. Miró a su alrededor en busca de apoyo—. Estuvo… A ver, durante la velada se me estuvo insinuando un poco. Ni idea de por qué, la verdad —dijo con tono de disculpa—, había montones de hombres jóvenes… El caso es que es cierto que me pidió que la acompañase a su casa. Así que nos marchamos para ver si dábamos con un taxi.

—¿Y de qué habló con ella mientras lo buscaban?

George se quedó mirando al vacío mientras se esforzaba por recordar.

—Pues de todo y de nada —dijo por fin con exasperante vaguedad—. De la fiesta. De la película… Le conté por encima lo que se había estado debatiendo en las reuniones de guion. Y, no sé, de gente y nada más. El problema —reconoció incómodo— es que yo no me encontraba demasiado allá… Pero no me dio la impresión de que fuera a suicidarse, y estoy seguro de que es imposible que yo dijera algo que la disgustase. Maldita sea, apenas *conocía* a la chica.

—¿Y finalmente no llegó a acompañarla a casa?

—No. Mire, me apetecía bastante, lo reconozco, pero cuando llegamos a la esquina de Piccadilly con Half Moon Street, de repente se puso hecha un basilisco por un comentario que hice.

—¿Sobre qué?

—Pues sobre la señorita Crane. —George carraspeó azorado y se sonrojó nuevamente—. Solo comenté de pasada lo mucho que admiro su porte. —Al escuchar estas palabras, la señorita Crane esbozó una sonrisita donde combinó con magistral estilo timidez, gratitud y una tristeza desmesurada por la muerte de su hermano—. Evidentemente fue un error, porque la señorita Scott soltó algo así como «Oh, por el amor de Dios, ¿es que tiene que hablar de otras mujeres mientras está conmigo?» y, aprovechando que pasaba un taxi, lo llamó, corrió hasta él, se subió sin decir buenas noches ni nada y se marchó dejándome allí plantado.

—Pues me parece que muy bien de la cabeza no estaba —comentó Medesco—. Además, que yo recuerde, tu nivel de intoxicación etílica era tal que ni te habrías dado cuenta si ella se hubiera parado y se hubiera desnudado de arriba abajo allí mismo.

—Ya he reconocido —dijo George adoptando un aire digno que su enormidad y el deteriorado estado de su ropa invalidaron parcialmente— que no me encontraba muy allá. —Hizo una pausa—. De todos modos, estuvo bastante callada, ahora que lo pienso. Tengo la sensación de que fui yo el que hablaba casi todo el rato. —Se rascó la cabeza—. Ojalá me acordara mejor… Desde luego, soy un testigo excepcional.

—Nada de esto resulta de ayuda —dijo Humbleby con franqueza—. Señor Crane, ¿tuvo oportunidad la señorita Scott de hablar con alguien, o de llamar por teléfono o leer una carta entre el momento que se separó de usted y el instante en que se reunió en la acera con los demás?

Fen había estado observando a Nicholas y le había interesado advertir en él, a medida que avanzaba la declaración de Evan George, una expresión de creciente alivio. Ahora su cara era de auténtico gozo.

—Ninguna en absoluto, inspector —repuso—. La acompañé hasta la puerta en persona y esperé a que se reuniese con los demás antes de cerrar.

Humbleby chasqueó los dedos, incapaz de contener su irritación; los testimonios eran más bien vagos, y el motivo del suicidio de Gloria Scott parecía tanto o más misterioso que nunca. Algo la había descolocado, pero nadie sabía qué. Y alguien, en algún momento de la fiesta, le había dicho algo que la había dejado rumiando y rumiando más y más demencialmente, hasta que pasando por el puente de Waterloo, el hilo de la razón se había roto de tanto estirarlo y un arranque de locura la había fustigado, impeliéndola con horrible dolor a la eternidad... Pero ¿por qué? Y cuando Humbleby miró a Fen, al recordar la pregunta que le había insistido que hiciera, percibió que aquel estaba meneando la cabeza de manera casi imperceptible. Era probable, decía el gesto, que no consiguieran inducir a Nicholas Crane a cambiar su versión, y que cualquier esfuerzo empleado en ese propósito resultase un esfuerzo malgastado. Humbleby prosiguió, por tanto, con las últimas preguntas que le quedaban por hacer.

—Exactamente, ¿quién fue el responsable de darle a la señorita Scott el papel de Martha Blount en *La dama desdichada*? —exigió saber—. ¿El señor Stafford? ¿Es así?

Nicholas pareció sorprendido.

—La última palabra la tuvo él, desde luego. Es el productor.

—¿Y escogió a la muchacha por iniciativa propia?

—No —respondió Nicholas—. Le incité yo a hacerlo.

—¿Usted? —Esta vez fue Humbleby el sorprendido—. ¿No su hermano Maurice?

—No mi hermano Maurice —dijo Nicholas con tono severo.

—¿Y se puede saber por qué?

—Desde luego. No era mala actriz ni mucho menos, había tenido un papelito en *Visado para el cielo,* que yo mismo dirigí, así que sabía de lo que era capaz, y su aspecto encajaba con el personaje. Aparte de eso, la chica me caía bien y quise darle un empujoncito a su carrera. Por suerte, la selección de actrices para hacer de Martha Blount era uno de los pocos detalles de la película sobre los que el señor Leiper no tenía ya una idea preconcebida, y Jocelyn estaba abierto a sugerencias, así que aceptó mi recomendación encantado.

—Y a usted, señorita Crane —dijo Humbleby con fingida gentileza—, ¿le pareció una buena elección?

Sin pensárselo, espetó:

—Me pareció una… —Pero entonces, al reparar en la mirada de Stuart North, alteró el tono de voz—. Bueno, sí, desde luego. A Gloria le faltaban práctica y experiencia, pero se notaba que iba a ser una muy pero que *muy* buena actriz. Tenía muchas ganas de trabajar con ella.

—¿No me digas? ¿En serio, cielo? —Caroline Cecil pronunció estas palabras con contenida malicia—. A mí me había dado la sensación de que no te convencía del todo.

—Qué va, querida —contestó Madge con dulzura—. O, si no me convencía, era solo porque me daba miedo que no estar del todo a la altura pudiese ser contraproducente para Gloria. Verá, inspector, en el mundo del cine hay que ir con pies de plomo, porque si te tropiezas una vez, no te perdonan jamás.

—Y a usted —el tono de Humbleby sonó jabonoso y adulador—, ¿no le molestaron en absoluto las atenciones del señor North para con ella?

Durante una milésima de segundo los ojos de Madge brillaron de odio; luego, como quien cambia una diapositiva por otra, su mirada se llenó del más puro asombro.

—Pero ¿por qué iban a molestarme? Ni siquiera sabía que Stuart estuviera interesado en ella. —Se volvió para mirarle—. ¿Lo estabas, querido?

El señor North estornudó escandalosamente.

—Pues depende de lo que entiendas tú por «interesado» —contestó malhumorado—. La invité a salir un par de veces, si es a eso a lo que te refieres, pero no había nada serio... Y, además, ¿a qué viene este tema tan aburrido? ¿Qué tiene que ver?

Miró a Capstick, que asintió cariacontecido y luego, con compunción y la misma ambigüedad, negó con la cabeza.

—Lo mismo da, el caso es que nos proporciona un *sequitur* —siguió Humbleby sin inmutarse— a mis últimas preguntas, que atañen a la relación entre la señorita Scott y el señor Maurice Crane.

—Últimas —repitió Medesco—. Ojalá. Quiero irme a comer.

—Tengo entendido... —De nuevo Humbleby se dirigía a Nicholas—. Tengo entendido que la señorita Scott se alojó las navidades pasadas en su casa. ¿Es así?

—Se quedó en casa de mi madre.

—¿Usted no vive allí?

—No. Ni Madge tampoco. Maurice y David, sí.

—Quisiera saber quién la invitó.

—Fue Maurice.

—¿Se encontraba usted allí en el momento de la visita?

—No. David y yo estábamos navegando en las Bermudas.

—Y, en ese caso, su hermano Maurice sería el único hombre de la casa..., siempre y cuando su padre no...

—Mi padre falleció hace años... Sí, Maurice sería el único hombre de la casa. ¿Iba Gloria a tener un bebé?

—Así es, sí... Y ahora, señor Crane, si pudiera usted facilitarme una lista completa de los asistentes a su fiesta...

Lo hizo, y finalmente la reunión se dispersó. Nicholas, Madge y Stuart North fueron los últimos en abandonar la estancia, y Nicholas saludó con la cabeza a Fen al salir.

—Está usted en su elemento, ¿eh? —le dijo al pasar de largo.

—Podría ser —contestó Fen sin comprometerse—. ¿Me permite darle un consejo?

—Adelante.

—Durante unos días —dijo Fen—, no coma ni beba nada que no estén comiendo o bebiendo otras personas. Y su hermana, lo mismo… Pongamos que quisiera usted romper el contrato con una actriz sin meterse en problemas legales, ¿cómo abordaría el asunto?

Los ojos de Nicholas se entrecerraron con suspicacia.

—Vaya, vaya —murmuró—. Existe el derecho al honor, profesor Fen. Si tiene pensado ponerse a lanzar acusaciones infundadas, seguro que se puede apelar a la ley para que caiga sobre usted con todo su peso. De modo que vaya con cuidado, amigo… Hasta la vista, pues. Volveremos a vernos, espero.

Sonrió fugazmente y se marchó.

3

Una hora más tarde, tras un rápido almuerzo de sándwich y cerveza en The Bear, Fen se encontraba de regreso a Oxford. Apenas dedicó tiempo a repasar los acontecimientos de la mañana, pues se daba cuenta de que sin más datos la especulación no iba a revelarle nada nuevo. En su lugar, se dedicó a pergeñar, con actores y todo, una película sobre Wordsworth y Annette, y esto, combinado de vez en cuando con saludables tragos de hipérbole Jamesiana, mantuvo su mente ocupada hasta que llegó a casa.

La mañana del día siguiente, que era domingo, estaba quitándose la toga en su habitación del College después de asistir a maitines cuando sonó el teléfono y, con un civismo probablemente fruto del sobrecogimiento, la operadora anunció una llamada personal de New Scotland Yard.

—Gervase Fen al aparato —dijo Fen.

—¿El señor *Gervase* Fen?

—Al habla.

—Un momento, por favor, señor Fen. —El diafragma del auricular crepitó taciturno en el oído de Fen—. Puede hablar. Digo que ya puede hablar, señor Fen.

—Sí, perfecto.

—¿Está usted ahí?

Aquí Gervase Fen al habla.

—Le paso su llamada, señor.

La comunicación se cortó al instante, pero finalmente, como consecuencia de una serie de clics reverberantes, fue posible percibir un murmullo de sonidos de fondo: una máquina de escribir, una vajilla de porcelana, conversaciones, alguien silbando. Fen soltó el auricular para encenderse un cigarrillo. Al cabo de medio minuto aproximadamente, el desconfiado «hola, hola» de Humbleby, que brotó del aparato como la voz de un elfo enjaulado, hizo que volviese a levantar el auricular.

—¿Está usted ahí? —preguntaba Humbleby en ese momento—. ¿Hola? ¿Hay alguien ahí?

—Cálmese —dijo Fen— y cuénteme qué ha pasado.

—Ah, ahí está, por fin… Bueno, le han practicado la autopsia a Maurice Crane y tenía usted razón: lo envenenaron.

—¿Con qué?

—Con colchicina.

Fen frunció el ceño.

—¿Colchicina? Vaya, vaya. Entonces, podríamos habernos ahorrado molestias con las tazas de café.

—Ajá, de modo que lo sabe todo sobre la colchicina, ¿eh? Que me aspen, yo no tenía ni idea: los envenenadores no suelen ser tan, esto, esotéricos en su elección de sustancias.

—¿Cómo se la administraron?

—En el frasco de no sé qué tónico reconstituyente que tenía recetado. Bagley lo localizó cuando se acercó a la casa anoche, a última hora.

—¿Y cuándo?

—Pudo ser en cualquier momento. La casa es una de esas moles llenas de habitaciones y rincones en las que es fácil entrar y salir sin ser visto. Es imposible precisar el momento concreto.

—A ver, está claro que Crane se bebió el mejunje antes de salir para los estudios ayer por la mañana, de modo que ese debe ser el *terminus ad quem.*

—Ya. Pero el problema es establecer el *terminus a quo.* En el frasco aparece recetada una dosis de dos veces al día después de las comidas, pero la gente a menudo olvida tomarse la medicación, o sencillamente no se molesta en acordarse.

—Ajá. ¿Y usted?

—Ahora ya estoy oficialmente al cargo. Capstick convenció a su jefe para que pidiera ayuda a Scotland Yard, y yo he convencido al mío para que me permitiera posponer las vacaciones y hacerme cargo del caso.

—¿Y qué ha descubierto por ahora?

—Nada.

—Entiendo. ¿Quién hereda el dinero de Maurice Crane?

—Ah, ese es un detalle interesante. La madre, y una cantidad considerable. El padre fue un potentado fabricante de insecticidas y laxantes y cosas así, y dejó cincuenta mil libras a cada uno de sus hijos. Pero no pueden tocarlas hasta los treinta y cinco, y si mueren *antes* de esa edad, el dinero vuelve a manos de la madre… Es un móvil, ¿sabe usted?

—Me doy cuenta, gracias. ¿Y qué hay de Gloria Scott?

—El pobre Charles se ha visto inundado de llamadas. Se diría que media Inglaterra ha reconocido esa fotografía. Pero no hay nadie que diga haberla conocido con otro nombre, ni desde hace más de dos años. A pesar de tanta investigación rutinaria como se ha llevado a cabo, lo cierto es que aún no hemos averiguado acerca de ella ni un dato más de los que ya conocíamos ayer por la mañana.

—Y a la fría luz del nuevo día le asaltan serias dudas acerca de si la muerte de Maurice Crane tiene poco o nada que ver con ella.

—En efecto, no me avergüenza reconocer que... ¿Sabe qué creo?

—¿Qué?

Creo que detecta usted cosas que no existen.

—Comprendo.

—Creo que la coincidencia de la película y la oda le han hecho perder un poco el norte.

—Piensa que chocheo.

—Ya que insiste, sí.

—Yo no insisto de ninguna manera. Es más, lo niego. Pero ustedes sencillamente *no se dejan...* ¿Qué piensa hacer?

—Estamos siguiendo todos los procedimientos que se recomienda seguir en los casos de asesinato. Algo surgirá.

—Dios santo. Micawber Humbleby,[7] el Demonio del Yard. ¿Me mantendrá también debidamente informado por carta?

—Sí, no le veo ningún inconveniente. Mientras tanto, ¿tiene usted alguna sugerencia?

—Sí. Las compañías marítimas. Haga circular la fotografía de Gloria Scott entre las camareras de los barcos de pasajeros que arribaron a Inglaterra durante el mes anterior a su aparición en Menenford. Una vez descubierta su verdadera identidad, tendrá una buena pista para atrapar al asesino de Maurice Crane.

7. Wilkins Micawber, personaje del *David Copperfield* de Dickens, recurre con optimismo al «algo surgirá» cuando la suerte no le es propicia.

—«Esa melodía de nuevo.»[8]

—Muy bien, pues si no quiere, no lo haga. Pero no me culpe si le pasa algo a los otros Crane.

Fen colgó el teléfono. *Colchicina,* pensó. Fuera cual fuera el desenlace del caso, sin duda se convertiría en un clásico de la toxicología. Todos los manuales sobre venenos los tenía en su casa de North Oxford, pero se dio cuenta de que era capaz de recordar sin demasiado esfuerzo las características principales de esa toxina en particular. Se acordó de que era uno de los dos principios activos presentes en los bulbos y en las semillas del croco de otoño o azafrán silvestre, y que a partir de esas dos fuentes era relativamente sencillo obtener una potente decocción. Los síntomas que provocaba eran vómitos, salivación y dolor abdominal, mientras que la muerte se producía por parada respiratoria. Y en un aspecto era prácticamente único entre los venenos: no surtía efecto alguno en la víctima hasta pasadas varias horas de su ingestión. A Fen no se le ocurría ninguna otra ocasión en la que se hubiera utilizado con fines homicidas…

Y, entre tanto, ¿qué hacer? Por su parte estaba claro que nada. Los asesinatos que exigían investigaciones rutinarias no eran ni mucho menos lo suyo, y que él supiera ya habían exprimido hasta la última gota de información, sin que ello le hubiese proporcionado, no obstante, la menor pista acerca de quién podía ser el asesino de Maurice Crane. Algo más tendría que averiguarse, o suceder, para retomar las especulaciones con alguna probabilidad de éxito. En consecuencia, se marchó a casa y se pasó el resto del día comiendo, durmiendo, leyendo, vilipendiando a sus hijos y tocando la trompa sin entusiasmo. Desde su punto de vista, el caso estaba encalmado,

8. Humbleby cita a Orsino, personaje de William Shakespeare, en *Noche de reyes,* I, i, 1-12. La versión en castellano es de Astrana Marín, *op. cit.*

y no fue hasta que apareció, hacia la hora del té del día siguiente, la edición de las cuatro de la tarde de *The Evening Mercury* cuando arreció el viento de nuevo y la embarcación viró hacia nuevos bajíos, nuevos arrecifes.

4

Con el tiempo, Fen reconocería, y con razón, que jamás se había topado con un caso en el que el asesino estuviera tan inexorablemente constreñido por la mera imprevisibilidad de las circunstancias. En cada recodo del camino aguardaba agazapado el Azar, trazando su avance como en un mapa, esbozando su rostro rasgo a rasgo para, en el momento del desenlace, anunciar llana e incontrovertiblemente su nombre e identidad. Y nada de lo que hicieran Fen o Humbleby para adelantar esa revelación final iba a surtir efecto alguno; hasta que no llegara el momento en que las nornas condescendieran a facilitar el último eslabón que aportase coherencia a la cadena entera de acontecimientos, no tenían más remedio que aguardar impacientes en ignominiosa pasividad. Aunque el delito planteaba un problema cuya solución requería deducción y mucha reflexión, la información necesaria para esa deducción y reflexión sería, inexorablemente y de principio a fin, una prerrogativa de la ciega providencia…

Y el lunes por la mañana la providencia tejió el primer hilo de la red.

Su instrumento llevaba por nombre Bartholomew Snerd, de profesión detective privado. Los detectives privados son por norma general personas íntegras, pero para el hombre deshonesto, el oficio presenta ciertas tentaciones violentas, y en un momento u otro el señor Snerd había sucumbido conscientemente a todas y cada una de ellas. De hecho, se había librado de la cárcel tantas veces y tan por los pelos que había llegado a medio convencerse de que lo acompañaba a todas horas una divinidad personal, secuaz incansable de sus intereses; y esta sensación de amparo sobrenatural lo había llevado, en el momento de los sucesos que nos disponemos a relatar, a un estado en el que el equilibrio entre rapacidad y prudencia era más bien precario. El señor Snerd era consciente, cómo no, del peligro que entraña el exceso de confianza, pero la capacidad de autoengaño es prácticamente infinita en los hombres, y las advertencias de los instintos más juiciosos del señor Snerd, a pesar de ser cada día más numerosos e insistentes, recibían paradójicamente cada vez menos atención de esa parte de él que tomaba las decisiones y que actuaba. Y es presumible que fuera este peligroso estado mental el que lo involucró en la espinosa empresa de asaltar el piso de Madge Crane.

El señor Snerd era un hombre garboso, de constitución fornida (aunque tendía discretamente a gordo) y con una fisonomía agradablemente despejada. Aunque se acercaba a los cuarenta, aparentaba diez años menos como poco, y el cuidado que ponía en su aseo y en escoger su ropa contribuía a darle un aspecto muy presentable. Poseía dilatada experiencia en los distintos grados y variedades del cortejo, y el talento que mostraba a la hora de amoldar su técnica de abordaje a la víctima en cuestión había resultado ser uno de sus activos profesionales más valiosos, además de constituir una fuente de sumo placer más o menos inocente. Siempre iba a por las mujeres; con los hombres, a pesar de sus maneras campechanas y amistosas, no acababa de estar a gusto. E ir a por las mujeres tenía ciertas ventajas para el negocio, en la medida en que con frecuencia se abrían lucrativas oportunidades para ejercer algún que otro discreto chantaje; y como chantajista, el señor Snerd era un as. En este ámbito, se regía por una estricta norma personal que consistía en no pedir nunca una cantidad excesiva y en no exigir nunca más de un pago, y sin duda era a este sabio y comedido procedimiento al que debía agradecer seguir libre de castigo. Evidentemente, se había convertido con el paso del tiempo en algo muy parecido a un principio ético; «injusto» o «impropio de un caballero» habrían sido los calificativos con los que el señor Snerd habría estigmatizado cualquier intento de llenar el cántaro por segunda vez en el mismo pozo, y la actitud que tenía para con sus víctimas, una vez habían accedido estas a sus exigencias, era de una cándida tolerancia paternal. A pesar de este deambular por el lado sórdido de la vida, el señor Snerd poseía, en muchos aspectos, una mente limpia y sencilla: las perversiones, decadencia y banales traiciones que la poblaban no le afectaban ni un ápice más que si hubieran sido la tabla de multiplicar, y esta ingenuidad, cuando finalmente sus pecados lo delataron, era tan auténtica que, de no haber sido las pruebas en su contra tan abrumadoras, su ángel guardián —y el hecho de que el juez fuera un hombre influenciable— bien podría haberlo librado otra vez.

Entre sus actividades más legítimas predominaba claramente la búsqueda y destape de infidelidades matrimoniales, y su aseada oficina amueblada con buen gusto en una bocacalle de Long Acre había sido testigo de muchas angustiosas confesiones de desconfianza conyugal. Una ventaja de la que disfrutan los detectives privados es que, puesto que las clases medias y altas solo recurren a ellos de manera furtiva, no figuran en ninguna jerarquía universalmente reconocida de fiabilidad y competencia como la que existe para los comerciantes o incluso, hasta cierto punto, para abogados, médicos y otros profesionales cuyos servicios no hay que solicitar a escondidas; y la consecuencia de esto es que, como los clientes de los detectives privados se ven forzados a elegirlos de manera arbitraria, las peras en dulce de la profesión no son patrimonio exclusivo de las firmas más serias y experimentadas, sino que con razonable frecuencia van a parar a manos de profesionales bastante mediocres. Fue así como un día se presentó en el despacho del señor Snerd la esposa de un ilustre magnate del cine que tenía motivos para sospechar que su marido era un adúltero de tomo y lomo, y que por razones en las que no quiso indagar el señor Snerd estaba ansiosa de obtener pruebas de estas andanzas; pues bien, en la larga lista de supuestas *inamorate* que le estuvo ladrando al oído al señor Snerd se encontraba Madge Crane.

Cómo llevó a cabo el señor Snerd su investigación —la cual resultó tan interesante como rentable— es algo que no hace falta relatar aquí. Basta decir que, aunque buena parte de las sospechas de la esposa del magnate del cine resultaron fundadas, la que lo relacionaba con Madge Crane era totalmente injustificada, al menos hasta donde pudo comprobarlo el señor Snerd. Y el asunto bien podría haber acabado ahí, de no ser porque la indagación en la vida privada de la señorita Crane había puesto al señor Snerd en contacto con la doncella particular de la señorita Crane, una atractiva morena llamada Felicity Flanders. La señorita Flanders era gracias a la fama de su señora una jovencita altanera, hasta insolente, e incluso para un hombre con la práctica del señor Snerd el proceso de ganarse sus afectos (y, con ellos, cuanta información confidencial sobre la señorita Crane pudiera poseer) había sido largo y arduo. Una vez ganados, no obstante, estos afectos resultaron de una naturaleza tan apasionada que el señor Snerd empezó a temerse que ya nunca lograría zafarse de ellos. Se percató de que la señorita Flanders era una de esas chicas de las que no convenía desembarazarse demasiado abruptamente. Así pues, mucho después de que la razón original para establecer la relación hubiera perdido vigor, mucho después de que la esposa del magnate del cine le hubiera pagado sus servicios y se hubiera marchado con la munición que él le había proporcionado contra su desafortunado marido, el señor Snerd seguía dedicándole sus atenciones a la señorita Flanders. A fin de cuentas, difícilmente podía describirse como una penitencia, porque la señorita Flanders era atractiva y complaciente, y no manifestaba la menor necesidad de regularizar la concesión de sus favores so pena de excomunión. En el momento de la muerte de Maurice Crane, por lo tanto, el señor Snerd aún se mostraba satisfecho con la asociación; y cuando Felicity le comunicó que su señora pasaría fuera el fin de semana y lo invitó por primera vez al lujoso pisito de Westminster, el señor Snerd canceló sus otros planes y aceptó la invitación encantado.

Esto sucedió el domingo, el día después de los eventos acaecidos en los estudios de Long Fulton. A las nueve de la noche, el señor Snerd se reunió con Felicity para cenar un sándwich y beber un par de tragos en The Queen's Head, en Great Peter Street, y escuchó de su boca todos los detalles que había sido capaz de reunir acerca de la catástrofe del día anterior.

—No es que Madge estuviera destrozada —dijo; a espaldas de la señorita Crane, Felicity siempre se refería a ella por su nombre de pila, ya que le gustaba pasar por confidente de aquella famosa joven, más que por su criada—. Si quieres que te diga la verdad, esos dos no se podían ni ver. Y tampoco me extraña, teniendo en cuenta la clase de hombre que era él.

—Un tipo chungo, ¿eh? —El señor Snerd, a pesar de haber eludido el reclutamiento en la última guerra, manejaba con soltura el argot de los soldados.

—Peor que… peor que un sátiro, vaya que sí. ¡Ni te imaginas cómo me trataba!

—Ah, conozco a los de su calaña. —El señor Snerd asintió con la cabeza y aire sabiondo—. Son incapaces de mantener las manos lejos de los asuntos femeninos. —Guiñó un ojo—. Aunque reconozco que, tratándose de ti, bonita, no me extraña.

Felicity soltó una risita.

—Venga ya, Peter —dijo (en su momento, el señor Snerd no creyó apropiado confiarle su nombre; ni tampoco su profesión, puesto que ella pensaba que se dedicaba a la industria automovilística)—. ¡Qué *malísimo* eres! ¡En serio te lo digo!

—Bueno, ¿qué tal otra de lo mismo para pasar página y olvidarnos de ese horrible personaje?

—¿Me puedo pedir una ginebra esta vez?

—Es mejor seguir con cerveza, tesoro. —El señor Snerd miraba mucho por su bolsillo—. Sienta como un tiro mezclarlas. —Pidió otra ronda—. Pero, dime, ¿estás segura de que puedo subir al piso? No quiero líos si ella vuelve de repente.

—No va a volver, no te preocupes. Ayer noche durmió en casa de su madre y hoy se ha ido a la casa de campo.

—¿Dónde está?

—En Doon Island. Cerca de Portsmouth.

—Pensaba que te necesitaría con ella en todo momento.

—Me ha dicho de que me merecía unas vacaciones. —Felicity contempló durante un instante retirar el «de» que se le acababa de colar, pero decidió que así solo iba a llamar la atención sobre su error—. Y razón no le falta. Así que trabajo para mí misma hasta que ella vuelva el miércoles.

—¿Y qué pasa con la secretaria?

—Dios mío, Pete, estás de los nervios.

—Yo no estoy de los nervios —afirmó el señor Snerd de manera tajante—. Qué va, tesoro. Solo me preocupo por ti.

Perteneciendo como pertenecía al sexo más perspicaz, a Felicity esta declaración le pareció poco creíble; pero como tenía asumido que los hombres mienten como cantan los pájaros, prefirió dejarlo pasar en vez de ponerse a discutir.

—La secretaria se ha ido con ella —dijo—. Ha dejado el campo despejado, no te agobies.

—Con estas cosas lo mejor es cerciorarse bien de todo —dijo el señor Snerd con tono animoso—. Cuando estaba en la RAF, me acuerdo de un sargento que…

Cambió de tema embarcándose en la narración de una ristra de batallitas de guerra inventadas.

A la hora del cierre, apuraron sus bebidas y salieron del local. El apartamento de Madge Crane, cerca del hospital de Westminster, se hallaba ubicado en un pequeño y exclusivo bloque de pisos con servicios hoteleros de esos que de un tiempo a esta parte solo están al alcance de los más ricos. El señor Snerd sabía lo que costaban las cosas, y la visión de aquel mobiliario y decoración lo dejaron de piedra, si bien disimuló su impresión adoptando el aire despreocupado de quien está habituado desde niño a esa opulencia. De un aparador del comedor, Felicity sacó ginebra y zumo de naranja, y tras degustar generosamente ambas bebidas, se retiraron a acostarse hacia medianoche.

El señor Snerd se despertó a las siete de la mañana con el tráfico matutino de los lunes. Felicity seguía profundamente dormida, y al señor Snerd se le ocurrió que aquella podía ser una buena oportunidad para inspeccionar el piso. No está claro que tuviera intención de robar gran cosa, ya que los hurtos que acostumbraba a perpetrar concernían objetos de valor tan escaso como para que, al apercibirse de su ausencia, los dueños creyeran que simplemente no estaban en su sitio. Menos claro aún está que tuviera en mente practicar algún chantaje; hasta ese momento jamás había escogido a una víctima que fuera eminente o ilustre, pues sabía que, aun en tiempos democráticos como los que corrían, todavía era posible que dinero e influencia se volvieran contra uno y le asestaran un par de collejas. No. Que se sepa, parece que el motivo fue simple curiosidad; o, si se prefiere, una querencia natural por las actividades subrepticias aun cuando no sirvieran a un propósito claro. Sus razones, en cualquier caso, carecen de relevancia para esta crónica. Lo que cuenta son sus actos; sobre todo cuando esos actos iban a jugar un papel muy decisivo a la hora de acorralar a un asesino particularmente sutil y despiadado.

Mientras se levantaba con suma cautela de la cama, cubría someramente su desnudez y se escabullía descalzo del dormitorio, el señor Snerd no era del todo consciente de lo portentoso de su acto: era consciente, más bien, de la euforia que embarga a un hombre cuando sus acciones son ilegales, pero no especialmente peligrosas. En el pasillo se detuvo un instante, y luego avanzó en silencio hasta el salón, donde la noche anterior se había fijado en un pequeño escritorio de madera de palisandro al que probablemente valdría la pena echar un vistazo. Atento a escuchar cualquier señal de movimiento por parte de Felicity, lo empezó a inspeccionar, colocando cada cosa, una vez examinada, con escrupulosa precisión en el lugar donde la había encontrado. Sin embargo, apenas halló nada que recompensara sus esfuerzos, y al final se encontró mirando con ojos especulativos el único cajón del escritorio, que estaba cerrado con llave. Puesto que este quehacer era desinteresado y sabía que no tenía ninguna necesidad de ver lo que había dentro, y teniendo en cuenta que ya llevaba un buen rato lejos de Felicity, el señor Snerd bien podría, llegado a este punto, haber regresado con ella sin más. Pero su ávida curiosidad le picaba con insistencia, hasta que llegó el momento crucial en el que no pudo ignorarla por más tiempo. Regresó de puntillas al dormitorio.

Felicity yacía en la misma postura que cuando se marchó, con un húmedo rubor de agotamiento en su frente dormida. Tras detenerse solo para comprobar que en efecto dormía, el señor Snerd cogió sus guantes del tocador y se los puso (teniendo en cuenta que iba en calzoncillos, este gesto dio a su apariencia un toque decididamente extravagante), sacó un manojo de llaves maestras del bolsillo de su pantalón y volvió a escabullirse del dormitorio.

El contenido del cajón quizá fuera confidencial, pero por lo que descubrió era bastante exiguo. Para empezar, había un fardo de pagarés del Tesoro; el señor Snerd lo miró y remiró con anhelo, pero al final lo devolvió virtuosamente intacto a su sitio. Siguió con un libro de edición privada, con curiosas ilustraciones, titulado *Un látigo para Verónica,* del cual, tras pensárselo un poco, decidió apropiarse el señor Snerd para uso y disfrute personal. Cuando lo echara en falta, la señorita Crane seguramente pensaría que se lo había dejado olvidado por la casa y que algún criado, Felicity tal vez, lo habría recogido; pero difícilmente iba a poder interesarse por su paradero, y aunque la relación entre señora y criada sin duda se deterioraría en consecuencia, eso era (en opinión del señor Snerd) problema de Felicity…

Por último, había una carta.

Estaba manuscrita en papel de carta de buena calidad, con una caligrafía grande y un poco infantil. Y conforme el señor Snerd la fue leyendo, le flaquearon las rodillas de puro entusiasmo, motivo por el cual se vio obligado a tomar asiento rápidamente para evitar caerse redondo. La causa de este exceso de emoción fue la siguiente:

Jueves noche, 2:00 a. m.

Mi querida Madge:

Está hecho, y ahora solo deseo que no fuera así. Acabo de contárselo a Gloria —le he pedido que esperara a que se marcharan los demás— y he temido que fuera a desmayarse, a vomitar o a lanzárseme al cuello. En mi vida había visto a nadie en semejante estado: ese papel lo era todo para ella. Le he advertido que tendrá que afrontar una demanda por calumnias si va contando que la han engañado para que incumpla los términos de su contrato y, por razones que ya conoces, Jedd no abrirá la boca. Pero es un riesgo de narices. Si algo de esto sale a la luz, mi carrera en el cine está acabada, y que sepas que la tuya también. Por lo que más quieras, quema esta carta y jamás le hables de ella a un alma.

Está claro que ella no va a esperar a que los estudios la lleven a los tribunales por incumplimiento de contrato, no podría costearse la defensa de ninguna manera. Le he dicho que haré cuanto esté en mi mano por ella en el futuro, pero no se lo ha creído ni por un momento, claro está: piensa que está totalmente acabada en el cine. Además, sabe de sobra que eres tú, con tus ridículos celos, la que está detrás de todo. Yo que tú iría con cuidado. No parecía en sus cabales cuando salió de aquí.

Me siento fatal. Ya sabes que la chica me gusta; y no del mismo modo que a Maurice, ojo. Intenta no sacar el tema cuando nos veamos el sábado por la mañana.

Nicholas

El señor Snerd hizo un rápido repaso mental. La prensa, siempre tan emprendedora, había descubierto que existía un elemento de misterio en el suicidio de Gloria Scott, y las ediciones dominicales habían cubierto la noticia a toda página, mencionando discretamente la fiesta de Nicholas Crane y afirmando que, hasta el momento, la policía había sido incapaz de hallar un motivo que explicase la decisión de la joven. El señor Snerd, por lo tanto, estaba familiarizado con las líneas generales del caso y se dio cuenta de que había topado por casualidad con un documento muy revelador relacionado con el asunto, que, además, implicaba de manera vergonzosa a dos eminencias del mundo del cine. Allí sentado, con su grotesco atavío y aferrando la carta con una mano enguantada, se preguntó, con toda la imparcialidad posible, de qué manera sacar el mayor provecho de todo aquello.

Y, tras un extenuante esfuerzo mental, el señor Snerd decidió llevarse la carta y ofrecérsela a *The Evening Mercury.*

Ahora bien, esta es una decisión que ilustra con harta claridad el ablandamiento que la creciente confianza del señor Snerd había surtido en su intelecto. Se daba cuenta, por supuesto, de que, una vez publicada la carta, nada impediría a la señorita Crane denunciar el robo a la policía; era consciente de que Felicity le sabría culpable. Pero cometió la estupidez de dar por sentado que Felicity no lo denunciaría por temor a perder su empleo, y de creer ingenuamente que, incluso si lo hacía, siempre y cuando no volviera a verla, su pseudónimo lo protegería. Con el dinero obtenido —que sería una cantidad más que considerable—, echaría el cierre a su despacho y se marcharía de vacaciones; para cuando regresara, el asunto se habría olvidado totalmente.

De esta manera conspiraba y planificaba el señor Snerd, mientras su ángel guardián abandonaba el barco discretamente. Como veremos más adelante, subestimó con creces tanto a Felicity como los recursos de la Policía Metropolitana. Pero, por el momento, el plan le pareció perfecto, y procedió de inmediato a ponerlo en práctica.

En el dormitorio, Felicity seguía durmiendo. El señor Snerd recogió su ropa y fue a ponérsela en otra parte. La misiva de Nicholas Crane la introdujo entre las páginas de *Un látigo para Verónica,* y el ejemplar de *Un látigo para Verónica* se lo metió en el bolsillo de la gabardina. A continuación, tras volver a cerrar con llave el cajón desvalijado, se paseó por el piso limpiando sus huellas de todo lugar que recordaba haber tocado. Si por desgracia se le pasaba alguna, mala suerte; como la policía no tenía archivadas sus huellas, no sabrían descifrar a quién pertenecían incluso si encontraban alguna. Pensó en forzar una ventana para que pareciera que habían entrado al piso por la fuerza, pero después de pensárselo un rato decidió que iba a ser muy difícil hacerlo de manera creíble, por no hablar de que iba a hacer ruido, y el ruido despertaría a Felicity. A ella le garabateó una nota donde le explicaba que había tenido que ausentarse temprano por motivos de trabajo y que se reuniría con ella en The Queen's Head esa tarde —un *rendezvous* al que ni que decir tiene que no pensaba presentarse—. Y tras depositar la misiva en el tocador, se despidió por última vez dedicando un sentido pero resuelto ademán de despedida a su silueta inconsciente y abandonó el piso en silencio.

Era una mañana gris que prometía lluvia. Una vez en la acera con su botín en el bolsillo, el señor Snerd dudó por un momento sobre qué dirección tomar. Pero finalmente se decidió y subió al autobús de la línea 88 que lo condujo por Whitehall hasta Charing Cross. Tras apearse allí, puso rumbo a St. Martin's Lane. Y los relojes daban las ocho y media cuando abrió de un empujón la historiada puerta del pub The Scissors.

Como se hallaba en Covent Garden, un barrio donde la gente trabaja toda la noche y necesita un trago de buena mañana, The Scissors tenía autorización para abrir a esta hora gracias a una dispensa especial de las leyes regulatorias de venta y consumo de bebidas alcohólicas, por lo que era habitual encontrar allí a borrachos empedernidos, además de a los carretilleros del mercado. Era a un miembro del primer grupo a quien buscaba el señor Snerd: un tipo llamado Rouncey que trabajaba de reportero para el *Mercury.* El señor Rouncey y el señor Snerd eran viejos camaradas; en este y en otros bares habían consolidado a lo largo de varios años ese compañerismo de turbias fatigas que hacía las veces de amistad, y confiaban el uno en el otro en la medida en que uno y otro eran capaces de confiar en los demás. Así pues, fue por medio del señor Rouncey como se propuso el señor Snerd hacer llegar la carta de Nicholas Crane al *Mercury,* convencido de que el diario pagaría muy bien por ella. Y es que el *Mercury* era un tabloide sensacionalista de la peor y más inescrupulosa calaña, casi sin parangón en la prensa inglesa. Sus ventas se fundamentaban en el vilipendio y en informaciones que rayaban la pornografía, un género este último que el periódico justificaba con hipócritas consignas moralistas («Creemos que el pueblo británico no puede tolerar que se den semejantes situaciones…», «Tal y como lo vemos nosotros, prestamos un servicio público al revelar las prácticas de este depravado y vicioso sector de la comunidad…»). Sus mirmidones se pasaban el día entrando y saliendo de los tribunales civiles y penales y a menudo acababan entre rejas; y cada año el periódico desembolsaba un dineral en multas de reparación por difamación, unas cantidades que, al parecer, consideraba tan naturales como cualquier otro gasto cotidiano. Esta política le devengaba sustanciosas ganancias y la abominación de quienes eran lo bastante inteligentes para no dejarse engañar por sus falsas pretensiones moralistas; y, dado que profesaba un férreo aborrecimiento de los ricos («Pase lo que pase, no será Lord X quien sufra las consecuencias, sino la gente sencilla y decente: los mineros, los ferroviarios y los obreros siderúrgicos junto con sus mujeres y sus hijos…»), el *Mercury* era, cómo no, un periódico tremendamente popular.

El señor Snerd vio enseguida que había acertado al dirigirse a esta taberna, porque el señor Rouncey se encontraba apoltronado en el mismo rincón de la barra de siempre, con un whisky en la mano, un cigarrillo Woodbine en los labios y un maltrecho sombrero de fieltro en el cogote. Era un hombre mayor, de mirada esquiva y con la peculiaridad de que el alcohol le hacía llorar invariablemente. Esta reacción era del todo física y no guardaba ninguna relación con su estado de ánimo —de costumbre sombrío, pero casi nunca lacrimógeno—, y tendía a desconcertar bastante a los forasteros. El señor Snerd, sin embargo, ya estaba acostumbrado y hacía mucho que no le parecía nada extraordinario. Sin amilanarse ante las mejillas y los ojos arrasados de lágrimas del señor Rouncey, el señor Snerd lo abordó muy afable.

—Buenas, abuelo —dijo—. ¿Qué tomas?

Sin responder ni tan siquiera levantar la vista, el señor Rouncey apuró el trago, arrastró el vaso sobre la barra y aguardó en silencio mientras se lo rellenaban a cuenta del señor Snerd. Estas muestras de descortesía, muy habituales en él, habían convencido al señor Snerd de que el hombre era «un caso», de modo que no se ofendió ante su falta de respuesta, tomó asiento tranquilamente a su lado, bebió con valentía, venció un mareo repentino y, finalmente, le dio unos golpecitos a su compañero en la rodilla con aire confidencial.

—Tengo algo para ti —dijo el señor Snerd—. Un bombazo.

El señor Rouncey lo miró de soslayo con un ojo lloroso y se retiró el sobado cigarrillo de la boca.

—¿Un bombazo de qué tipo? —preguntó sin una nota de interés perceptible en su voz.

—Enseguida te lo enseño. —Tras echar un vistazo a su alrededor para estar seguro de que nadie los miraba, el señor Snerd sacó la carta de Nicholas Crane—. Échale un vistazo a esto.

Después de secarse los ojos y de ajustarse con aire cansino unas gafas bifocales de montura metálica, el señor Rouncey obedeció. Cuando hubo terminado de leer la carta, sin mostrar la menor alteración en su semblante, se la devolvió a su dueño y apuró su copa de un trago.

—¿Otra? —dijo.

—Esta ronda la pagas tú, abuelo.

—¿Me toca?

—Sabes de sobra que sí. —El señor Snerd habló sin rencor; evitar pagar su ronda a toda costa era otro de los rasgos que convertían al señor Rouncey en «un caso»—. Yo tomaré otra de lo mismo.

El señor Rouncey pidió las bebidas con resignación.

—¿Y bien? —dijo el señor Snerd.

—Sí, es un bombazo, desde luego —concedió el señor Rouncey—. Tanto que hasta me parece demasiado explosivo, la verdad.

—No me vengas con esas. Puedes usarla.

—¿Y cómo sé que no es una falsificación?

—Tienes mi palabra —contestó el señor Snerd con aire digno.

—Ah, sí. Claro. Pero mi editor no te conoce como te conozco yo, chaval. Es a él a quien hay que convencer.

—Consigue una muestra de la caligrafía de Crane. Que las comparen.

—¿Y de dónde cojones crees que voy a…? Pero no, espera… —El señor Rouncey, en un formidable arrebato de energía, consiguió chasquear los dedos—. Escribió una carta al periódico, no hace ni una semana, y si no recuerdo mal, estaba escrita a mano y no a máquina. Podría servir.

—¿A qué esperas, entonces, abuelo?

—Habrá que escribir el artículo con mil ojos —dijo el señor Rouncey con aire pensativo—. Cargarlo de «presuntos» y «sin comentarios». Pase lo que pase, nos costará una demanda por difamación, pero quizá nos libremos si lo justificamos con el comodín del interés público… ¿De dónde has sacado la carta?

El señor Snerd guiñó un ojo.

—Salió volando por una ventana. Y, claro, tuve que leerla para ver de quién era, y no figuraba ningún apellido ni ninguna dirección, así que te la traje para ver si tú me podías ayudar, y…

—Ahórrate el cuento, chaval —dijo el señor Rouncey afablemente—. El periódico no se lo va a tragar. Creo que la línea oficial será decir que nos llegó de forma anónima por correo, de parte de alguien que desea que Se Haga Justicia. Evidentemente, no nos gustan las cartas anónimas, y menos aún tratando como tratamos con el condenado público, pero pensamos que era nuestro deber como ciudadanos someterla al examen de expertos en caligrafía y entregarla a continuación a la policía… Sí, digo yo que esa será la línea oficial: limitarnos a informar sobre lo que hemos hecho. No Haremos Comentarios y Seremos los Primeros en Alegrarnos si Finalmente se Limpia el Nombre de Estos Grandes Artistas. —Exhausto por esta actuación, el señor Rouncey hizo una pausa y buscó a tientas su copa—. A ver, echémosle otro vistazo a la susodicha.

El señor Snerd le tendió la carta, y el señor Rouncey, enjugándose las lágrimas que le empañaban la vista, volvió a leerla.

—Jedd —murmuró—. A este habrá que localizarlo antes de publicar nada.

—¿Y el Jedd ese quién es, a todo esto?

—Un director de teatro. *Afortunado en amores,* en el Curtain. —De repente, los ojos del señor Rouncey se abrieron de par en par—. Eso es, chaval.

—¿Eso es qué?

—Esa Scott sustituyó a Marcia Bloom en la representación del martes. Recuerdo haberle oído algún comentario sobre este particular a Sark, nuestro cronista teatral.

—¿Y qué, abuelo?

—Verás. Cuando firmas un contrato cinematográfico te comprometes a no aparecer en ninguna otra producción sin autorización previa. Así que Crane engañó por lo que parece a Scott, y le hizo creer que contaba con el permiso de los estudios para participar en *Afortunado en amores,* cuando en realidad no era así. Y eso significa que Crane pudo chantajearla con llevarla a juicio por incumplimiento de contrato si no lo cancelaba ella voluntariamente.

El señor Snerd se mostró genuinamente indignado ante esta revelación.

—Menuda jugarreta —dijo.

—El mundo del espectáculo es así, no te escandalices. —El señor Snerd tuvo la impresión de que el señor Rouncey se burlaba de su ingenuidad—. Bueno, veremos qué se puede hacer. —Se levantó tambaleante—. ¿Cuánto pides?

—Ciento cincuenta limpias.

—No vas a conseguir tanto, chaval.

—Lo tomas o lo dejas —dijo el señor Snerd sin alterarse—. Depende de ti. Pasaré esta noche a cobrar a The Feathers cuando abra el local. —Agarró al señor Rouncey del codo cuando este daba media vuelta para marcharse—. Y no olvides que estoy al tanto del asuntillo ese de Brighton, ¿eh, abuelo? No me gustaría meterte en ningún lío por eso.

—Maldito chantajista —dijo Rouncey.

—Vamos, vamos, ¿qué maneras son esas? —dijo el señor Snerd muy ufano—. Somos buenos amigos, ¿no? Tú haz lo mejor para mí y yo haré lo mejor para ti. Más justo imposible, ¿no te parece?

El señor Rouncey se estaba metiendo la carta en el bolsillo.

—Mira, chaval, no te prometo nada —se sinceró—. Esta condenada carta es pura dinamita, ¿lo entiendes? Si consigo venderla, tendrás tu pasta. Es todo lo que te puedo decir. —Se dirigió a la puerta—. Pero te apuesto diez a una a que no van a querer saber nada del asunto, por mucha primicia que sea.

Pero la prognosis del señor Rouncey era demasiado indulgente para con el sentido de la decencia de sus empleadores. Quisieron saber, y mucho.

CAPÍTULO III

1

Como de costumbre, la edición de las cuatro de *The Evening Mercury* salió a las calles de Londres a eso de las tres de la tarde.

No era un diario que Humbleby acostumbrase a leer, excepto cuando su profesión lo requería o cuando, por masoquismo o pura beligerancia, sentía la necesidad de convencerse del colapso inminente de la totalidad de los valores morales y culturales. Pero en el aciago lunes que nos ocupa, aterrizó sobre su escritorio a las tres y cinco, despachado por un sargento con el mismo aire de esos heraldos de las tragedias griegas que anuncian calamitosas y, a menudo, cuasi increíbles noticias a coros de ciudadanos boquiabiertos de espanto y asombro.

Humbleby había rechazado en dos ocasiones la posibilidad de un ascenso, puesto que no le emocionaba la carga extra de trabajo puramente administrativo que a buen seguro conllevaría; pero a pesar de esto (o incluso puede que debido a ello) era una persona de cierto peso en Scotland Yard, y su furia —aún más impresionante por su excepcionalidad— se propagó por esa sofisticada jerarquía como una onda gravitacional. De hecho, el grasiento jovencito del *Mercury* que le trajo la carta original de Nicholas Crane recibió de su parte un trato tan arisco y demoledor que, al salir del edificio, tuvo que sentarse en un banco del parque para recuperarse.

La noticia se había redactado muy en la línea prevista por el señor Rouncey. Sus insinuaciones retozaban bajo grandes titulares, y la carta en sí aparecía reproducida en facsímil. Humbleby contempló el conjunto y soltó una admirable ristra de blasfemias; a pesar de lo que había dicho por teléfono, tenía muy presente la teoría de Fen acerca del caso, y si esa hipótesis fuera acertada, el *Mercury* le había hecho un favor gratuito al asesino, señalándole dónde debía concentrar sus energías a continuación.

En cuanto a la autenticidad de la carta, Humbleby no la ponía en duda, pero se la pasó a los calígrafos del Yard para que emitieran su opinión. Hecho esto, puso rumbo a la calle, entre una cuadrilla de subalternos, para indagar su historia.

El editor de *The Evening Mercury* lo recibió con mal disimulada aprensión: debido a su mal humor, Humbleby tenía el desconcertante aspecto de un enviado de las Euménides. Sí, dijo el editor, la carta se había enviado de forma anónima por correo postal. ¿A él en persona? Bueno, no; para ser exactos, a uno de sus reporteros…

El señor Rouncey, con una cogorza importante y los ojos llenos de lágrimas, fue llamado a su presencia. Sin olvidar ni por un momento el conocimiento que tenía el señor Snerd del asuntillo de Brighton, corroboró con inquebrantable obstinación la versión de su editor acerca de la procedencia de la carta. Al final, Humbleby tuvo que separarse de ellos sin haber aclarado nada; no obstante, estaba convencido de que era altamente improbable que Madge Crane hubiese tenido el descuido de dejar la carta por ahí al alcance de cualquiera, y eso solo podía significar que alguien la robó. En consecuencia, se acercó en coche hasta su piso, donde encontró a Felicity, lectora habitual del *Mercury*, en un estado de ánimo muy agitado y caviloso.

La interpelación subsiguiente obvió las recomendaciones del juez para todo buen interrogatorio policial. Aunque le parecía improbable que Felicity hubiese robado la carta, en la medida en que su publicación la situaría bajo sospecha al instante, Humbleby no mostró el más mínimo escrúpulo al aplicarle el tercer grado. Y Felicity, que se dio cuenta de que su futuro como empleada de la señorita Crane pendía ahora de un hilo, como poco, no le mareó demasiado tiempo con evasivas. También ella se figuraba que la carta había sido obtenida de manera ilícita, y no tenía ninguna duda de quién había sido el responsable. Y así fue como salió a la luz toda la historia.

Hacía mucho tiempo, le contó a Humbleby, que sospechaba que «Peter Williams» no era quien decía ser. Aquel intento de camuflar su identidad no la había molestado en exceso, pero en su día creyó conveniente averiguar quién era en realidad, de modo que una mañana, después de despedirse, le había seguido discretamente hasta su despacho de Long Acre y allí se había enterado de su nombre. Le reconoció al policía que había pasado la noche con ella en el piso y se había marchado antes de que ella se despertara. Estaba convencida de que había sido él quien perpetró el robo, dio el sucio chivatazo y dejó que le echaran a ella la culpa.

Y la señorita Crane ¿dónde podría haber tenido escondida la carta? Bueno, el escritorio del salón tenía un cajón cerrado con llave…

Al hallar el escritorio sospechosamente libre de toda huella, Humbleby mostró una clara inclinación a aceptar la teoría de

Felicity acerca de todo el asunto. Se la llevó consigo a Long Acre en el coche.

Y allí, cómo no, localizaron al señor Snerd, que estaba en su despacho tarareando una cancioncilla y dejándolo todo ordenado antes de tomarse las vacaciones que tenía planeadas. Ante las acusaciones simultáneas de Felicity y la Policía, al principio el tipo era todo inocencia ultrajada. Pero Humbleby estaba casi convencido de que el señor Snerd le había entregado la carta en mano al señor Rouncey, y allí mismo declaró, clara y rotundamente, que el señor Rouncey así lo había reconocido.

Ante esta afirmación, el señor Snerd perdió los papeles y pasó a obsequiarlos con confesiones de su culpabilidad, que iba alternando con invectivas contra la traición espuria del señor Rouncey. El señor Snerd estaba resuelto a que, si él se hundía, el señor Rouncey había de hundirse con él, y se despachó a gusto con suma rimbombancia acerca de los pormenores del asuntillo de Brighton. Por lo visto, tenía que ver con la aceptación de un soborno y la eliminación intencionada de ciertas pruebas relevantes para el esclarecimiento de un episodio de alteración del orden público en un hipódromo hacía dos años, pero eso no era de la incumbencia de Humbleby y no prestó demasiada atención al relato. Tras dejar en manos de su cuadrilla de subalternos la detención del señor Snerd y el señor Rouncey, regresó solo en su coche a New Scotland Yard, consciente de haber aprovechado dos horas de trabajo de manera harto satisfactoria.

El siguiente paso, naturalmente, era hacerle una visita a Nicholas Crane. Humbleby telefoneó a su piso en Mayfair, pero no obtuvo respuesta. La llamada a casa de su madre tuvo mejor resultado: al parecer, se había dirigido allí nada más leer *The Evening Mercury.*

Humbleby recogió ciertos productos químicos y utensilios de los laboratorios del Yard —una precaución que obedecía a su reacio respeto hacia el intelecto de Fen— y a las seis y media partió rumbo a Aylesbury.

2

Llegó a Lanthorn House, la residencia de la señora Crane, cuando por el oeste desaparecía en el horizonte la última luz. La casa se hallaba arrebujada entre árboles en una suerte de cuenca donde confluían varias lomas; y tan arrebujada estaba que no se divisaba desde la carretera. Humbleby franqueó con el coche unas verjas blasonadas apenas discernibles, con sendas garitas de piedra a los lados, y penetró al instante en la arboleda de una extensa y descuidada propiedad. El rodero descendía gradual e inexorablemente por el terreno; un jardinero, que caminaba con paso fatigado hacia la casa en compañía de una niña de aspecto soso, paró y miró a Humbleby mientras este pasaba de largo; gigantescos arbustos de rododendros se cernían imponentes desde ambos lados del camino. Y entonces, tras alcanzar por fin el fondo de la hondonada, Humbleby tomó una curva cerrada a la izquierda para rodear un conjunto de edificios anexos, y la anodina mole de la casa apareció ante él. Aparcó el coche entre una falange de columnas corintias y una puerta principal con frontón y se apeó del vehículo.

En la vía férrea que bordeaba el límite más alejado de la propiedad, un tren de mercancías emitió un silbido burlón y se alejó traqueteando ruidosa y deliberadamente. Humbleby tocó el timbre. Por encima de su cabeza, la luz de una bombilla enjaulada parpadeaba al son de la cadencia de un motor de fueloil que se había vuelto audible tan pronto como apagó el motor del coche. Aguardó y, al cabo, como empezaba a irritarle que tardaran tanto en abrir, volvió a llamar al timbre;

a punto estaba de reforzar este gesto aporreando la ornada aldaba de latón cuando se abrió la puerta y apareció ante él un viejo mayordomo de impróvida apariencia.

—Nada de periodistas —dijo el mayordomo de sopetón—. Hala, desfilando y rapidito.

—Soy de la Policía —dijo Humbleby con sequedad—. Le ruego que me lleve de inmediato ante el señor Nicholas Crane.

El mayordomo lo escudriñó con suspicacia.

—Usted no es el que vino a por el frasco de medicamento del señor Maurice —dijo—. A mí no me engaña, eh.

—Ahórrese la discusión y déjeme pasar. El que vino era uno de mis subordinados.

—Pues menudo mal genio tiene el señor —dijo el mayordomo con resentimiento—. Seguro que sus subordinados le quieren como a un padre… Bueno, tendré que dejarle pasar, qué remedio. Hala, pase ya, no me tenga aquí esperando toda la noche.

Y tras tan gentil invitación, Humbleby subió los tres leves peldaños de acceso al umbral y entró. Lo recibió el blanco rutilante de una mole escultural; la estancia, amplia y de techos altos como un gimnasio, se extendía a su alrededor como un marco. Quizá fuera Faraday el de la estatua; o puede que Samuel Rogers; Palmerstone a lo sumo. Sentado, contemplaba la puerta con aprensión, se diría que anticipándose a la irrupción de algún recaudador o de algún alguacil. La base inmovilizaba contra el suelo de parqué una enorme pero pobretona alfombra turca. Varios retratos con pesados marcos dorados conversaban mudamente, y daba la impresión de que desairándolo, por encima de su cabeza. Unas mesitas perfectamente enceradas pero de muy dudosa utilidad —del género descrito como «auxiliar» pero a cuyo auxilio de un modo u otro nunca se recurre— estaban repartidas por la periferia de la habitación como a la espera de que las sacasen a bailar.

El resto del mobiliario lo componía una pareja de inmensos percheros victorianos de pie que, flanqueando la puerta, blandían hacia el techo, cual Visnu, múltiples brazos romos.

—Quédese aquí —indicó el mayordomo con brusquedad—, yo voy a ver qué hacemos con usted.

Se marchó, y Humbleby se resignó a esperar pacientemente; su profesión hacía tiempo que lo había vuelto inmune a hacer antesala a discreción de anfitriones mil veces menos cultivados y dignos de estima que él, y al final, reflexionó, uno casi siempre acababa devolviéndosela. Consolado por esta ambigua promesa de retribución, Humbleby levantó la vista distraídamente hacia el techo, donde un grupo de graciosos dioses y diosas celestiales retozaban en una de esas complicadas e inverosímiles intrigas a las que al parecer dedicaban las horas en el Olimpo. Un Angelica Kaufmann, quizá; era lo bastante bueno. Y a juzgar por aquel vestíbulo, era probable que el resto de Lanthorn House presentase la misma mezcolanza de estética envidiable por aquí y nula por allá... No era propiedad de la señora Crane, por supuesto: se la había alquilado hacía seis meses a lord Boscoign, el más reciente y probablemente último titular de una baronía irremediablemente desconocida, cuyo abuelo se había encargado de redecorarla en el estilo actual a fuerza de vender la aldea vecina, y que ahora vivía precariamente de las rentas en una pensión de Harrogate. Mantener una casa tan grande en los tiempos que corrían debía de costar un riñón, pensó Humbleby. Igual que los caballos de carreras, y se había enterado de que para la señora Crane eran su vida. Así que era muy probable que una suma de cincuenta mil libras le viniera que ni caída del cielo, y...

Pero en este punto, las meditaciones de Humbleby se vieron interrumpidas por la reaparición del mayordomo.

—Le recibirán —anunció el mayordomo, con el aire de quien da buenas noticias muy a su pesar—. Le recibirán ahora mismo. —Reparó en que Humbleby se estaba quitando el sombrero y el abrigo—. Eso déjelo por ahí; donde sea. Y dese prisa, ¿quiere? Tengo otras cosas de las que ocuparme aparte de usted.

—Hasta que yo no decida que estoy listo, le garantizo que no tiene usted ninguna otra cosa de la que ocuparse —dijo Humbleby.

—Es mandón el señor, ¿eh? —gruñó la anciana criatura—. Espere a que estalle la revolución y ya verá. Acabará con usted y los de su clase de un plumazo.

—No va a estallar ninguna revolución.

—Ya, yo tampoco lo creo —contestó el mayordomo de manera inesperada—. Una pena… Y no vaya a quejarse de mí, ¿eh? —le advirtió—. Harán oídos sordos, porque si me echaran, no conseguirían a otro como yo en la vida.

—Tanto mejor —dijo Humbleby.

El mayordomo consideró la respuesta, y cuando volvió a hablar lo hizo con tono conspiratorio.

—No, ahí se equivoca —dijo—. Son unos esnobs, ¿comprende? Prefieren un mayordomo fósil y cascarrabias como yo —dijo con franqueza— antes que no tener ninguno.

—Sí, ya, bueno, déjese de charlas y lléveme hasta ellos.

—A la orden, jefe. —Por lo que se veía, la vejez había infundido al temperamento del mayordomo esa volubilidad que de costumbre se asocia a la juventud, de suerte que llegado este momento empezó a mostrarse de lo más afable—. Usted tranquilo. Yo le cuido, no se preocupe. Por aquí, por aquí. Y ojo con las alfombras, no vaya a tropezar y hacerse daño. —Echó a andar con un alegre bamboleo, y Humbleby lo siguió.

La sala a la que le hicieron pasar tenía el tamaño y la forma de una sala de cine. La galería de un entresuelo la rodeaba por tres lados. Había más cuadros con marcos dorados: uno de un caballo, uno de un borroso paisaje crepuscular y uno de un actor dieciochesco, de tamaño dos veces mayor que el natural, en ademán de incorporarse con exagerado pavor de un diván cubierto por un lienzo de satén.[9] Es de suponer que estos representaban el gusto del abuelo del actual lord Boscoign. Pero había también, retirado en una esquina como si tratara de desvincularse del patrón general de la decoración, uno que se parecía mucho a un Veronés. Y había más estatuas, aunque a una escala mucho más discreta y menos intimidante que la eminencia decimonónica que escrutaba implacable el vestíbulo principal. Desvaídos tapices mediocres ocupaban cuanto espacio de pared habían dejado libre las pinturas; un sofá de tres plazas y varias sillas reposaban delante de la chimenea, y en la chimenea en sí —a cuyos lados sendas figuras desnudas de sexo sorprendentemente indeterminado echaban el resto para sostener con la nuca una elaborada repisa con entablamento— chisporroteaba y llameaba enfurruñado un pequeño fuego de leña.

Cruzado el umbral, el mayordomo se detuvo, probó a adoptar sin demasiada convicción una pose imponente, se quedó pensativo un instante y anunció:

—Aquí lo tienen. Este es.

Una vez cumplida su tarea, se retiró, dando un fuerte portazo a su espalda sin darse cuenta, y Humbleby surcó el ancho alfombrado hacia las personas que aguardaban de pie o sentadas junto al fuego.

3

Nicholas Crane, arrellanado en el largo sofá, levantó la vista cuando Humbleby se acercó.

9. Es posible que el autor se refiera al famoso cuadro *David Garrick as Richard III* (1745) del pintor William Hogarth.

—¿Qué tal, inspector? —dijo—. Únase a la reunión. Y sírvase un jerez.

—No beberé nada de momento, gracias. —Humbleby no tenía intención de mostrarse distante, pero después de leer lo revelado por el *Mercury* no sentía especial simpatía hacia Nicholas, y las palabras sonaron hostiles aunque no lo pretendiera—. Nada de momento —reiteró suavizando un poco el tono.

—Bueno, no importa, siéntese de todos modos.

Humbleby tomó asiento e inspeccionó el grupo. Aparte de Nicholas, Medesco era el único de los presentes al que conocía, y le sorprendió un poco descubrir que fuese tan íntimo de la familia como para que lo aceptaran en una reunión cuyo claro propósito era discutir el bombazo del *Mercury.* Medesco estaba sentado en una pequeña silla que desbordaba con su gran estatura y tonelaje, y tenía un puro en la comisura de los labios; sus ojillos de saurio, encajados entre la formidable frente y las suaves y gordas mejillas, miraban a Humbleby con frialdad y sin pestañear.

—Bueno, inspector —dijo—, nos pilla metidos en harina, como habrá adivinado. Puede sentarse y recoger las migajas.

Nicholas asintió con la cabeza.

—Siento que no hayamos podido facilitarle la labor invitando a Madge a la reunión —dijo—. Con ella aquí podríamos haber sacado todos los trapos sucios de una sola vez. Pero no ha contactado con nosotros, y en el número de Doon Island no responden. Probablemente ni siquiera haya visto el condenado periódico.

Un hombrecillo calvo que estaba de pie a su lado soltó una tosecilla admonitoria.

—Vamos, vamos, señor Crane —interpuso—. Debemos ser cautelosos con lo que decimos, ¿no es cierto? Muy pero que muy cautelosos.

Nicholas suspiró.

—Es mi abogado —le dijo a Humbleby—, el señor Cloud. En circunstancias normales es un tipo majo, pero ahora mismo es un manojo de nervios que ve amenazas legales hasta debajo de las piedras.

—¡Yo velo por sus intereses, señor Crane! —exclamó el señor Cloud—. ¡Son sus intereses! Si vamos a demandar al periódico ese…

—De eso nada —atajó Nicholas de manera tajante.

—Pero ¡es absurdo! Se podrían tomar acciones legales. Es procedente, se lo aseguro. A más verdad, mayor la difamación. A saber…

El señor Cloud se mordió la lengua; aunque tarde, se dio cuenta de que sacar el bisturí en aquel contexto no había sido demasiado diplomático. Y Nicholas se echó a reír.

—No se anda con rodeos, ¿eh, Cloud? —dijo—. Da lo mismo. La acusación del *Mercury* es cierta, de modo que…

—Señor Crane, se lo ruego…

—… de modo que no intentaré refutarla. —Nicholas sonrió con ironía—. Me merezco este escándalo y mucho más… ¿Cree usted en la expiación, inspector?

—Soy cristiano, al fin y al cabo —contestó Humbleby con cautela—. Es mi deber creer en ella.

—Pues aguantaré esto como penitencia por la muerte de esa pobre muchacha. No es del todo adecuado, me temo, pero me lo tengo totalmente merecido.

—¿Cree que el escándalo afectará a su carrera? —preguntó Humbleby.

—Va a acabar con mi carrera —dijo Nicholas sin tapujos—. Hay una cantidad considerable de personas muy decentes en el mundo del cine, y después de esto hay tantas probabilidades de que vuelvan a trabajar conmigo como de que trabajen con un leproso.

Humbleby lo miró con curiosidad. Su reacción era inesperada pero alentadora; se diría que ni mucho menos había perdido todo sentido de la decencia. Y Nicholas, puede que intuyendo el hilo de los pensamientos de Humbleby, cambió de postura y se sonrojó, incómodo.

—No quiero hacer un drama de todo esto —añadió—. Pero debe tener meridianamente claro, Cloud —su voz se endureció—, que no voy a presentar una denuncia por difamación. Está decidido. Y si pretende convencerme de lo contrario, ahórrese el esfuerzo.

Su madre, que estaba de pie delante de la chimenea y lo miraba con expresión meditabunda, intervino por primera vez.

—Pues Madge seguramente vaya a juicio —dijo con voz genuinamente ronca—. Así que ¿qué hacemos?

Eleanor Crane era una mujer alta, casi tan alta como Medesco, aunque delgada y de porte majestuoso. Tenía una cara angulosa y la tez cenicienta, una cabellera revuelta donde los mechones de canas se entremezclaban con el rubio apagado, y unos ojos verde claro en los que se apreciaba cierta chispa de humor. Humbleby se había esperado que fuera de luto por su hijo Maurice, pero lo cierto es que iba ataviada con una chaqueta y una falda de tweed marrón violáceo, con medias de lana gruesa y zapatos de cordones con perforaciones en la puntera.

—No, no voy de luto, inspector. —Eleanor Crane había interpretado a la perfección su mirada indagadora—. Maurice solo era mi hijastro, y me temo que no me caía demasiado bien. Era un calavera y un estúpido.

—Usted aceptó —dijo Humbleby— que trajera a la señorita Scott a pasar la Navidad aquí.

—Por supuesto. Pero en cuanto llegó me la llevé a un aparte y la avisé sin ambages de lo que le podía pasar si no iba con cuidado. Le hablé de los hábitos de Maurice y le dije que no pensara ni por un momento que él fuera a recompensarla con el matrimonio o con avances en su carrera como actriz si cedía a sus avances. Se ofendió mucho —añadió Eleanor Crane con frialdad— con mis insinuaciones. Y por lo que sé, no hizo caso de mis advertencias. Pero si hubiese necesitado una aliada para defenderse de las intenciones de Maurice, sabía a quién recurrir, así que en absoluto considero que rehuyese mis obligaciones... Donde sí parezco haberlas eludido es en la educación de mis hijos. Son despreciables de una manera u otra, todos excepto David, claro, que solo es tonto.

David Crane era el único de los presentes que aún no había abierto la boca. Era un joven tirando a fofo, con signos prematuros de alopecia, el tipo de persona cuyas inseguridades sociales emanan de ellos cual ectoplasma.

—A ver, m-madre, yo... —protestó.

—Pero a lo que íbamos —dijo Eleanor Crane tan tranquila; Humbleby pensó que, de entre todos los miembros de la familia que había conocido hasta el momento, ella era la que mejor le había caído de buenas a primeras—. El problema, como decía, es que Madge seguramente los lleve a los tribunales. Eso significa que si tú, mi querido Nicholas, persistes en esta encomiable idea tuya de inmolarte, tendrás que subir al estrado y testificar en su contra. Vais a dar un espectáculo lamentable, y creo que convendría evitarlo a toda costa si es posible. Señor Cloud, ¿qué línea de ataque cree que es probable que tome el abogado de mi hija contra *The Evening Mercury* en su demanda por difamación?

El señor Cloud se hinchó de orgullo, muy satisfecho de que recurriesen a él.

—La publicación de la carta —dijo— busca de manera intencionada suscitar odio, burlas y desprecio contra la señorita Crane. Esto es obvio, no costaría demostrarlo, y por ese motivo podría ganar el juicio. Con esto me refiero solo a la vía civil, claro está. Como alternativa, o adicionalmente a la demanda, la señorita Crane tal vez recurra a un juzgado de guardia para presentar una querella criminal por difamación. Si hiciera tal cosa, los acusados no tendrían que demostrar la veracidad de la carta, dado que en las denuncias penales por difamación eso es del todo irrelevante, y cabe la posibilidad de que en ese caso el señor Crane no se viera involucrado en absoluto. Por otro lado…

—Desde luego, señor Cloud. —Con no poca destreza, Eleanor Crane atajó de raíz la incipiente perorata—. Pero lo que intento determinar es la probabilidad de que mi hija gane el juicio si presenta una demanda civil. Usted dice que «podría» ganarla. ¿Qué podría impedirlo?

—Las pruebas —respondió el señor Cloud con aire sombrío—. Cualquier evidencia que demostrase la veracidad de la carta.

—Bueno, usted está familiarizado con los pormenores del caso. ¿Cree que se podrían presentar dichas pruebas?

—Pues sí, creo que sí sería posible, la verdad —aseveró el señor Cloud con semblante aún más sombrío—. Siempre y cuando el señor Crane se obstine en reivindicar la autenticidad de la carta, claro está. Ahora bien, si estuviera dispuesto a *secundar* a la señorita Crane como parte demandante…

—Ni hablar —atajó Nicholas con firmeza—. No pienso hacer nada por el estilo.

—Y en ese caso —dijo su madre—, ¿es probable que la demanda de mi hija fracase?

El señor Cloud asintió.

—Me temo que así es, en efecto.

—Bueno, si usted lo cree, no cabe duda de que su abogado pensará lo mismo. Y yo creo que ella es lo bastante sensata como para seguir su consejo. Lo único que quedaría por ver es si recurrirá o no a la vía penal. ¿Qué opina?

—Si busca cobrarse una venganza, quizá —contestó el señor Cloud de manera un tanto histriónica—. Pero esa vía no le proporcionará una compensación económica, desde luego, y dudo mucho que la ayude a salvaguardar su reputación.

—Por fin queda clara la situación, entonces. —Eleanor Crane cogió su copa de jerez de una hornacina y le dio un sorbito—. Nicholas está resuelto a inmolarse y no irá a juicio. Y Madge no puede ganar una demanda civil sin su cooperación, y la vía penal no le serviría de nada. Así las cosas, me parece que preferirá guardar la ropa y estarse calladita, ¿no te parece, Aubrey?

Medesco soltó un gruñido.

—La niña es una coqueta engreída —terció con desgana—, y el poder que ejerce sobre hasta el último mono del mundillo se le ha subido a la cabeza. Tal y como yo lo veo, es perfectamente capaz de tirar piedras contra su propio tejado. A pesar de esto, me parece que lo que habría que hacer es dejarse de especulaciones y esperar hasta que podamos contactar con ella.

—¿Y qué hacemos mientras tanto? —preguntó Nicholas.

—Mientras tanto —dijo Humbleby—, pienso que debería usted tomar ciertas precauciones, señor Crane.

—¿Precauciones…? Oh, ah. Sí, ya entiendo a qué se refiere. Su amigo, el profesor Fen, sugirió lo mismo el sábado. En vista de lo publicado en el *Mercury,* tiene usted la teoría de que probablemente sea yo la siguiente víctima del asesino, o puede que Madge.

—Existe esa posibilidad —dijo Humbleby muy serio—, y sería una tontería pasarla por alto. —Frunció el ceño—. Es más, el hecho de que no haya conseguido contactar con la señorita Crane en Doon Island me preocupa un poco. Si fuese tan amable de acompañarme hasta un teléfono, creo que voy a llamar a la policía de Doon Island para pedirles que le hagan una visita, solamente como precaución.

Nicholas lo condujo en persona hasta el teléfono. Humbleby regresó a los cinco minutos, una vez cumplida su misión, y se los encontró en silencio y azorados: consecuencia, quizá, de algo que habían discutido durante su ausencia.

—Entonces, inspector, ¿aún no tiene ni idea de quién mató a Maurice? —preguntó Eleanor Crane.

—Me temo que no, señora Crane. Hacemos cuanto está en nuestras manos.

—Venganza. —Se estremeció de manera casi imperceptible—. ¿Cree que ese es el móvil?

—Es una posibilidad que no descarto —reconoció Humbleby con cierta reserva mientras volvía a tomar asiento.

Eleanor Crane soltó una carcajada seca y repentina, aunque no carente de jovialidad.

—Y luego está el móvil del dinero de Maurice, que pasa a mis manos. Usted ya lo sabía, ¿verdad? Claro que sí. Se lo conté a ese amable joven que nos envió usted el sábado por la tarde.

Humbleby permaneció impasible y no abrió la boca. Pero David Crane intervino:

—Oh, a ver, m-madre, eso es absurdo. Es una t-tontería dar ideas a la… a la gente. Ya sé que nunca haces c-caso de lo que te digo, p-pero…

—David, cielo, tu lealtad te honra, pero me temo que no tu inteligencia… Y qué quiere que le diga, inspector, reconozco que necesito ese dinero. He sufrido importantes pérdidas en las carreras últimamente, y empezaba a albergar ciertas dudas acerca de si alguna vez sería capaz de saldar mis deudas.

—Desde luego, señora. —Las pesquisas de sus subordinados habían puesto a Humbleby al día con este particular veinticuatro horas antes, y la confesión no le aportó nada nuevo. Lo que sí le interesaba era la presencia allí de Aubrey

Medesco, de modo que pasó a decir con tono casual—: Me ha sorprendido un poco encontrar a este caballero con usted.

—No hay cosa que no sorprenda a la policía —dijo Medesco—. Su capacidad de asombro hace que Cándido parezca el más degenerado de los urbanitas.

—El señor Medesco —dijo Eleanor gratamente— es un viejo amigo de la familia, inspector.

—Bueno, no t-tan *viejo,* m-madre. —David parecía deseoso de ayudar—. P-porque cuando volví de Estados Unidos, hace dos años, no lo c-conocíamos, y me acuerdo de que c-cuando anunciaste que t-te ibas a casar con él, p-pensé…

—¡David! —lo interrumpió Eleanor con divertida exasperación—. Creía haberte dicho que mi compromiso con el señor Medesco debía permanecer en secreto por el momento.

—Ay, perdona, m-madre. Es que he p-pensado que…

—No, cielo. Lo que pasa es que no has pensado. —Bajo la sonrisa tolerante de Eleanor Crane se asomó fugazmente un atisbo de genuino fastidio—. Bueno, ahí le han levantado una liebre, inspector.

—Enhorabuena, señor —dijo Humbleby con solemnidad—. Y a usted, señora, le deseo toda la felicidad del mundo.

No le extrañaba que hubiesen querido mantener en secreto el compromiso, porque un *mariage de convenance* siempre tiende a suscitar el desprecio de propios y extraños, aún más si es entre personas de edad avanzada, pero tampoco le extrañó que lo hubiesen concertado en aquel momento, puesto que desde el principio había captado —por poco que hubiesen hablado entre ellos— una descarada simpatía entre Medesco y la señora Crane. No sabía si este particular tendría alguna importancia para el caso, aunque, claro, cabía la posibilidad…

Y la señora Crane prosiguió con el hilo de los pensamientos de Humbleby desde el punto exacto en el que lo interrumpió.

—Así que cabe la posibilidad —dijo— de que también Aubrey tuviese un motivo para asesinar a Maurice, puesto que es de suponer que preferiría casarse con una mujer que no estuviera sin peculio.

Medesco la miró, y fue la primera vez que Humbleby lo veía sonreír.

—Mi querida niña —dijo—, me casaría contigo aun si fueras camarera de barra.

Eleanor Crane se había acercado hasta la mesa donde reposaba el decantador de jerez, y rellenaba su copa.

—Muy oportuno —comentó—. ¿Seguro que no le apetece beber algo, inspector? Si no le gusta el jerez, podríamos hacer que nuestro insufrible mayordomo saque otra cosa. ¿O acaso hay una norma que le prohíbe consumir alcohol mientras está de servicio?

Tras garantizarle que no existía ninguna norma al respecto, Humbleby aceptó un jerez y brindó a su salud con suma cortesía.

—Y ahora —dijo ella— ya le hemos entretenido bastante con tanta charla sobre nuestros asuntos personales. Díganos para qué ha venido.

—Para investigar detalladamente todo el asunto este del contrato de la señorita Scott, me temo. —Humbleby se volvió hacia Nicholas—. Si prefiere hablar sobre ello en privado, señor…

—No, no —negó Nicholas con cierto hastío—. Mejor aireamos el dichoso asunto en público y acabamos con esto de una vez por todas.

Esto alteró mucho al señor Cloud.

—Le recuerdo, señor Crane —dijo con suma inquietud—, que no está obligado a responder a las preguntas del inspector. Y que, por su propio interés, desde luego…

—Calle, Cloud. —Nicholas le hizo una señal admonitoria meneando un dedo—. Le agradezco sus desvelos, pero no vienen al caso. Su trabajo es protegerme de la prensa… Y, a todo esto, ¿dónde está la prensa? Se están comportando con una discreción inusitada. Me esperaba hordas de reporteros, y de momento no se ha presentado aquí ni uno; aunque sí que me han telefoneado pidiendo declaraciones.

—No les queda más remedio que andarse con cuidado —dijo el señor Cloud—. La situación es delicada, y tienen que ir con pies de plomo. Podríamos seguir su ejemplo, ¿eh, señor Crane?

Nicholas soltó un gruñido.

—Siéntese, ¿quiere, Cloud? —dijo—. Estese quieto. Bébase el jerez.

—Como quiera, señor. —El señor Cloud estaba ostensiblemente ofendido—. Pero si se niega a seguir mis consejos, no me hago responsable de nada en absoluto. —Se sentó pesadamente y se secó la frente—. Le ruego que entienda que presta declaración sin mi aprobación.

—*Mea maxima culpa* —dijo Nicholas—. Se le hará entrega de un documento de exención de responsabilidad, Cloud, firmado y con testigos… Y ahora, inspector, vayamos al grano.

4

En el grupo se hizo un silencio expectante. Eleanor Crane tenía el hombro apoyado contra la repisa de la chimenea y miraba con ojos ausentes al Veronés del rincón. Medesco permanecía inmóvil, sus ojillos casi cerrados. El señor Cloud, abatido, empezó a tomarse su jerez a pequeños sorbos, como si le resultara insoportablemente desagradable. Solo David Crane parecía inmune al ambiente: había cogido una revista ilustrada y la hojeaba muy atento, se diría que, como un gato, ajeno por completo a lo que allí estaba a punto de acontecer.

—Disculpe que tenga que hurgar en el asunto, señor —dijo Humbleby—, pero, por un lado, es obvio que está directamente relacionado con el suicidio de la señorita Scott, y por otro, hay que tomar en consideración la muerte del señor Maurice Crane. Compréndalo…

—Sí, sí, inspector —atajó Nicholas—. No hace falta que se disculpe. Ni mucho menos creo que sea usted sospechoso de haber venido hasta aquí por mera curiosidad.

Hizo una pausa para encenderse un cigarrillo, aspiró hondo, y continuó:

—Esto es lo que sucedió. Todo fue idea de Madge; no lo digo para exonerarme, pero el hecho es que ella fue la impulsora. Odiaba a la pobre Gloria, y el motivo era, claro está, Stuart North.

»Stuart y Gloria coincidieron en *Visado para el cielo* bajo mi dirección. Gloria tenía solo un papel diminuto, pero en su escena de la película también participaba Stuart, y fue así como se conocieron. Stuart se prendó de ella, aunque de manera leve. No sé si ella estaba interesada en él de verdad, pero el caso es que la halagaba que una estrella del cine la pasease de aquí para allá.

—Exacto, y eso hace que me plantee una cuestión que no acabo de entender —dijo Eleanor Crane—. ¿A cuento de qué se puso a perseguir también a Maurice? ¿En serio creía que iba a poder alternar con los dos a la vez?

—Pues no lo sé con certeza, pero tengo idea de que dejó a Stuart por Maurice en cuanto se enteró de lo mucho que Stuart detestaba el cine. Ella lo que quería era hacer carrera en el mundillo y, desde ese punto de vista, Maurice era un aliado mucho más prometedor que Stuart, que quería apartarse de él lo antes posible. Ahora bien, que esto sea cierto o no es algo que sé tan bien como tú.

»Acabamos *Visado para el cielo* a finales de noviembre, y fue por entonces cuando Stuart conoció a Madge. No aspiro a desentrañar los motivos de mi queridísima hermana, pero el caso es que trató de conquistar a Stuart. Y, desafortunadamente para ella, Gloria se le había adelantado.

»Eso, sin duda, hizo que se aplicase aún más a fondo. Y nuestra Madge tiene una bonita técnica de persuasión, ¿sabe usted? Porque, verá, aparte de Leiper, es probable que no haya nadie más importante que ella en los estudios, y todo el que quiera conservar su trabajo se cuida mucho de no ofenderla. Hasta el propio Leiper debe andarse con mil ojos porque la chica es una máquina de hacer dinero, y si la perdiese y ella se fuera con Rank o Korda, sus beneficios se desplomarían como un ascensor en caída libre.

»Desde el punto de vista de Madge, el problema que planteaba Stuart era que no podía aplicarle esta técnica por la sencilla razón de que él prefería mil veces el teatro al cine. Así pues, para conseguirlo como *inamorato,* Madge tenía que confiar solo en sus encantos. Y con Gloria revoloteando por allí, no parecía que estos surtieran demasiado efecto.

Al otro lado de las altas ventanas que flanqueaban la chimenea la oscuridad ya era casi total, y el viento que se había levantado lanzó un salpicón de gotas de lluvia contra los cristales. La iluminación de la amplísima estancia —a buen seguro, un salón de baile en sus orígenes— era muy tenue; solo cerca del fuego había un halo de luz más radiante, y esta parpadeaba perceptiblemente con el pulso del motor que la irradiaba. En la lumbre apenas había llamas, y Nicholas se levantó y arrojó otro tronco a la chimenea antes de proseguir.

—Bien, esa era la situación —dijo—. Hasta que apareció *La dama desdichada,* mi querida hermanita no podía hacerle ninguna jugarreta a Gloria por la sencilla razón de que Gloria no tenía trabajo. Entonces surgió la necesidad de contratar a alguien para el papel de Martha Blount, y yo recomendé a Gloria. Jocelyn, me refiero a Jocelyn Stafford, es como de otro planeta en lo que se refiere a los chismes de los estudios; él no tenía ni idea de que existiera rivalidad alguna entre Madge y Gloria, y yo tampoco me molesté en contárselo. De modo que entrevistó a la muchacha y la contrató. Yo pensé que, cuando se enterara, Madge se resignaría a las circunstancias y ya está. Pero me equivoqué. Francamente, no era consciente de hasta qué punto odiaba a Gloria. De haberlo sido, es evidente que no habría propuesto a Gloria para el papel. No digo que no se lo mereciese, al contrario, pero no acostumbro a priorizar el fomento de jóvenes actrices cuando es evidente que tiene visos de provocar una bronca monumental.

»Y eso fue justo lo que propició. Cuando Madge se enteró de lo ocurrido, me acorraló y me dio un ultimátum. Si el contrato de Gloria no se revocaba, dijo, iría a Leiper y le diría que o salía yo de los estudios o se iba ella. Y los dos sabíamos de sobra a cuál de los dos escogería. Yo no tenía firmada ninguna película para después de *La dama desdichada,* y si hubiese ignorado las órdenes de Madge, me habrían puesto de patitas en la calle.

—Pero, querido —dijo su madre—, con tu buena reputación, seguro que Rank…

Nicholas negó con la cabeza.

—No tanto —la interrumpió—. Ahora mismo, la industria anda de capa caída, y las demás productoras tienen a mano muchos otros directores a los que recurrir. Estaba claro que me habría quedado sin trabajo, y era una posibilidad que no me apetecía nada. —Miró a los presentes con ironía—. ¿Pensáis que fui un cobarde? Pues sí, lo reconozco. Pero no podía prever que Gloria fuera a suicidarse, ¿vale? Era imposible. Y os juro… —Se echó hacia delante y habló con total sinceridad—. Os juro que tenía intención de compensar después a Gloria de alguna manera en la que Madge no pudiera interferir.

»El plan lo ideó Madge. Leiper probablemente no habría podido anular ese contrato una vez firmado, ni siquiera por hacerle un favor; y de todos modos a ella tampoco le apetecía que se supiera que maniobraba contra Gloria. La idea, cómo no, era dejarme a mí el trabajo sucio. Y las circunstancias eran idóneas: Marcia Bloom estaba protagonizando *Afortunado en amores*. Su padre había fallecido, y ella quería viajar a Irlanda para el funeral, con lo cual tenían que sustituirla en la representación vespertina del martes pasado, y a su suplente justo la habían tenido que ingresar por una apendicitis o algo así. Y a Jedd, el director de *Afortunado en amores*, lo conozco bastante bien. Todo encajaba a la perfección.

»Ya sabéis en qué consistía el plan. Todo el que tiene firmado un contrato con una productora de cine necesita autorización de esta para subirse a un escenario o salir en la radio. El permiso se concede casi siempre, así que se trata más bien de una formalidad. No obstante, si no se cumple con ella, se está violando el contrato, y te pueden demandar.

»Por la cuenta que les trae, los productores de teatro suelen comprobar que el intérprete tiene dicha autorización. —Ahora Nicholas empezó a mostrarse claramente intranquilo—. Pero, como Jedd me conocía, aceptó mi palabra y no pidió más justificantes.

—En su carta —interpuso Humbleby suavemente— hay una frase que sugiere que…

—¡Señor Crane! —Cloud, que había estado siguiendo el relato con aire de hipnótico pesar, se enderezó de forma tan abrupta que se derramó el jerez sobre la rodilla—. Sería desaconsejable entrar en detalles ahora. Muy pero que *muy* desaconsejable. No queremos darle al inspector la idea de que somos culpables de encubrimiento, ¿verdad que no? No queremos…

—Cálmese, Cloud —dijo Nicholas—. Y séquese los pantalones. Que yo he cometido un delito de encubrimiento es incuestionable. En el caso de Jedd, no hay delito. Que yo sepa, nunca ha hecho nada ilegal.

—Entonces —insistió Humbleby—, el motivo por el cual le aseguraba a la señorita Crane que él no destaparía la, esto, la conspiración ¿cuál era?

—Tenía que ver con su vida privada. Un asunto de infidelidad matrimonial.

Cloud soltó un quejumbroso aullido.

—¡Señor Crane! ¡Señor Crane! No debemos prestarnos a una imputación por chantaje. No debemos…

—De una vez por todas, Cloud —dijo Nicholas exasperado—, ¿quiere *callarse*? Yo a Jedd solo le dije que me gustaría que Gloria tuviera la oportunidad de sustituir a Marcia Bloom, y él se la dio después de hablar con ella.

Eleanor Crane arqueó las cejas.

—Está claro que, hoy por hoy, los productores de teatro son bastante más confiados que antes —observó secamente.

Su hijo desechó el sarcástico comentario con un ademán perentorio.

—Bueno, pues eso fue lo que pasó. Y comprenderás que Gloria tampoco se mostró nada reacia a la idea cuando se la planteé… Fui tan despreciable —prosiguió Nicholas— que le dije que me hacía un favor sustituyendo a Marcia, y que Dios me perdone, pero ella estaba deseando ayudarme en lo que fuera…

»Total, que lo dispusimos todo. Le dije a Gloria, sin testigos delante, que yo me ocuparía de conseguirle la autorización de la productora para actuar en la representación, que me dejase a mí el papeleo. Y, claro, confió en mí. —Nicholas soltó una carcajada escueta y monocorde—. ¿Por qué no lo iba a hacer? Me gustaba y siempre había hecho por ella cuanto estaba en mi mano.

Eleanor Crane hizo un gesto de impaciencia.

—Esto de torturarse está muy bien, Nicholas —dijo—, pero hacer gala de ello en público se me antoja de dudoso gusto. Nos has jurado y perjurado lo mal que te sientes por todo el asunto, y te creemos, de verdad que sí. De modo que haz el favor de ceñirte a los hechos de momento.

Nicholas la miró pasmado.

—Como quieras, madre —respondió con un tono de voz apagado y sin inflexión—. Me ceñiré a los hechos…

»El hecho siguiente es que Gloria se pasó cuatro días ensayando sin descanso para dominar el papel. Me cuentan que lo bordó, aunque yo no la vi interpretarlo.

»Y entonces, claro está, llegó el momento de contarle el lío en el que estaba metida.

»En realidad, esta fue la razón por la que la invité a mi fiesta. Cuando todos se hubieron marchado, le pedí que se quedara para hablar con ella.

»No hace falta que os detalle lo que le dije. Me hubiese encantado echarle la culpa a Madge, pero no me atreví. Y para entonces, de todos modos, yo era tan culpable como ella.

»Pero lo peor de todo es que lo que le dije a Gloria era un farol. No es que la hubieran engañado para que se metiera en una situación imposible, sino que la embauqué para que así lo *creyera.* Es decir, me aproveché de su conocimiento cuasi nulo del mundo del cine. Mi argumento era que ella había incumplido los términos de su contrato al participar en *Afortunado en amores* y que, si no quería que la demandasen, lo mejor era que me dejase mover los hilos necesarios para anular el contrato, cosa que yo podía hacer sin problema. Pero a lo que voy es a que, si ella se hubiese plantado y dicho «Pues que me demanden», yo habría estado perdido, porque sabía de sobra cuán improbable era que la llevaran a juicio.

Con una mueca de asco, Medesco arrojó al fuego el cabo de su puro.

—Y se dio cuenta, no me cabe duda —comentó—, de que si plantaba batalla a tus descaradas maniobras para que incumpliese su contrato, te encargarías de que no consiguiera otro nunca más. Por lo tanto, da lo mismo que te creyese o que pensara que ibas de farol, desde su punto de vista todo se reducía a una misma consecuencia: su carrera en el cine estaba acabada.

—Dios, no había pensado en eso. —Nicholas cerró los ojos y, con el índice y el pulgar, se masajeó los párpados como un hombre al borde del agotamiento total—. Bueno, sea como sea, ya sabéis cómo resultó —continuó tras una breve pausa—. Yo… Yo sabía que se llevaría un disgusto, naturalmente. Pero ni por un momento se me ocurrió que pudiera tomárselo tan mal. Su reacción fue tan violenta y horrible que me costó creer que no estuviera actuando. Pero se puso pálida como un fantasma, con la cara tan desencajada que daba terror, y eso no se puede fingir. Cuando acabé de hablar, se quedó callada: no dijo nada en absoluto. Solo dio media vuelta y salió corriendo del piso.

»Y entonces…

»Bueno, entonces fue y se suicidó.

5

Durante medio minuto eterno reinó el silencio.

Las palabras finales de Nicholas habían sonado tenues y sin vida en aquella enorme estancia, y las sombras que desde tres de sus lados asediaban al grupo junto al fuego parecieron tornarse ahora más oscuras y penetrantes. Corrientes de aire tanteaban los gastados tapices de las paredes, y el efecto parpadeante de la luz se había vuelto hipnótico. Se podía oír que ahora llovía a conciencia; pero no se podía ver, porque los cristales de las ventanas estaban tan opacos y negros como si les hubieran aplicado una capa de creosota. La balaustrada de la galería del entresuelo resultaba fantasmagórica en la negrura superior.

Y la muchacha ahogada, le pareció a Humbleby, se hallaba de cuerpo presente ante ellos con la viveza de un fantasma. Con la posible excepción de David, no había nadie allí que no estuviera pensando en ella. Una muletilla de Voltaire cruzó su mente sin previo aviso: «Haced el amor como locos de jóvenes y trabajad como diablos en la vejez: es la única manera de vivir». Y se le ocurrió que aquellas palabras permitían diagnosticar con bastante precisión cuál había sido el defecto de Gloria Scott: de adolescente, había sido una arribista implacable, y los sujetos de esa clase resultan irremediablemente un tanto patéticos e incongruentes. Ante todo, los jóvenes deberían preocuparse siempre de algo tan sencillo como es vivir, experimentar. Que sean ambiciosos, sí; pero lo imponderable —Humbleby tenía cierta debilidad sentimental por este poema de Spender que quizá Fen no habría aprobado—, lo imponderable es no olvidar jamás el deleite de la sangre extraída de manantiales sempiternos que manan de entre las rocas en mundos anteriores al nuestro. Y el arribismo es en todo momento y lugar lo contrario de esto…

Humbleby se recompuso. Las incursiones nebulosas de aficionado en asuntos místicos estaban muy bien, pero no era el momento.

—Gracias, señor Crane —dijo.

Y, como si sus palabras constituyeran una señal, el grupo de la chimenea se agitó y se disgregó. David arrojó a un lado su revista. Medesco se levantó pesadamente de su silla y trasladó su fabulosa mole, no sin cierta elegancia felina, hasta una posición delante del fuego, donde se quedó de pie con las manos cruzadas a la espalda. Eleanor, tras consultar su reloj, pronunció una sucinta excusa y salió de la habitación para ocuparse de algún asunto doméstico. Nicholas se incorporó, rellenó su copa, la vació de un trago y volvió a llenarla. Solo Cloud, subyugado por lo que acababa de escuchar, y puede que rumiando alguna divergencia entre sus intereses profesionales y su sentido de una moral saludable, solo él permaneció inmóvil.

—Pues hala, ya está —dijo Nicholas tratando de quitar hierro al asunto—. El confesionario queda cerrado por esta noche, y el arrepentido pecador dirigirá tres documentales gubernamentales a modo de penitencia… ¿No es gracioso? No, supongo que no, dadas las circunstancias.

Humbleby lo miraba especulativo.

—Me parece que debí de perderme la advertencia que le hizo el profesor Fen.

—¿La advertencia? —repitió Nicholas con aire distraído.

—Decía usted hace un momento que el sábado le recomendó que tomara ciertas precauciones.

—Ah, eso… Sí, en efecto. Me dijo que pensaba que estaría bien que Madge y yo no comiésemos ni bebiésemos nada distinto de lo que otras personas estuvieran comiendo o bebiendo.

—¿Y ha seguido su consejo?

—Desde luego. Tengo entendido que es una suerte de eminencia en el campo de la criminología, así que pensé que seguramente tendría motivos para hacerme la advertencia. Aparte de esto, hubo además otra cosa que dijo que me convenció de que debe de ser una persona muy perspicaz.

—¿Y qué fue?

—Me dio a entender sin ambages que había adivinado que en lo del contrato de Gloria había gato encerrado. Es imposible que fuera más que una conjetura, pero resultó alarmantemente acertada.

—¿Y le transmitió usted esta advertencia a su hermana?

—Lo hice. Pero dudo que le haya hecho ningún caso. Probablemente ha alcanzado ese grado de megalomanía en el que uno empieza a creerse inmortal. Además —añadió Nicholas, pasando a un nivel más prosaico—, siempre ha sido de esas personas que de buenas a primeras hacen siempre lo contrario de lo que les recomiendan. Si quisiera que viajara a Islandia de vacaciones, le diría que lo que necesita es el sol de Italia, porque lo siguiente que sabría de ella es que está en Reikiavik o en el Polo Norte echando jabón dentro de los géiseres para regocijo de las cámaras de los noticiarios.

—Ya veo... ¿Qué precauciones ha tomado usted?

—Bueno, he estado comiendo y bebiendo fuera de casa, en restaurantes y bares, eso es prácticamente todo. También dejé de tomarme mi medicamento antes incluso de que descubrieran que habían añadido veneno al tónico de Maurice... Pero, dígame, inspector, ¿la muerte de Maurice fue por venganza?

—Ya le he dicho cuanto sé, señor, y eso significa que existe un cincuenta por ciento de probabilidades de que lo fuera.

Nicholas sopesó esta respuesta.

—Entonces, supongamos que gracias al *Mercury* el envenenador decide ir también a por mí. No puede introducir su veneno en las bebidas de mi piso sin hacer saltar la cerradura del aparador, porque a la mujer de la limpieza le gusta empinar el codo de vez en cuando y no tengo más remedio que guardarlas bajo llave. Podría echárselo a la poca comida y bebida que tengo allí, y podría introducirlo en mi medicamento, siempre y cuando consiguiera entrar en mi piso, claro está... De hecho, llevo el medicamento encima... No, querido amigo, no tengo intención de tomármelo. Pero tengo un amigo farmacéutico en Aylesbury y se me ocurrió pedirle que lo analizara. A uno siempre le gusta saber a qué atenerse. Se me olvidó acercárselo de camino, pero puedo llevárselo mañana a primera hora.

—Si no le importa entregármelo, señor, puedo hacer un análisis y determinar ahora mismo si contiene colchicina.

—¿Si contiene *qué*?

—Colchicina. Es lo que mató a su hermano.

—Menudo nombrecito, no lo había oído en mi vida.

—Es raro, desde luego. Y aun si le han envenenado el medicamento, podrían no haber utilizado el mismo agente tóxico; aunque los envenenadores tienden a ser fieles a una misma sustancia.

—No acabo de creerme todo esto —dijo Nicholas, un tanto sobrepasado—. Mírenos, charlando tranquila y civilizadamente sobre si alguien está intentando matarme o no… Pero, bueno, iré a buscar el medicamento. Cuando dice que puede hacerle un análisis ahora mismo, ¿se refiere a aquí y ahora?

—Si puede darme acceso a una habitación donde trabajar, sí.

—Claro, desde luego que podemos. Voy a preguntarle a mamá… Ah, mire, aquí viene. Madre, el inspector necesita una habitación para hacer unos experimentos químicos.

—Cielo santo. —El asombro de Eleanor Crane sonó agradablemente artificial—. No irá a ponerse a examinar muestras de sangre, ¿verdad?

Nicholas le explicó la situación y ella asintió.

—Sí —dijo—, eso puede hacerse sin problema. Hay un cuartito de servicio que quizá valga, con una mesa, una silla, un fregadero y una estufa de gas que funciona. Échele un vistazo, inspector, a ver si le sirve.

—Voy a por el frasco y vuelvo enseguida —dijo Nicholas, y se marchó.

—Pero, antes que nada, ¿cenamos? —dijo Eleanor—. Aquí se cena a las ocho, pero son más de las nueve y nuestra cocinera, que finge estar muy orgullosa de la comida que nos sirve, por repugnante que sea, ya anda por ahí murmurando y amenazando con despedirse. Inspector, cenará con nosotros, ¿verdad que sí?

—Gracias, señora —dijo Humbleby con urbanidad—. Es muy amable de su parte, pero preferiría ponerme con el análisis. Si no es mucha molestia, quizá un sándwich…

—Desde luego. Señor Cloud, contamos con usted, ¿verdad?

El abogado se puso de pie muy despacio. Tenía cara de cansado y la mirada ausente.

—Se lo agradezco, señora Crane, pero preferiría despedirme —dijo—. Tengo por costumbre no permitir que mis sentimientos interfieran en mi profesión, pero en este momento… En este caso…

Los esfuerzos del hombrecillo para expresarse con sinceridad y tacto al mismo tiempo fueron muy dignos en todo momento. Tras vacilar durante una fracción de segundo, prosiguió:

—Siento decir que, después de lo escuchado aquí, no voy a ser capaz de consagrarme de manera incondicional a los asuntos del señor Crane. Y, por lo tanto, creo que lo mejor para él será recurrir a otro asesor jurídico. Me… Si me disculpan, me marcho ya, y le escribiré sobre el particular por la mañana.

—Entiendo su punto de vista, señor Cloud —dijo Eleanor muy seria—, y lo comparto totalmente.

—Es usted muy amable, señora Crane. Muy amable… No, por favor, no hace falta que llame. Ya encuentro yo solo la salida. Buenas noches, señora Crane. Buenas noches a todos…

Salió por la puerta haciendo una leve reverencia. Y para cuando regresó Nicholas, también David se había marchado, con el fin —tal y como se esmeró en informarles— de lavarse las manos en previsión de la inminente cena. El medicamento resultó ser un fluido lechoso contenido en el típico frasco graduado; se había consumido aproximadamente una tercera parte del contenido.

—¿Para qué se lo han recetado? —preguntó Humbleby.

Nicholas hizo una mueca.

—Lo llaman dispepsia nerviosa, aunque cuando pienso en nuestro pobre Evan George, con sus dolores de estómago, me da bastante vergüenza quejarme, la verdad... Supongo que será bicarbonato en su mayor parte. Es a lo que sabe, al menos.

—Ah. Bueno, iré a buscar el maletín al coche y, luego, si es tan amable de acompañarme a ese cuarto...

Diez minutos después se encontraba allí a solas. Era un cuartito pequeño, sin apenas muebles y nada acogedor, situado en la última planta de la casa, en la buhardilla, pero bastante adecuado para su propósito. Al otro lado de las ventanas desprovistas de cortinas, se oía suspirar y susurrar a las copas de los árboles más altos bajo el incesante aguacero. El anciano pero volátil mayordomo le llevó una cantidad nada desdeñable de sándwiches y cerveza.

—Menuda vergüenza, ¿eh? —dijo con tono afable—. Llevar al suicidio a unas pobres jovencitas honradas y trabajadoras. Pero es típico de la clase dirigente.

—La señorita Scott solo trabajaba a rachas —dijo Humbleby—, y no hay pruebas de que fuera honrada.

El mayordomo no hizo caso.

—Pero el señor Maurice recibió lo que se merecía —observó—. La sedujo, vaya que sí. *Drua de señeur,* así lo llamaban en esos tiempos horribles del *lesez fer.* Ya me imagino que no hablará usted francés, así que se lo traduzco. Significa que las chicas obreras estaban obligadas por ley a acostarse con las clases altas, ¿entiende?

—¿Sabe? —dijo Humbleby—. Parece usted una especie de reliquia fantasmal de los primerísimos orígenes del movimiento fabiano.

El mayordomo tampoco hizo caso de esto.

—Así que sé lo que se estará preguntando —porfió—. «¿Y qué hace un tipo decente como el viejo Syd Primrose *trabajando* para una panda de capitalistas degenerados como los Crane?» Pensará…

—Lo que pienso es que no me sorprendería verlo trabajar de lamebotas para gente que se dedicara a torturar niños por diversión.

El mayordomo se tomó el comentario muy mal. Su rostro se encendió con furia senil.

—¡Cierre el pico! —espetó fuera de sí—. Y manténgalo cerradito. No se crea que me puede malignar e irse de rositas —gritó—. Espere a que estalle la revolución y ya verá… Espere y ya verá, ya…

—Antes ha dicho usted que no iba a haber ninguna revolución —señaló Humbleby.

—Que he dicho, que he dicho, dice el señor Mandón. Utilizando las palabras de uno en su contra. Escupiendo a la cara a un pobre diablo. Vaya…

—Yo sé de un pobre diablo que se va a llevar una patada en el culo si no se larga y me deja tranquilo —dijo Humbleby—. Por lo que más quiera, váyase a leer *The New Statesman*[10] o algo. Estoy ocupado.

El anciano Primrose hizo acopio de energía para soltar una ráfaga aniquiladora de improperios. Pero la invectiva no llegó. Y no porque se arrepintiera; fue más bien como si de repente hubiese olvidado totalmente de lo que hablaban. Su expresión se serenó por completo, y el hombre asintió de buen humor.

—Entonces, todo resuelto —sentenció de manera inconsecuente—. Tiene usted todo lo que necesita, ¿verdad? Solo tiene que llamar si le hace falta cualquier cosa. —Se dirigió

10. Revista política y cultural fundada en 1913 por miembros de la sociedad fabiana.

a la puerta y allí se detuvo un instante—. En cuanto a lo de torturar niños —dijo con suma gravedad—, no va conmigo. —Adoptó la pose del orador, con un dedo en alto—. Ahora bien…

—Fuera de aquí —dijo Humbleby.

Primrose se marchó.

Y Humbleby se puso manos a la obra. Le divertía jugar con productos químicos, y se aplicó con gran determinación a la tarea. De su maletín extrajo tubos de ensayo, ácido nítrico, ácido sulfúrico y potasa cáustica, y pasó diez minutos muy entretenido con todo ello. Después se arrellanó en la silla y pensó detenidamente en los resultados.

Para los dos análisis practicados la reacción había sido positiva. Uno de ellos requería realizar un experimento de control, claro está, con una muestra de medicamento de la que tuviese la garantía de que no estaba adulterada; pero era bastante improbable que un remedio para la dispepsia contuviera una sustancia capaz de provocar las mismas reacciones químicas que la colchicina; e improbable, desde luego, que existiera una sustancia de esas características. La reacción de Zeisel (una prueba demasiado complicada para que Humbleby pudiese realizarla en ese momento) resolvería definitivamente el asunto, pero incluso sin ella tenía claro que el medicamento de Nicholas Crane contenía colchicina.

Todo apuntaba, pues, a que la primera lectura que había hecho Fen del caso —interpretándolo como un acto de venganza— bien podría ser la acertada. Pero había otras dos posibilidades: la primera, que un asesino no relacionado con Gloria Scott tuviera motivos para asesinar tanto a Nicholas como a Maurice, y la segunda, que Nicholas hubiera matado a Maurice por razones que aún debían averiguar, y que ahora intentaba desviar las sospechas sobre su persona simulando una conspiración que buscaba asesinarle. A pesar de todo esto, a Humbleby no acababa de convencerle ni una ni otra alternativa, en la medida en que ninguna justificaba el deseo de ocultar la verdadera identidad de Gloria Scott poniendo patas arriba su habitación en Stamford Street. El motivo que había llevado a la chica a suicidarse ya estaba claro; no existía escenario alguno en el que el allanamiento de su habitación pudiera haber contribuido a mantener ese motivo en secreto; así pues, el caso de Stamford Street, siempre y cuando no hubiera sido un suceso accidental del todo irrelevante —y Humbleby se resistía a creer que así fuera—, tenía que estar relacionado con los asesinatos. Y la única conexión que se le ocurría a Humbleby era aquella a la que Fen había apuntado desde el principio: la teoría de un asesino vengador que había estado relacionado con Gloria Scott cuando ella usaba su nombre real y que, como era natural, estaba ansioso de borrar cualquier prueba de esa conexión antes de llevar a cabo su despiadada *vendetta.*

En esta línea meditaba Humbleby, entre bocados de sándwich y tragos de cerveza. Y le pareció que el problema más acuciante era el alcance de dicha venganza. Puesto que incluía a Nicholas, gracias a los procedimientos informativos del *Mercury,* era previsible que abarcara también a Madge. ¿Y más allá? Bueno, quizá resultara ser una *vendetta* en el sentido estricto de la palabra, es decir, un ataque indiscriminado contra la familia entera, independientemente de quién le hubiera hecho daño a Gloria Scott. En ese caso, reflexionó Humbleby, iba a ser muy difícil hacerle frente. En general, era mucho mejor asumir que la inquina del envenenador iba dirigida a personas concretas hasta que los hechos demostraran lo contrario… Y una vez tomada esta cruel decisión —teniendo en cuenta que los «hechos» que contemplaba sin duda serían de carácter homicida—, Humbleby se acabó sus viandas, apartó la bandeja a un lado y se puso a recoger los reactivos y el resto del material. El paso siguiente, en cualquier caso, estaba claro: debía averiguar qué oportunidades había tenido el envenenador para contaminar el medicamento de Nicholas.

6

Al final, sin embargo, esta empresa se vio levemente retrasada. Humbleby se encontró en las escaleras a Nicholas, que subía para avisarle de que tenía una llamada de la policía de Doon Island.

—Ah, sí, les pedí que me telefonearan tan pronto como hubiesen comprobado que la señorita Crane estaba bien —dijo Humbleby.

Nicholas dio la media vuelta, y bajaron juntos hasta el recibidor.

—¿Ha completado sus análisis? —se interesó Nicholas.

—Sí.

—¿Con qué resultado? ¿O no puedo preguntar?

—Por supuesto que puede. Después de todo, le concierne estrechamente… El frasco de medicamento que me entregó estaba envenenado, efectivamente.

—¿Con la porquería de colchicina esa?

—Sí.

Nicholas soltó un silbido.

—Bueno, ahora por lo menos sé a qué atenerme —dijo con sarcasmo—. ¿Cuál es el siguiente paso?

—Tengo que hablar con usted sobre el momento en que pudieron envenenar el medicamento. ¿Han acabado ya de cenar?

—Casi. Hemos engullido la comida en un silencio de lo más insociable. Podemos charlar en cuanto haya atendido usted esa llamada de teléfono. Vamos a tomar el café en el camarín, es esa puerta de ahí.

El inspector Berkeley de Doon Island estaba muy hablador.

—Sí, está sana y salva —dijo en respuesta a la primera pregunta de Humbleby—. La he entrevistado en persona; menudo cañón, ¿eh?

Humbleby torció el gesto ante el chascarrillo; no estaba allí, aclaró, para perder el tiempo evaluando las dotes afrodisíacas de la chica. ¿Cómo había ido la entrevista?

—Bueno, le he dicho que cabía la posibilidad de que estuviera en peligro —continuó Berkeley escaldado— y, resumiendo, se ha reído en mi cara.

—Cielo santo, será porque no ha sido usted lo bastante crudo, ¿no? ¿Es que no ha leído el *Mercury*?

—Oh, sí. Tenía un ejemplar en la sala. Le ha restado importancia, pero se veía que estaba de los nervios.

—Con su discernimiento, debería usted haberse dedicado a la psiquiatría.

—Ya, pero es un don que también resulta muy útil en el Cuerpo —dijo Berkeley, sin pillar la ironía—. Estaba muy nerviosa, sí señor. Y, claro, cuando digo que se ha reído en mi cara, no me refiero a que lo haya hecho en sentido *literal.*

—Claro. Eso lo ha añadido usted para confundirme.

—Vamos, que no daba botes de alegría. Y tampoco me extraña, qué quiere que le diga.

—Desde luego que no es de extrañar —resopló Humbleby—, con un polizonte libidinoso como usted comiéndosela con los ojos.

—¡Oiga! —exclamó Berkeley con indignación—. ¡Eso es una calumnia…! —Se le ocurrió otra cosa—. Pero le diré una cosa, ya que estamos: sus piernas son un chasco.

—Con esa imaginación suya, es probable que hasta unas piernas reales le resulten un chasco… Esto es un asunto serio, hombre. *¿Consiguió transmitirle la idea de que debe tener cuidado?* Desde mi llamada de antes, han surgido nuevas pruebas que hacen que sea imperativo. La joven corre grave peligro de ser asesinada.

—Caray —dijo Berkeley muy serio—. Bueno, lo único que puedo decirle es que he hecho cuanto estaba en mi mano.

—¿La ha advertido sobre la comida, la bebida, los medicamentos y demás?

—Sí, eso he hecho. Pero no creo que vaya a hacer ningún caso, la verdad.

—Y aunque lo haga, no podemos dejarlo como está. Nuestro X quizá intente un método más directo. Debe apostar usted un agente fuera de la casa noche y día.

—Entendido —dijo Berkeley enérgicamente—. Me ocuparé de que así sea ahora mismo. ¿Algo más?

—Veamos… ¿Está la casa protegida contra robos?

—Ni mucho menos. No es más que una casita de campo.

—Pues entonces procure asegurarse de que ella cierra las puertas con llave y comprueba todas las ventanas antes de irse a dormir. No la puede obligar a que lo haga, desde luego, pero quizá lo consiga con un poco de tacto… Mire, ¿sabe qué?, mejor la llamo yo directamente.

—Inténtelo si quiere, pero dudo que responda. El chisme sonó tres veces mientras estaba yo allí, y ella no lo cogió ni una sola vez. Parece ser política de la casa.

—Condenada muchacha. Bueno, no tengo tiempo para desplazarme hasta allí y hacerle entrar en razón, de modo que tendrá que asumir usted toda la responsabilidad. Voy a pedirle a mi jefe que contacte con el suyo, para que disponga de todos los hombres y medios que necesite.

—Ay, no, por Dios, no haga eso —se quejó Berkeley con un gemido—. No quiero tener a sir Cyril rondando por la comisaría el día entero. Puedo arreglármelas yo solito perfectamente. Por aquí no hay mucho más que hacer.

—De acuerdo, entonces… Ah, y ahora que lo pienso, será mejor que destine dos hombres a la casita: uno para que la siga a ella (en coche, si fuera necesario) siempre que salga.

—Eso no le va a hacer ni pizca de gracia, lo sabe, ¿verdad? ¿Qué hago si opone resistencia?

—Usted manténgase firme, pero con educación, claro. Si la cosa va a mayores y eleva sus protestas a los gerifaltes, yo asumiré la culpa… ¿Está sola?

—No. Se ha traído a su secretaria. Una fémina con cara de pocos amigos. Por lo que he visto, la secretaria se encarga de cocinar y de todo lo demás.

—Ya veo. Pues a ver si puede ganarse usted su confianza. Y por todos los santos, Berkeley, no meta la pata. Hay un asesino suelto, y si consigue hacerle algo a Madge Crane será un escándalo nacional.

Y eso, pensó Humbleby mientras colgaba el auricular, es cuanto puedo hacer por este lado. Ahora a por Nicholas.

Quedó claro que, mientras Humbleby estaba al teléfono, Nicholas había dedicado el interregno a preparar su testimonio. Tras interesarse de manera efímera y desganada por el bienestar de su hermana, abordó el tema.

—Para empezar —dijo—, hay que tener en cuenta que es prácticamente imposible entrar a la fuerza en mi piso. Y hasta que he salido de allí esta tarde, nadie lo había allanado, se lo garantizo.

—Muy bien. ¿Y entonces?

—Verá, como sabe, el jueves fue la noche de la maldita fiesta, así que supongo que lo mejor es empezar por ahí. Después de que Gloria se marchase, cerré el piso a cal y canto y me acosté. Y el viernes a primera hora, me vine para acá; lo hago a veces, cuando me harto de mí mismo, me vengo y paso aquí una o dos noches, y le aseguro que el viernes no estaba muy orgulloso de mí mismo después de ese horrendo asunto con Gloria.

—Acláreme primero una cosa, ¿ahora mismo no está trabajando en ningún proyecto?

—Aparte de en *La dama desdichada,* no. Estoy entre películas.

—Entiendo. Prosiga, entonces.

—Bueno, la cosa es que la puerta y las ventanas del piso cuentan con alarma antirrobo, ¿sabe usted? Si salta, suena en la portería de la planta baja, y ahí siempre hay un encargado. El tipo que vivía antes en mi piso se dedicaba al comercio de diamantes, y fue él quien instaló el sistema de seguridad. Yo siempre lo conecto cuando tengo previsto pasar varias horas fuera de casa, porque tengo un par de cuadros, un Cézanne y un Picasso, que merecería mucho la pena robar… Pero bueno, a lo que voy es que para cuando volví al piso, es decir, el sábado por la tarde, después de la muerte de Maurice, es imposible que alguien tuviera acceso a ese medicamento. Y *desde ese momento,* no hace falta que entre en detalles acerca de las razones, nadie podría haber accedido a él hasta esta mañana.

—Hablemos de esta mañana, entonces. ¿Cuándo y cómo podría alguien haber tenido acceso al frasco?

—Le he contado que estoy haciendo todas las comidas fuera, ¿verdad? Sí. Bueno, pues esta mañana me levanté temprano y me acerqué dando un paseo hasta una especie de bar cafetería que hay en North Row para desayunar allí. Sirven unas salchichas caseras deliciosas, con crujientes trocitos de cebolla cruda por encima… Da igual.

»El caso es que no cerré bien la puerta del piso. Al volver me la he encontrado abierta; a ver, no de par en par, pero sí sin ajustar del todo. En un primer momento he pensado que quizá alguien se habría agenciado de un modo u otro una copia de la llave, pero luego he caído en que, de ser así, seguro que habrían tenido cuidado de dejar la puerta bien cerrada, para que no pareciese que alguien había allanado el piso; y también me ha venido a la cabeza, ya sabe cómo son estas cosas, el vago recuerdo de no haber escuchado el chasquido del pestillo al cerrarse la puerta del todo.

—¿Y dice usted que hay copias de la llave?

—Solo una, que es la que usa mi sirviente. La semana pasada él ha estado de vacaciones y le pedí la llave antes de que se marchara. Aquí la tengo, con la mía. —Nicholas sacó un llavero y le mostró dos elaboradas llaves Yale idénticas—. Como puede ver, se trata de una clase de cerradura muy especial, otro detalle del comerciante de joyas, y tengo entendido que es imposible que existan más llaves, aparte de estas dos. Es más, le garantizo que estas no se han separado de mí ni un instante.

Humbleby asintió con la cabeza.

—Muy bien. ¿Se acuerda de la hora que era cuando ha salido a desayunar y del tiempo que ha estado fuera?

—Sí, claro. He salido casi a las siete en punto, y vuelto prácticamente a las ocho clavadas.

—Y seguro que ha dado un repaso al piso, por si faltaba algo, ¿no es así?

—Desde luego. Pero estaba todo en su sitio, que yo haya visto. Además, de todos modos no iba a comer ni beber nada que estuviera en el piso, así que con seguir esa política bastaba. Por supuesto no había ningún indicio de que alguien hubiese entrado en la casa.

—¿Le ha preguntado al portero?

—Sí. Pero estaba en la portería, no es su deber quedarse plantado en el portal todo el día, lo que quiere decir que no habría oído ni visto a nadie entrar o salir. Así que no ha sido de ayuda.

Humbleby consumió su dedo de café solo, pidió otro y, una vez lo tuvo servido, se encendió un purito.

—¿Y luego?

—Bueno, después de eso, nuestro envenenador no ha vuelto a tener otra oportunidad hasta que llegué aquí.

—¿Y eso cuando ha sido?

—Esta tarde, a eso de las cinco.

—¿Y qué oportunidad ha tenido?

—Al llegar, he deshecho la maleta y me he echado un rato en la cama. Luego, a eso de las seis, he bajado aquí. Calculo que habrá sido como una hora después cuando se me ha ocurrido de pronto que no era muy prudente que el medicamento anduviera por mi dormitorio a la vista y al alcance de cualquiera. De modo que he subido y lo he guardado bajo llave; y ahí ha permanecido hasta que he ido a buscarlo para entregárselo a usted.

—Recapitulando, entonces —dijo Humbleby muy despacio—: la colchicina podrían haberla agregado al medicamento *o bien* antes de su fiesta y del suicidio de la señorita Scott, *o* entre las siete y las ocho de esta mañana, *o* entre las seis y las siete de esta tarde. ¿Es así?

—Exacto. Y es probable que se pueda descartar la primera opción.

—Eso opino yo, sí.

—¿Y la segunda también? El *Mercury* no ha salido hasta las tres de esta tarde, y supongo que el intento de envenenarme es una consecuencia de la publicación de esa desafortunada carta.

Humbleby se planteó ponerlo al corriente de su teoría acerca de una *vendetta* en el sentido estricto de la palabra, pero decidió no hacerlo; aquella era una posibilidad que ni a él mismo le gustaba contemplar.

—Es probable, en efecto —coincidió—. Por lo tanto, la franja más plausible, con diferencia, es entre las seis y las siete de esta tarde. Veamos, ¿tuvo X ocasión de acceder al medicamento en ese lapso sin que lo vieran?

La ocasión había sido harto propicia, infirió; y el interrogatorio subsiguiente de Eleanor, David, Medesco y los sirvientes lo confirmó. Dada la condición asilvestrada en que se hallaba la propiedad era perfectamente factible acceder a la casa sin ser visto: cualquiera de la docena de puertas y ventanas abiertas habrían brindado acceso al extraño y, una vez en el interior, existían innumerables lugares donde podría haberse escondido en caso de emergencia. Un lugar harto vulnerable, reflexionó Humbleby, con la teoría de la *vendetta* siempre en mente, acosándolo; la única pega era que no acababa de entender de qué manera podría X haber sabido dónde dormía Nicholas, sin registrar antes todos los dormitorios (una opción arriesgada aunque no imposible), porque los Crane solo llevaban unos meses instalados en la casa, y era del todo improbable que nadie conociese la ubicación del dormitorio de Nicholas aparte de la familia y el personal del servicio doméstico. No obstante, alguien con iniciativa podría haber salvado este escollo sin demasiados problemas, y el punto fuerte —y débil— de quienes mataban por venganza y no por provecho era que, por lo general, estaban dispuestos a correr más riesgos de lo normal…

Pasaban las once cuando Humbleby finalmente decidió marcharse. Nicholas lo acompañó hasta el coche. La lluvia daba una leve tregua, y alguna que otra anegada estrella titilaba llorosa entre las nubes. La grava crujía con cada pisada, y el agua acumulada gorgoteaba y chorreaba en los canalones. A aquellas horas, Humbleby ya estaba exhausto, y supuso que lo mismo le pasaba a Nicholas, porque el tic de su mejilla se había tornado más frecuente y pronunciado, y con cada espasmo, su rostro se retorcía en una mueca de dolor.

—Pues hala, ya está —dijo—. Y ojalá pueda sacar algo en claro de todo esto, porque no quiero pasarme el resto de mis días aterrado por la idea de que voy a morir de un momento a otro… Por cierto, ¿sabe por algún casual cómo se hizo el *Mercury* con esa maldita carta?

Humbleby se lo contó.

—De verdad que no entiendo por qué la idiota de mi hermana no la quemó —fue su comentario al finalizar Humbleby el relato—. Pero, bueno, así son las mujeres. Incapaces de destruir nada.

Humbleby abrió la puerta del coche y se acomodó en el asiento. Luego, se asomó a la ventanilla y dijo:

—¿Está usted seguro de que no desea protección policial? Se podría tramitar con facilidad.

—No, sé cuidar de mí mismo, gracias. Tengo mi pistola; dormiré con la puerta de la habitación cerrada con llave, y de ahora en adelante comeré y beberé solo en los pubs de Aylesbury.

—Entonces, ¿piensa quedarse?

—Uno o dos días, hasta que vea cómo evoluciona la situación.

Humbleby soltó un gruñido.

—Bueno, tenga cuidado. Por Dios santo, vaya con cuidado.

—Descuide —dijo Nicholas riendo—. No tengo intención de morirme aún… Buenas noches.

Humbleby puso el coche en marcha. Solo una vez, justo antes de que la cortina de árboles y arbustos se cerrase definitivamente entre la casa y el camino, miró por el retrovisor. A la tenue y parpadeante luz de la bombilla que colgaba bajo el frontón de la puerta principal estaba Nicholas, solo e inmóvil, con las manos embutidas en los bolsillos de la chaqueta de su esmoquin de corte ostensiblemente exquisito, y la mirada perdida en el coche que se alejaba…

Y esa fue la última vez que Humbleby lo vio con vida.

CAPÍTULO IV

1

El martes amaneció taciturno y desconfiado, remoloneando desde el este como un sindicalista pensando en ir a la huelga. Desde la ventana del dormitorio de su piso de Bloomsbury, Judy Flecker contempló la alborada, y los húmedos presagios que comportaba, y suspiró medio dormida. Luego se quitó el pijama, se duchó, se vistió, preparó el desayuno, se lo comió, y a las ocho estaba en la calle. Un corto paseo la llevó hasta una parada de autobús desde donde, mientras esperaba, pudo contemplar impertérrita las fabulosas columnatas del British Museum, y el autobús la transportó hasta Marylebone, de entre todas las terminales de Londres la más apacible y atractiva, donde se subió a un tren rumbo a Long Fulton.

A las diez de la mañana de un día que iba a ser el más accidentado —y también el más aterrador— de su vida, Judy ya había despachado todos los asuntos rutinarios que el departamento de Sonido podía requerir y se encontraba en el plató de grabación 2, escuchando a la Orquesta Philharmonia mientras esta ensayaba y grababa la banda sonora de *Billete para el infierno* bajo la batuta de Griswold. En la pantalla que tenía delante, dos amantes despojados de la pista de sonido se hablaban absurdamente en silencio; a su espalda, en la sala de control acristalada del ingeniero de sonido, el compositor estaba sentado con aire de complacencia mientras se empapaba de las melodías que él mismo había ideado y que le llegaban a través de un altavoz de dimensiones considerables. En la pared, un cronómetro contaba los segundos de metraje; los ojos de Griswold, auriculares en la cabeza y cigarrillo en la boca, saltaban rápidamente y sin cesar de los músicos a la partitura y de esta al cronómetro y a la pantalla; y una melodía acorde con el contexto erótico —un susurro de cuerdas, una reverberación de trompas, la dulzura empalagosa de las campanas tubulares y el murmullo acuático de las harpas— llenaba y desbordaba la cabina. No estaba mal, concedió Judy: en sus obras orquestales, Napier era de un modernismo punzante, pero al igual que otros compositores como él, se relajaba y se tornaba más romántico y sentimental cuando componía para el cine.

Al cabo, terminaron la grabación y se encendieron las luces. Alguien se acercó y se dejó caer pesadamente en la silla de lona pegada a la de Judy, pero como el editor jefe de la película la tenía secuestrada hablándole de trabajo, no pudo fijarse en quién era. Solo cuando el editor jefe decidió marcharse pudo ella volverse para identificar al recién llegado.

Era David Crane.

Su presencia allí no sorprendió demasiado a Judy, dado que hacía unos meses que tenía la costumbre de dejarse caer por su oficina en el momento más insospechado con propósitos que ni él mismo parecía capaz de concretar, pero que Judy se imaginaba que eran, con toda probabilidad, fundamentalmente amorosos. Estas irrupciones eran un fastidio, pero con David Crane era imposible enfadarse en serio; además, su inseguridad era tal que lo impulsaba a retirarse de nuevo, entre un tartamudeo de disculpas, a los cinco minutos de haber llegado. De entre todos los Crane, David era el que mejor le caía a Judy, aun a pesar de su insufrible *gaucherie.* El aire de perplejo recelo con el que habitualmente se enfrentaba al mundo despertaba sus instintos maternales. Judy se olía que sus compañeros del departamento de Guion no lo tenían en demasiada estima y que, en consecuencia, se veía obligado a buscar dicha estima por otros lares.

—Hola —dijo ella con tono afable—. ¿Qué tal?

—B-buenos días, señorita Flecker. —A pesar de la manía que tenían en los estudios de llamarse todos por el nombre de pila, él nunca se había dirigido a ella en términos menos formales que estos—. Espero no m-molestarla.

Judy se echó a reír.

—Pues claro que no. Estaba vagueando. —Estiró sus largas piernas placenteramente, y le hizo gracia, de manera sana y no despectiva, que fuera de luto, como correspondía a su inquebrantable convencionalidad—. ¿Y usted?

—¿C-cómo dice?

—Me refiero a si el departamento de Guion le ha dado una hora de asueto.

Una frase bastante condescendiente, por cierto, pensó Judy; después de todo, no era un recadero. Pero David, al parecer, había nacido para ser menospreciado incluso por quienes le deseaban lo mejor, y era como si, en su presencia, el lenguaje adoptara de manera automática formas peyorativas no intencionadas. Afortunadamente, se le veía completamente incapaz de ofenderse.

—No... No hay m-mucho que hacer esta m-mañana —dijo, y sonrió de repente—. Además, nunca me dejan ocuparme de c-cosas importantes, les da miedo que m-meta la pata. Así que, en realidad, p-puedo escaquearme cuando me apetece.

—¡Tonterías! —dijo Judy, aunque no pudo evitar admitir para sus adentros que, si aquello era verdad, estaban siendo muy sensatos.

—A mí me da lo m-mismo, la verdad. Me conformo con p-pasar el rato. Es lo que t-tiene ser t-tonto.

Esta afirmación hizo que Judy se sintiera un poco abochornada, sobre todo porque, para ser francos, iba a ser difícil de rebatir. Cambió de tema de manera muy forzada.

—¿Y qué tal todos por casa? —se interesó.

Nada más brotar las palabras de su boca, se dio cuenta de que la pregunta resultaba fatua e incluso un pelín impertinente dadas las circunstancias. Una vez más, no obstante, pareció que David no caía en la metedura de pata. Se pasó una mano por el poco pelo que tenía y, muy aplicado, se aprestó a contestar con la misma seriedad y precisión que si le estuviesen pidiendo alguna suerte de información técnica sumamente detallada.

—M-madre está bien —dijo—. Claro que supongo que no hay nada que la p-pueda alterar. Nick está asustado, es un m-manojo de nervios, como p-podrá imaginar. Y de M-Madge no hemos vuelto a saber nada. —Pareció muy desdichado de repente—. Es t-terrible, ¿verdad? Lo de la chica esa, digo.

—¿La conocía?

—La c-conocí en la fiesta de Nick. Pasó la Navidad con m-madre, pero yo estaba con Nick en las Bermudas.

—Y supongo que no tendría usted ni idea de lo que pasaba, ¿no?

—No. Ni… ni idea. No me cuentan c-casi nada. Pero es una vergüenza t-tan grande. C-casi no vengo esta mañana. Me han entrado ganas de escabullirme y esconderme en algún rincón, como los gatos c-cuando están enfermos.

Tras este símil zoológico, hizo una pausa; era un hombre poco dado a trucos retóricos tan complejos, y Judy pensó que este descuido por fuerza tenía que deberse a un exceso de emociones.

—Nadie le culpa a *usted,* David —se apresuró a tranquilizarle.

—No, ya lo sé, p-pero es un asunto familiar, ¿entiende? Una c-cuestión —dijo con franqueza— de honor. Al menos, así lo veo yo; aunque supongo que sonará anticuado.

—Pues a mí me parece normal que se sienta así —dijo Judy—. Pero no deje —añadió con firmeza— que le d-d-de… ¡caray! Perdone, no deje que le desanime.

Él sonrió.

—T-tiene gracia lo pegadiza que es la t-tartamudez.

—Puede, pero es mucho peor mi ceceo —dijo Judy con consternación—. Me temo que entre los dos debemos sonar como el «ANTES» de un anuncio de una Escuela de Dicción.

—Oh, no, qué va. A m-mí me gusta su ceceo. —David se sonrojó—. Es muy atractivo.

—Plebeyo, más bien —lo contradijo Judy de manera tajante—. Es rarísimo entre las clases medias y altas.

David dio la impresión de no estar seguro de cómo responder apropiadamente al comentario.

—Además —dijo por fin con tono de disculpa—, c-casi no se nota… Pero, vaya, ¡qué descaro de mi p-parte hablarle de esta manera! ¡Qué pésimos modales!

Judy lo miró a sus grandes ojos de spaniel y le entristeció el sentimiento que vio en ellos, ya que sabía que ella nunca podría corresponderle. A pesar de esto, era una joven particularmente femenina y, en consecuencia, ese leve abatimiento se mezcló con la determinación de aprovecharse un poco de la obnubilación de David. Cruzó las piernas y se miró los pies con timidez.

—Madre mía —dijo—, sería tonta si me sintiera ofendida por *eso*… Y, una cosa, David, ¿va su hermano a demandar a ese odioso periódico?

Habían dado por satisfactoria la última interpretación, y Griswold se preparaba, en consecuencia, a abordar la siguiente pieza musical. «Pongan la película, por favor», dijo; y cuando esta llenó obedientemente la pantalla, él se puso a dirigir la pieza en silencio, con la partitura delante y un ojo en su cronómetro, mientras la Philharmonia cotorreaba, hacía crucigramas o leía novelas de detectives. Napier se acercó, y antes de que David pudiese responder a su pregunta, Judy dijo:

—Buenos días, señor Napier. Es una banda sonora preciosa.

—Por todos los santos —dijo Napier, visiblemente complacido—, no me juzgue por esta basura.

—Los compositores siempre están con lo mismo. —Judy sonrió—. El día que uno de ustedes reconozca que su banda sonora es lo mejor que ha compuesto en la vida, el departamento de Sonido pedirá una semana de vacaciones y lo celebrará con una buena borrachera.

Napier se rio por lo bajo y se fue a darle la lata un rato a Griswold.

—Disculpe, David —dijo Judy—, le he interrumpido.

—Ni mucho m-menos —contestó él con marcado civismo—. La verdad es que Nick no va a llevarlos a juicio. —Meneó y encorvó los hombros—. Reconoce que es t-todo verdad, ¿sabe? Lo de la chica esa y el c-contrato, quiero decir.

—Vaya —dijo Judy bastante desconcertada—. Pero seguro que es consciente de que, si no lo hace, los estudios…

—Lo pondrán de patitas en la c-calle. —Si David, el epítome de la cortesía, se rebajaba a interrumpirla, no cabía duda de que estaba muy afectado—. Lo sabe y está dispuesto a aceptarlo. P-penitencia, dijo. Muy decente de su p-parte, hasta cierto punto. O sea —añadió David cariacontecido—, sería decente si no hubiese jugado t-tan sucio. Y c-con una chica, encima. Eso hace que sea mucho p-peor.

—¿Y Madge? ¿Qué piensa hacer ella? Si no desmiente la historia, es probable que hasta ese público atroz que ve todas sus películas pierda el entusiasmo por ella. Y eso hará que Leiper se suba por las paredes.

—M-Madge está incomunicada. —David hizo una pausa, se podría conjeturar que presa de un leve desconcierto por haber esgrimido una palabra tan osada—. No p-podemos —tradujo— c-contactar con ella. No tengo ni idea de qué piensa hacer. —Miró nervioso a su alrededor y bajó la voz—. P-por cierto, ¿se ha enterado de que han intentado envenenar a Nick?

Judy se enderezó en la silla de un bote.

—¿Qué?

—C-como lo oye. Alguien le echó veneno en su m-medicamento.

—Por Dios… —Entremezclado con la genuina expresión de sorpresa de Judy se coló un ramalazo de no tan bendita curiosidad—. Pero la prensa de esta mañana…

—No, la p-prensa aún no está informada —explicó David con aire sombrío, y se hizo un breve y doloroso silencio antes de que continuase—. Es como una p-pesadilla, ¿verdad?

—Ay, David, cuánto lo siento —dijo Judy sin fingir su pesar—. Debe de ser muy duro para usted.

Él se encogió de hombros.

—T-tampoco sirve de nada dramatizar con estas cosas —dijo de manera un tanto cortante—. Hay que hacer de t-tripas corazón y seguir adelante, es lo que hay. —Se volvió a mirarla, recuperada su inseguridad—. Y ya que estamos, Judy…, esto, quiero decir, señorita Flecker…

Oh, oh, pensó Judy: cuidado, que vienen curvas. Y en voz alta dijo:

—¿Sí, David?

—¿Le apetecería salir a cenar c-conmigo un día de estos? T-tampoco espero que me diga que sí —añadió de manera rescisoria—, pero se me ha ocurrido que, ya que estamos, no p-pasaba nada por preguntar. Solo he c-creído que…

—Pero bueno, David, desde luego que sí —dijo Judy—. Es un detalle de su parte invitarme. Estaré encantada.

—¿En serio aceptaría? ¿No le p-parece de pésima educación, con Maurice muerto? Podríamos ir a un sitio m-muy discreto.

—No, por supuesto que no me parece de pésima educación. —Válgame Dios, pensó Judy, cuán espantosamente ingenua debe de sonar esta conversación…—. ¿Tiene en mente algún día en particular?

—Es muy gentil de su parte. —David se mostró tan abrumadoramente agradecido que casi daba pena—. Pues c-cuando usted diga, por supuesto… M-me imagino que esta noche no estará libre, ¿verdad?

—Bueno, es un poco precipitado, pero…

—Por favor, no quiero c-convertirme en un incordio. P-podemos…

—Pero da la casualidad de que esta noche sí que estoy libre. Dígame dónde y cuándo —dijo Judy de manera un poco brusca: si quería que David se dejase de disculpas y fuese al grano, era necesario, en su opinión, ser clara y dejarse de coqueterías. Es más, se le había ocurrido un plan para satisfacer aquella curiosidad sin escrúpulos que crecía en su interior con respecto a la reacción de los Crane al escándalo en el que se habían visto envueltos tan de repente, y para su consecución era conveniente tomar la iniciativa en la conversación, una meta que, en puridad, no tenía mayor complicación, al tratarse de David.

—B-bueno —dijo él—, ¿dónde le gustaría? Está el Screenwriters', el Savoy o el…

—Tengo una idea. —Judy esbozó una sonrisa concienzudamente ganadora—. ¿Y si cenamos en su casa? ¿Cree que sería posible?

David se mostró muy indeciso.

—P-pues… —empezó.

—Nunca he estado allí, ya sabe, y siempre he querido ver cómo es. Pero, vamos —añadió Judy con pesar—, si prefiere que no…

La mirada que le dirigió él fue de una sagacidad desconcertante.

—¿Quiere ver la c-casa? —preguntó.

Y de no haber estado convencida de que, por su temperamento, aquel hombre era incapaz de ser sarcástico, Judy podría perfectamente haberle acusado de eso mismo en aquel momento. Fuera como fuera, se sintió un poco incómoda.

—Sí, me gustaría —respondió ella un poco de sopetón—. Y también, claro, también —rebuscó en su mente alguna curiosidad más concreta, y tras una pausa demasiado prolongada, dio con una—, oh, el Laberinto.

—¿El Laberinto? —repitió David, y otra vez había algo en su forma de hablar que suscitó en Judy un fugaz desasosiego—. B-bueno, si le interesa, no veo por qué no. Ya que estamos, a mí también me gustaría echarle un vistazo.

—¿No ha estado nunca? —preguntó Judy sin dar crédito; se le antojaba casi imposible que existiera una persona capaz de tener un laberinto en su propiedad y no explorarlo a la primera oportunidad. Los laberintos son lugares románticos que también prometen intrépidas aventuras, y Judy, bajo su apariencia urbanita, era una joven romántica e intrépida—. ¿En serio no ha estado nunca? —reiteró.

David se justificó con un aspaviento.

—Es que está lejos de la c-casa —explicó—. Cerca de donde antes se alzaba el antiguo c-caserón tudor. Y está muy descuidado y lleno de m-maleza. Pero desde luego que p-puede echarle un vistazo si viene antes de que oscurezca.

—David, ¿qué hay en el centro?

La miró un momento, sin comprender.

—¿En el centro?

—En el centro del laberinto, digo. Siempre hay *algo* en el centro de un laberinto. Un reloj de sol, o…

—Un m-mausoleo.

—Bueno, quizá, pero eso será… —Judy enmudeció de forma abrupta; sus ojos se abrieron como platos; por un instante adquirió una apariencia absurdamente joven—. ¿Me está diciendo que *de verdad* hay un mausoleo en el centro de *su* laberinto? —dijo presa de la emoción.

—Eso m-me han dicho —contestó David con indiferencia—. El m-mausoleo del tipo que construyó el Laberinto, esto, hace centenares de años. Una idea un poco rara, en mi opinión.

Judy aspiró hondo de puro placer.

—David, *tenemos* que explorarlo. Prométame que me llevará.

—Sí, está bien. —Su desinterés era total y genuino—. No m-me importa.

Y entonces Judy se acordó, ya tarde, de que su sugerencia de cenar en Lanthorn House no había sido recibida con demasiado entusiasmo, y de que no debía tener la descortesía de olvidar que todavía no era un *fait accompli.*

—Oh, pero mire —dijo con contrición—, no está bien que importune a su familia justo… Bueno, tal como están las cosas. Quizá mejor en otro momento…

—Qué va, p-por favor. —David parecía abstraído en alguna suerte de cálculo interno—. No pasa nada. M-madre estará encantada de conocerla. E incluso p-puede que sea mejor que nadie me vea saliendo a cenar. M-me hace parecer insensible, ya sabe. —Emergió de su ensimismamiento y sonrió—. La verdad es que ha tenido una idea m-muy buena.

—Vale, si está seguro…

—Oh, sí. Es que quiero que m-madre la conozca, ¿sabe? Estoy seguro de que se van a caer bien.

Muy propio de una novela victoriana por entregas, reflexionó Judy: el hijo de buena familia presenta a la arpía de su madre a la pobre pero honrada muchacha de quien está enamorado y con la cual espera casarse. ¿Se presentará ella portando un espantoso sombrero? ¿Hablará con acento de clase baja y comerá los guisantes de la hoja del cuchillo? ¿Lo amenazarán a él con desheredarlo si sigue empeñado en pedir su mano? Y ¿qué prevalecerá en él?, ¿su pasión por esa Ella imposible o su sentido de solidaridad para con su clase social? (No, no era eso, sino más bien para con una tradición familiar inmaculada.) Lea lo que sucede en el próximo número de *Household Words*...[11]

Pobre David, pensó Judy al abandonar su fabulación; es vergonzoso aprovecharse de él cuando los sentimientos de una hacia su persona son tan irremediablemente tibios... Lamentablemente, este pesar que sentía no bastó para impedir que se aprovechase, y en consecuencia dijo:

—Sí, seguro que sí. Tengo muchas ganas de conocerla.

—La llevo en el c-coche, ¿quiere? Esta mañana he tomado p-prestado el Bentley de Nick para venir aquí.

—Me parece una idea maravillosa. Pero ¿a qué hora cree que saldrá del trabajo? Es posible que yo tenga que quedarme hasta algo más tarde de lo habitual.

—Oh, la p-puedo esperar hasta que termine.

—No, no hace falta que se quede haciendo tiempo. —Esta muestra de consideración se debía en parte a que Judy temía que él pudiese decidir pasar ese tiempo de espera en el despacho con ella—. Usted váyase a casa tan pronto como haya

11. Revista semanal que editaba Charles Dickens en la década de 1850 y en la que se publicaban cuentos, poemas y anécdotas sociales.

acabado, y yo le pediré prestado un coche a Frank Griswold, o a quien sea, e iré después por mi cuenta. Puedo estar allí a las siete… Queda justo en las afueras de Aylesbury, ¿verdad?

—Exacto. Una vez en Aylesbury, c-cualquiera puede darle indicaciones sobre cómo llegar. P-pero ¿seguro que no le importa?

—Claro que no. —Judy se puso de pie—. Quedamos así, entonces. Y ahora tengo que volver al trabajo, así que *au revoir.*

Él tardó unos instantes en responder, y en su silencio Judy captó un rastro de esa inclasificable cualidad misteriosamente perturbadora que había sentido antes. Pero entonces él también se puso de pie —la parsimonia con la que ejecutó este acto de cortesía también resultó un tanto desconcertante—, hizo un gesto de asentimiento y sonrió despacio.

—*Au revoir* —dijo—. Hasta la noche.

La imagen que la conversación precedente nos ofrece de Judy supongo que resulta cuando menos caprichosa y ambigua, y aún más en lo que se refiere a sus motivos para aceptar la invitación de David Crane. Pero el caso es que ella era una joven de lo más normal, y la emoción que la gobernaba, de momento, era una curiosidad de lo más normal. Desde el sábado, los estudios eran un hervidero de habladurías sobre los Crane, un chismorreo de proporciones épicas que la exclusiva del *Mercury* había amplificado enormemente; y la oportunidad de estudiar a los Crane de cerca le había resultado, en consecuencia, del todo irresistible. Como a cualquier otra mujer, le interesaban mucho más las personas que los hechos, y por lo tanto no se puede afirmar que la idea de ingeniárselas para que la invitasen a Lanthorn House fuera producto de un ávido deseo de resolver el misterio de la muerte de Maurice y el intento de asesinato de Nicholas. Pero, en su mundo, los Crane ocupaban un lugar eminente, cuasi legendario, y desde el punto de vista intelectual, ella no era tan sofisticada —o tan esnob, si se quiere— como para darse cuenta de cuán insignificantes eran en el orden del universo. Ella quería situarse en el centro mismo del escándalo y contemplarlo desde allí; y el enamoramiento de David Crane era su único pasaporte para disfrutar de tan dudoso privilegio…

Curiosidad pura y dura, se dijo a sí misma de camino al departamento de Sonido: eso es todo.

Y en ese momento no se acordó de que fue la curiosidad, en el proverbio, la que mató al gato.

2

Fue cuando iba a almorzar al Club de los estudios —un coto reservado para los Mandamases al que en ocasiones prefería recurrir en lugar de las atestadas cafeterías— cuando se encontró con Gervase Fen, que portaba una vieja gabardina y llevaba puesto su extraordinario sombrero.

—Hola —lo saludó—. ¿Haciendo pesquisas detectivescas?

Él meneó la cabeza.

—Lamentablemente, no. Justo salgo de una reunión sobre *La dama desdichada.*

—Cielo santo, ¿todavía siguen con eso? Pensaba que la del sábado había sido la última.

—Eso creíamos todos. Pero Leiper no estaba de acuerdo con el montón de conclusiones absurdas a las que habíamos llegado y nos volvió a convocar para esta mañana.

—Pero los Crane…

—Los Crane se han ausentado en bloque. Han asistido todos los demás. Me ha parecido detectar un pesimismo palpable en el ambiente. Lo que es a mí, me sorprende que Leiper quiera seguir adelante con el proyecto.

—A mí también. No sé qué se imaginará que va a pasar con Nicholas y Madge, la verdad.

—Por lo que le he escuchado decirle a Stafford, cree que todo el asunto es un invento sin fundamento de un periódico temerario.

—¿En serio me está diciendo que es tan estúpido como para pensar que es todo mentira?

—Eso mismo. Y no parece que nadie se atreva a desilusionarle. Muy patético todo —dijo Fen sin alterarse—. Por cierto, ¿se acuerda de que el sábado le pregunté sobre la actitud de la familia Crane hacia Gloria Scott?

—Sí.

—Usted dijo que no sabía qué opinión le merecía a Nicholas. ¿Lo sabe ahora?

—Sí. Después de tanto chismorreo sería difícil que no lo supiera. Parece ser que siempre se desvivía por ella, y ni mucho menos porque fuera buscando un revolcón o algo por el estilo. Lo hacía por puro altruismo.

—Así que la gente se quedó de piedra cuando se publicó la carta, ¿es así?

—Y tanto. Noqueados… Pero ¿tan importante es?

—Vaya usted a saber —dijo Fen—. Ahora bien, le diré una cosa, señorita Flecker —prosiguió Fen torvamente—, Humbleby se está subiendo a la parra. No me mantiene al tanto del caso. Hasta ahora, lo único que ha hecho ha sido llamarme anoche a horas intempestivas, farfullar cuatro cosas ininteligibles y colgar antes de que me diera tiempo a sacarle un solo dato coherente. ¿Usted sabía que han intentado envenenar a Nicholas?

—Sí. Me he enterado esta mañana. Me lo ha contado David.

—¿David…? Ah, el hermano tonto, claro. Todavía no me lo han presentado.

Judy vaciló.

—Profesor Fen, usted no… Usted no cree que él pueda ser el asesino, ¿verdad que no?

—Mi querida muchacha —dijo Fen con voz bondadosa—, en este momento no conozco ninguna razón de peso para descartar a un solo ser vivo que camine sobre la faz de la tierra. ¿Por qué lo pregunta?

—Bueno, me ha invitado a cenar a casa de su madre esta noche, y he pensado que quizá usted supiera si era sospechoso, ya sabe, solo para andarme con ojo si lo era, nada más.

—¿A cenar? ¿En casa de su madre? —Fen meneó la cabeza—. Mal está hurgar en la caverna del basilisco —murmuró—, y vigilen sus pasos quienes al jabalí buscan cazar.

—¿Y a qué viene la referencia a Bunyan?

—Ándese con ojo en cualquier caso… Y ahora debo coger el autobús. Adiós. Y cuídese. —Dicho esto, se marchó.

A la hora del té, Judy estaba muy atareada y no le agradó que viniera a interrumpirla David Crane. En esta ocasión, no obstante, expuso el pretexto para su visita con inusitada rapidez y claridad.

—D-disculpe, señorita Flecker, es por el coche —dijo—. El c-coche de Nick, quiero decir.

Judy respondió pacientemente:

—¿Qué pasa? ¿No arranca?

—Le han destrozado el motor.

—¿Qué?

—Con una b-barra de hierro.

Judy lo miró atónita.

—David, ¿está seguro de que no son imaginaciones suyas?

—Claro, p-por supuesto. Venga a verlo usted m-misma si no me cree. —Se le veía muy consternado—. He ido a arrancarlo, y como no funcionaba he ido a ver qué p-pasaba y me lo he encontrado así.

—Pero esta mañana estaba bien, ¿no? —dijo Judy sin demasiadas luces—. Es decir…

—Oh, sí. Ahí estaba b-bien.

—Pero ¡a plena luz del día, David! No entiendo cómo nadie se ha atrevido a…

—Estaba en la cochera cerrada de Nick —explicó—. Solo que nadie las cierra jamás, claro, y yo tampoco lo he hecho. C-como verá…

Judy lo veía perfectamente. Junto al taller de carpintería había una hilera de cocheras particulares (cuyas puertas, como David había observado con acierto, nadie se molestaba en cerrar con llave) reservadas para el uso de los Veinte Mandamases Supremos de los estudios. Y, puesto que el taller emitía de sol a sol una incesante escandalera de martillazos y chirridos de sierras eléctricas, el ruidoso acto de vandalismo que David había denunciado podía haberse perpetrado de manera razonablemente segura al otro lado de la puerta cerrada de la cochera… Vandalismo. A Judy se le cayó el alma a los pies. El coche era de Nicholas, no de David, y ella sabía que en ciertos círculos la animadversión hacia Nicholas iba en aumento…

Pero esta explicación parecía no habérsele ocurrido a David; se mostraba totalmente perplejo.

—¿P-por qué? —farfulló abatido—. No entiendo nada.

—¿Qué va a hacer? —quiso saber Judy; tenía la impresión de que no serviría de nada soltarle la teoría que acababa de formular en su cabeza.

—Oh, c-contrataré a un conductor en el pueblo para que me lleve a casa. Eso no es p-problema. Pero m-me gustaría saber *por qué.* Resulta t-tan absurdo, ¿no le p-parece?

—Sí —coincidió Judy—. Lo es.

—Sé que no debería m-molestarla con esto, menos aún mientras trabaja. P-pero es que *t-tenía* que contárselo a alguien.

—Me figuro que lo denunciará a la policía, ¿verdad?

—Sí. P-por supuesto. M-menuda jugarreta —dijo David abatido—. Tengo que p-pillar al sinvergüenza que está detrás de esto. —Estaba intranquilo, pasando el peso de un pie a otro, y entonces su timidez, que la indignación había relegado de manera temporal, empezó a calar de nuevo—. Bueno. C-como le decía. Solo quería c-contárselo.

—Yo que usted iría a la policía ya mismo.

David enderezó la espalda.

—Tiene razón. C-cuanto antes acabe con esto mejor. Gracias p-por escucharme, señorita Flecker.

—¿Y por qué no Judy?

El gesto de embarazo de David fue tan ridículo que ella tuvo que hacer un auténtico esfuerzo para contener una ráfaga de pedestre e indecoroso alborozo.

—Gracias, Judy —dijo—. Ya me m-marcho. Hasta luego.

«¡Madre mía! —pensó Judy cuando la puerta se cerró a su espalda—, ¿por qué me meto en estos líos? Ay, los insondables abismos del malfacer…»

—Pero mira que es raro lo del coche —murmuró en voz alta—. Me pregunto si…

Y tras meditar unos instantes, descolgó el teléfono, pidió a la operadora que la comunicase con el St. Christopher College en Oxford y preguntó por el profesor Fen.

El profesor Fen se encontraba allí. Su voz sonó como si la llamada lo hubiese sacado de un sueño especialmente profundo y placentero, como en efecto había sucedido. Preguntó bastante enojado qué pasaba.

Pero a medida que escuchaba la historia de Judy empezó a sonar más sumiso y alerta.

—Disculpe que lo haya importunado —concluyó Judy—, pero se me ha ocurrido que *quizá* pudiera tener algo que ver con el caso, así que…

—Sí, es muy posible que tenga usted razón. ¿Podría hacerme un favor?

—¿Cuál?

—El coche sigue ahí, ¿verdad? ¿No se lo ha llevado la grúa?

—No, está aquí.

—Bien, pues entonces vaya a buscar un mecánico al pueblo, o a alguien de los estudios que entienda de coches, y pídale que eche un vistazo a la dirección.

—¿A la *dirección*? Pero ¿por qué…? Ah, un momento, me parece que veo por dónde va. Solo que…

—Déjese de especular. Actúe. Y llámeme luego, ¿quiere? Tan pronto como sepa algo.

Cosa que vino a suceder aproximadamente una hora después.

—¿Y bien? —inquirió Fen.

—Tenía usted razón. Habían limado casi por completo una pieza esencial de la dirección… Me temo que soy una negada para estas cosas, así que no sé decirle de qué se trataba con exactitud, pero el hombre ha dicho que era un sabotaje mortal, porque de haberse roto del todo mientras el coche circulaba deprisa, el choque habría sido terrible.

—Y que lo diga. Bueno, sigo acertando en mis sospechas, aunque deduzca más bien poco. ¿Ha informado David Crane a la policía?

—Sí. Se ha acercado el agente del pueblo y el asunto lo ha dejado desconcertado. Yo le he dicho que contactara con el inspector Humbleby y que le pusiera al corriente. ¿He hecho bien?

—Ha hecho perfectamente.

—¿Y el objetivo era Nicholas?

—Tiene toda la pinta, ¿no le parece?

—Entonces, digo yo que la persona responsable ha visto que era David el que conducía el coche y, como no quería matarle a él, ha destrozado el motor porque es la única manera que se le ha ocurrido para abortar lo que tenía planeado.

—Sí. Es una hipótesis muy probable, dadas las circunstancias. Claro que existe otra posibilidad.

—Sé a qué se refiere: David lo hizo todo, una vez llegó aquí, como maniobra de distracción.

—Tiene usted una cabeza muy bien amueblada, avispada y escéptica —comentó Fen—. Pero no se permita bajar la guardia cuando visite Lanthorn House esta noche. Recuerde, ninguno de nosotros tiene ni idea de con qué piel va disfrazado este basilisco en particular… Adiós.

3

Eran las seis y cinco, y el aire estaba cargado de una lenta y deprimente llovizna, cuando Judy salió de los estudios y puso rumbo a Aylesbury.

Había tomado prestado el coche de Griswold: un enorme Humber sedán bastante anticuado y gravemente maltratado por las tendencias destructivas de los numerosos hijos de su dueño. Judy ya se lo había agenciado en otras ocasiones y, por experiencia, sabía que no se trataba de un aparato en absoluto fiable, pero era mejor que una ristra de autobuses, o que el gasto exorbitante que suponía pedir un taxi. Tenía la peculiaridad —que, como Griswold reconocía sin reparo, nadie había sido capaz de explicarle jamás— de que daba la impresión de estar a punto de calarse y entonces, en el ultimísimo momento y sin intervención humana, aceleraba repentinamente hasta que el capó empezaba a vibrar con gran estrépito, los mofletes de los pasajeros se echaban a temblar como si tuvieran paludismo y una emanación de humo azul pastel lo envolvía como una densa niebla. Griswold solía argumentar (aunque sin demasiada convicción) que este comportamiento tenía que ver con que el acelerador manual se enganchaba con el embrague, y aunque él ya se había habituado, a los extraños les ponía siempre muy nerviosos, de modo que Judy sacó el excéntrico vehículo a la carretera con no poco recelo.

Al principio, no obstante, se comportó tolerablemente bien, y pudo avanzar sin problema hasta casi llegar a Aylesbury. Entonces, cuando ya se congratulaba prematuramente por su éxito, el neumático delantero derecho, que estaba gastadísimo por los lados, reventó ruidosamente. Por fortuna no circulaba deprisa —el Humber, todo sea dicho, tampoco es que pudiera alcanzar velocidades muy vertiginosas— y, aunque a botes, fue capaz de detenerse sin mayores contratiempos en el arcén. Se apeó y examinó la rueda con desaliento.

Quedaban aún cuatro millas para llegar a Aylesbury, y la lluvia, hastiada de su anterior indecisión, había empezado a caer con más fuerza. La carretera estaba desierta y no había una sola casa a la vista. Judy dejó escapar un leve gemido y tanteó en el interior del coche para sacar el impermeable, que por suerte llevaba consigo. Luego, resignándose filosóficamente a ponerse manos a la obra y a hacer su *debut* en Lanthorn House con pinta de ser la última presa del gato, sacó las herramientas. Era una joven independiente convencida de que debía resolver sus problemas ella sola si no había ayuda profesional disponible.

Años atrás, a comienzos de la década de los treinta, a algún ingeniero se le había ocurrido inventar un Gato Práctico, tras lo cual dedicó semanas y semanas a diseñar una herramienta que (tal y como en su momento publicitarían los anuncios que pregonaban las virtudes del artilugio) pudiese manejar hasta un niño. Todo avance científico tiene sus inconvenientes, empero (no hay bañera que se vacíe sin que alguna pequeña criatura se cuele por el desagüe),[12] y resultó que, en el caso del Gato Práctico, la Practicidad de Manejo no pudo alcanzarse (al menos no por este ingeniero en particular) sin un Ensamblaje Extremadamente Complicado. Los fabricantes, claro está, no reconocieron abiertamente este deprimente descubrimiento; se afanaron en suministrar un Manual de Instrucciones donde se indicaba cómo podía montarse el gato rápida y fácilmente. Pero en lo que atañe al vademécum de la herramienta que Judy tenía en las manos en ese momento, hacía tiempo que se había esfumado, y tras diez minutos de ininterrumpido bregar, el dichoso gato seguía resultando tan inservible como al principio.

Judy se batió en retirada al interior del coche y, desmoralizada, se puso a pensar en qué hacer. Caminar hasta Aylesbury bajo la lluvia era un panorama intolerable, pero tampoco resultaba mucho más prometedor quedarse allí sentada, trasteando con los componentes irreconciliables de un Gato Práctico, hasta que oscureciera. Por lo tanto, debía parar a alguien y pedir ayuda o que la acercasen al taller más próximo. Ya habían pasado dos coches. En un primer momento pareció que fueran a parar, pero tan pronto como se encontraron lo suficientemente cerca para discernir que la prenda a pagar era cambiar una rueda bajo lo que tenía todos los visos de convertirse en un aguacero, habían vuelto a acelerar y pasado de largo. ¿Cuál sería la manera más efectiva de detener al próximo conductor?, se preguntó Judy. La fórmula tradicional pasaba por ajustarse las ligas y, por ende, enseñar las piernas, pero descontenta y recelosa como estaba de su suerte,

12. Referencia a la divertida canción popular *Your baby has gone down the plughole,* que narra la historia de una pobre madre a la que se le cuela el bebé por el desagüe de la bañera porque está en los huesos.

Judy se figuró que, de recurrir a esta técnica, lo más probable era que el primero en pasar por allí fuera alguna especie de maníaco sexual. Además, llevaba pantis y estaba lloviendo. Decidió conformarse con métodos menos descocados de llamar la atención.

Al principio resultaron notablemente ineficaces, cosa que a Judy no le sorprendió demasiado teniendo en cuenta su aspecto, con el pelo chorreando y el impermeable empapado. Tres coches seguidos hicieron caso omiso de sus aspavientos. Pero el cuarto se detuvo, y un hombre corpulento de mediana edad y aire risueño emergió del interior expresando su más sincera consternación por el trance de Judy y ofreciéndole, faltaría más, su ayuda incondicional. No es molestia, no es molestia, le aseguró con efusividad; lo solucionaría en menos que canta un gallo, vaya que sí. Tras lanzarle una breve mirada al Gato Práctico, sacó el suyo y, en efecto, en poco más de lo que canta un gallo había cambiado el neumático.

Aliviada, y enterrado su miedo de topar con un maníaco sexual al volante, Judy le dijo al risueño caballero que era un ángel y que le daban ganas de besarlo. Y él, tras aceptar y corresponder dicha oferta de manera breve, fraternal y agradable, le aseguró otra vez que no había sido molestia, se reinsertó en su coche con una risa bonachona y se marchó.

Para cuando Judy llegó a Aylesbury ya eran las siete y veinte; a pesar del pronóstico optimista de David, le costó un poco dar con alguien que pudiera explicarle cómo llegar a Lanthorn House, e incluso cuando lo hubo conseguido, prosiguió su camino sin demasiada fe en las indicaciones que le habían proporcionado. «Es imposible —se decía a sí misma veinte minutos más tarde— que este abominable rodero sea el camino correcto. ¿O es que me han mandado por algún horrible atajo?» A la altura de un puentecito de piedra sobre las vías del ferrocarril detuvo el coche y miró a su alrededor con desconcierto. El ocaso acechaba como una celada, llovía sin parar, la goma de los limpiaparabrisas chirriaba sobre la luna del coche. A su alrededor todo eran bosques, campos, setos y cercas chorreantes, pero de una casa o de un ser humano, ni rastro. El motor petardeaba triste y aprensivo; de manera velada pero inequívoca le dio la impresión a Judy de que no estaba preparado para seguir así mucho más tiempo.

Bueno, lo único que podía hacer era seguir hasta el final las indicaciones que le había dado aquel viejo retrasado de Aylesbury y cruzar los dedos.

El coche prosiguió su avance a sacudidas sobre los surcos y los baches del desaprensivo camino. Surgieron a la vista una sucesión de hitos sobre los que Judy no había sido informada: un granero, una escarpadura caliza, borrosa y fantasmal bajo la lluvia y la luz del ocaso, las ruinas de una iglesia o priorato… «Esto no lo mencionó», farfulló enfadada según iban apareciendo. «No dijo nada de *esto.*» Al cabo tuvo que encender los faros. Y, de repente, sin darse realmente cuenta de lo que pasaba, descubrió que el Humber estaba remontando a duras penas una fuerte pendiente entre dos cataratas de agua que descendían por sendas cunetas. Redujo la marcha; volvió a reducirla. Pero el motor ya no estaba para semejantes empresas. Su pulso se debilitaba por momentos: empezó a golpetear y desarrolló, en último extremo, una suerte de estertores finales. En su angustiosa auscultación, Judy forcejeó con palancas y pedales, pero en vano. Mucho antes de alcanzar la cima, una explosión repentina debajo del capó asestó el *coup de grâce,* y la irritante máquina enmudeció.

Judy pisó a fondo el freno y se dejó llevar por el pánico momentáneamente cuando, a pesar de esto, el coche comenzó a deslizarse hacia atrás; sin embargo, consiguió pararlo dejando que reculase contra el borde peraltado del camino en un ángulo de cuarenta y cinco grados. El nulo optimismo con el que presionó insistentemente el interruptor de arranque resultó totalmente justificado. En un último y desesperado esfuerzo, hizo girar la manivela hasta que esta retrocedió de golpe y le retorció el brazo de tal manera que el dolor la obligó a parar. Entonces se resignó, por fin, a la inexorable verdad: el coche la había dejado tirada.

—Maldita sea —dijo—. ¡No, no, no! ¡Maldita sea!

Y plantada allí sola bajo la lluvia, mientras un pequeño riachuelo rodeaba borboteando las ruedas traseras del Humber, lloró ardientes lágrimas de frustración.

Como si sus anteriores y más graduales conquistas le hubiesen abierto el apetito, la oscuridad avanzaba ahora más deprisa, lamiendo con glotonería los restos del día. Judy reprimió el llanto y se giró de golpe, creyendo que tenía alguien detrás. Pero solo era un espantapájaros detrás de un seto: un espantapájaros reclinado hacia atrás, rígido como un cadáver de un día apuntalado contra un bastón-asiento de caza... «Precisamente esa clase de símiles —se dijo Judy muy seria— no te van a animar, que digamos. Componte, niña; decide qué vas a hacer.»

Y, claro está, solo había una respuesta: era impensable pasar allí la noche. Debía abandonar el coche y buscar refugio. Ya hacía un buen rato que había perdido por completo la fe en las indicaciones que le habían dado en Aylesbury para llegar a Lanthorn House, pero aun así las había seguido hasta el final, y si existía una remota posibilidad de que tuvieran algo de acertadas, por fuerza tendría que estar ya muy cerca de su destino. Además, había un factor que, a falta de algo mejor, permitía abordar la situación con cierto optimismo: empezaba a escampar, y todo apuntaba a que en un par de minutos quizá hasta dejase de llover del todo... Consultó su reloj: las ocho menos diez. Pero no existía la menor probabilidad, al menos que ella viera, de encontrar un teléfono desde el cual poder recitarle sus cuitas a David y disculparse por la tardanza y, de manera anticipada, por su remojada y desmañada estampa. A tenor de la hora que era, habría estado encantada de suspender la visita, lógicamente, pero se dio cuenta de que ni en eso iba a tener suerte, puesto que regresar a Aylesbury y a la civilización seguramente constituyera una empresa más formidable si cabe que buscar Lanthorn House. No, la mejor opción era seguir adelante y cruzar los dedos, una vez más. Hizo cuanto pudo para inmovilizar el coche y se puso en marcha.

En la cresta de la colina hizo un alto para orientarse. Según le habían indicado, aquel camino desembocaba en una carretera principal por la cual debía caminar en sentido norte unas doscientas yardas para, a continuación, tomar un desvío a la derecha. Hasta donde alcanzaba a ver, iba directa hacia un bosque sin camino, pero aun así porfió en avanzar entre las monótonas hileras de setos y finalmente vio recompensada su obstinación al llegar a una casita aislada, a cuya puerta llamó. Un vástago del campesinado emancipado, larguirucho y de mirada esquiva, era aparentemente el único ocupante de la vivienda, y su peculiar manera de mirarla puso en guardia a Judy, que consideró poco prudente demorarse allí demasiado tiempo; sin embargo, la información que recibió fue de lo más alentadora, puesto que evidenció que su mentor de Aylesbury no la había llevado por el mal camino: la carretera principal quedaba muy cerca y Lanthorn House a una distancia más que asequible. Es más, se enteró de que cada hora pasaba un autobús que la llevaría hasta la mismísima verja.

El autobús, no obstante, pasó zumbando antes de que ella tuviera tiempo de alcanzar la carretera, y por consiguiente se vio obligada a seguir caminando; para entonces, el deterioro de sus zapatos y de sus medias no podía empeorar, y esto le procuró una especie de pervertido consuelo. Con su larga y atlética zancada, Judy prosiguió la marcha ideando por el camino inicios de conversación adecuados para utilizarlos a su llegada y, de vez en cuando, contemplándose con pesar las manchas indelebles de grasa que el Gato Práctico y la manivela de arranque habían impreso en sus finas manos. Muy pronto llegó al desvío que andaba buscando y lo tomó.

La lluvia seguía dando tregua, y aquí y allá empezaban a aparecer en el dosel de nubes rasgones como en la lona tensada, de tal manera que las incursiones de la noche se vieron temporalmente interrumpidas y reemplazadas por el velado fulgor de los últimos rayos del sol. La carretera discurría gris y fantasmal hasta tornarse invisible bajo el constreñimiento de las hayas, cuyas ramas desnudas y mojadas brillaban lánguidamente, cual fosforescencia que se desvanece, y cuyas hojas del año anterior se descomponían aún amontonadas por el viento sobre la hierba de las cunetas donde, aquí y allá, descollaba una prímula. Reinaba una calma total, hasta tal punto que, pasado un rato, el ruido de sus propios pasos empezó a sonarle como una descarada profanación de alguna suerte de conspiración silenciosa sobrenatural y, de forma casi inconsciente, Judy empezó a tararear con desenfado, se diría que para afianzar su independencia frente al insidioso sosiego que lo impregnaba todo. La carretera descendía serpenteante y los árboles que la guardaban como centinelas desde las orillas se fueron espesando y multiplicando. Entre ellos se abrían profundas hondonadas bordeadas de zarzas y de helechos muertos, salvo en aquellos lugares donde los afloramientos de caliza impedían su crecimiento. Un paraje idóneo para el jacinto silvestre, probablemente, pensó Judy sin venir a cuento; y no del todo inapropiado tampoco para los salteadores de caminos…

¿Es que no iba a llegar nunca a Lanthorn House?

Pero tan pronto como le asaltó esta pregunta retórica, rodeó un recodo y divisó la verja algo más adelante. Al menos, *supuso* que era la verja. Alguien la estaba franqueando desde la dirección opuesta, de todos modos: un hombre con sombrero y gabardina; y algo en sus andares hizo pensar a Judy que podía tratarse de Nicholas Crane. Sin embargo, él no la había visto ni oído sus pasos, puesto que entró por delante de ella sin volver la vista.

Cuando llegó al paseo de entrada, Judy se detuvo un momento para evaluar la situación. En los pilares laterales con blasones tallados en la piedra no había nada que indicase que había llegado a su destino, y las garitas donde quizá podría haber preguntado estaban claramente deshabitadas —y se veían inhabitables, de hecho—. Pero no se había cruzado con otra casa en aquella carretera, y era una apuesta casi segura que esta fuera la que buscaba. Tampoco pasaba nada por averiguarlo. Judy cruzó la verja y se adentró en la propiedad.

La pendiente que descendía a continuación le resultó un poco desconcertante; en el crepúsculo, uno tenía la sensación de estar internándose en profundidades ciertamente troglodíticas. Los árboles, la hierba, los arbustos y la maleza medraban a sus anchas, sin que nadie les pusiera coto, aunque, siendo las plantas perennes las únicas que conservaban las hojas, el conjunto daba también cierta impresión de desnudez; los pequeños botones de los tallos enmarañados resultaban invisibles, y parecían muertos. En la lejanía chilló un ave nocturna, y las campanas de un reloj dieron las ocho y media. Un viento frío se agitaba entre el follaje, y cuando palpó su ropa y su pelo empapados, Judy se estremeció y apretó el paso.

El hombre (¿Nicholas?) que la había precedido no estaba a la vista; pero el camino serpenteaba de manera incesante, y a no ser que se hubiese salido de él para adentrarse en el jardín, apenas podía encontrarse mucho más adelante. Podría estar esperándola entre los arbustos, desde luego, y el panorama que esta posibilidad conjuró en su mente no le resultó agradable. A pesar de esto, Judy siguió adelante sin arredrarse. Pronto aparecería la casa, estaba convencida de ello, y encontraría luces y comida y chimeneas encendidas y alegría. Se imaginó recatadamente envuelta en una bata mientras se secaba su ropa, relatando divertida sus recientes tribulaciones. Incluso en ese momento era capaz de evocarlas con bastante tolerancia; así que dentro de una hora…

Y fue justo en ese momento cuando oyó la voz.

Procedía del otro lado del recodo que tenía delante, y supo al instante que era la de Nicholas. Dijo: «¡Hola! ¿Disfrutando del buen tiempo?».

Y luego, con tono alterado: «Qué vas… Entonces *eras tú…*».

Y luego un disparo.

Los pájaros levantaron el vuelo desde los árboles con gran estrépito de alas y gritando alterados. El eco de la detonación resonó en la hondonada donde se ubicaba la casa.

Y pasado el recodo del camino, un hombre gritó desfallecido y cayó.

Pasó en un instante. Y Judy, a la que no le faltaba su dosis de valentía, aceleró el paso y echó a correr: no en la dirección *opuesta* al abominable suceso que acababa de acaecer, sino *hacia* él. Dobló el recodo y se quedó paralizada ante lo que allí divisó.

Nicholas Crane estaba tirado bocarriba al borde del camino. Tenía los labios retraídos y enseñaba los dientes en una especie de mueca amenazante; se le había caído el sombrero y su inmaculada cabellera rubia aparecía salpicada de barro; los ojos estaban abiertos, pero no miraban; junto a su mano derecha descansaba una pistola automática. Le habían clavado una enorme navaja desde debajo de las costillas hasta el corazón, e incluso en aquella tenue luz menguante a Judy le bastó un vistazo para saber que estaba muerto.

Bastó un vistazo; y apenas habían transcurrido veinte segundos desde el momento del ataque. Eso quería decir que el atacante debía de seguir muy cerca, y tan pronto cayó Judy en este detalle sus sentidos salieron de su ofuscación y se pusieron alerta mientras trataba de determinar en qué dirección se había marchado. Aunque el corazón le latía muy deprisa, por el momento no experimentaba miedo ni repugnancia, curiosamente. La *persecución* era de algún modo la reacción más natural e inevitable, a pesar del terrible peligro que sin duda entrañaba; y mucho antes de que este instinto primigenio adquiriese forma en su conciencia se dio cuenta de que ya se había lanzado a perseguirlo.

Sus oídos la guiaban. El asesino de Nicholas Crane, que evidentemente la había escuchado acercarse, se abría camino ruidosamente entre la maleza, en ciega huida monte abajo. En su frenética carrera persecutoria, Judy tomó conciencia de que llevaba la automática en la mano —si bien no recordaba en absoluto haberla recogido del suelo— y tomó conciencia, también, de que la culata seguía caliente del tacto de Nicholas. Esto le proporcionó una confianza inconmensurable, aun a pesar de que en su vida había disparado un arma. En amazónico arrebato prosiguió su temeraria persecución.

Para entonces, como obedeciendo a una señal, la oscuridad había cerrado sus fauces sobre los restos del día, completando su aniquiladora conquista. Volvía a llover, pero a Judy ya no podía importarle menos: se había transmutado en una criatura totalmente impulsiva, y nada calculadora. Su corazón latía desbocado; el sudor salado le goteaba de la frente y se le metía en los ojos; en una docena de lugares su ropa presentaba rasgaduras y enganchones por las zarzas, y no había prácticamente una pulgada cuadrada de sus medias con la que la maleza no hubiera arrasado. Cual ménade de esplendoroso físico, atravesaba la descuidada propiedad de Lanthorn House veloz como una flecha, tropezando a veces pero siempre recuperándose, golpeándose contra obstáculos cuasi invisibles pero sin caer jamás, olvidado todo sentido común, despojada en un segundo de la pátina con la que siglos de civilización la habían revestido de lo que era natural en ella… Y el Azar, regocijado por el derrocamiento de su enemigo ancestral el Intelecto Agente, la tomó bajo su especial tutela, guiándola tras el rastro de su trofeo, siempre que flaqueaba o dudaba, con la implacabilidad de una fiera hambrienta tras su presa.

El terreno se elevaba a medida que corría, ascendiendo hacia el borde de la cuenca donde descansaba, apartada de todo, Lanthorn House; y, al cabo, la persecución emergió de los árboles y los arbustos para continuar por una pradera de hierba que subía, de manera harto empinada al final, hasta lo que parecía una suerte de terraza plana cubierta de césped. Judy tropezó con un sillar de piedra rehundido y cayó al suelo. Se puso de pie al instante, aunque con la pésima suerte de que la automática había salido volando de su mano, y por mucho que tanteaba el suelo no conseguía encontrarla. Si se demoraba, su presa escaparía irrevocablemente; no debía, por tanto —tomó la decisión de inmediato y sin vacilar—, entretenerse buscándola. Y se hallaba corriendo de nuevo antes incluso de tomar esta decisión.

La persona a la que trataba de dar caza se debía de estar cansando, porque ahora ella se hallaba más cerca de él; tan cerca que podía oír su agitada respiración por encima de la suya propia. Ni por un instante se paró a pensar en lo que haría una vez lo alcanzase: ahora el enfrentamiento tendría que ser cuerpo a cuerpo, y solo con mucha suerte podría salir ella victoriosa del lance. Pero la cautela la había abandonado por completo. Tenía la lejana impresión de que, en empresas como esta, una tenía la obligación moral de llegar hasta el final una vez las había acometido, por mortífero que pudiera resultar el desenlace. Su zancada se alargó; la respiración y el pulso se le aceleraron, y supo que estaba ganando terreno muy deprisa.

La distancia que los separaba no alcanzaría las dos yardas cuando el enorme seto —de al menos dos pies más de altura que un hombre de elevada estatura— surgió imponente en la oscuridad y el terreno pasó a estar cubierto de maleza otra vez. Judy paró un momento y tanteó en busca del hueco por el que se había colado su presa. Entonces lo encontró y siguió el mismo camino. Un segundo seto le cerró el paso de inmediato, y tras aguzar el oído para ubicar a su presa, torció a la derecha entre este y el primero. Estaba siendo una persecución extenuante y empezaba a quedarse sin energía, pero lo mismo le sucedería a la persona a la que seguía, e hizo un esfuerzo para continuar, obcecadamente decidida a recuperar la ventaja que había perdido tratando de localizar la brecha en el seto. Dobló a la izquierda, y a la izquierda otra vez, y ora a la derecha; y se dio cuenta confusa pero despreocupadamente de que había setos por doquier. Pero al cabo, al llegar a una encrucijada, se detuvo para pensar mejor qué dirección tomar, y por primera vez cayó en la cuenta de que ya no oía los movimientos del atacante, lo que significaba, evidentemente, que se había escondido y aguardaba agazapado… Sin demasiado convencimiento, Judy anduvo unos pasos por el camino de la izquierda; frenó en seco, confundida, al ver que este pasillo se bifurcaba de nuevo…

Entonces, un poco tarde, comprendió dónde estaba.

5

En situaciones de emergencia, la mente humana es propensa a discurrir de peregrinas e impredecibles maneras. Por la de Judy, que seguía un poco aturdida por la repentina certeza de haberse metido de cabeza, sin quererlo, en el Laberinto de Lanthorn House, empezaron a desfilar con la nítida claridad de una lección aprendida de memoria unas palabras con las que se había cruzado mucho tiempo atrás.

«He oído o leído... de un hombre que, cual Teseo en la ática leyenda, se aventuró a adentrarse en un Laberinto..., pero al caer la Noche, cuando reptan todas las fieras del bosque, empezó a ser consciente de que alguna Criatura seguía sus Pasos y, por lo que le pareció, acechaba y lo observaba desde el pasillo siguiente a aquel en el que él se encontraba...»[13]

Judy se estremeció. En alguna parte de aquel laberinto, al igual que en el de la historia, había un mausoleo.

En el fondo, Judy era supersticiosa, y que nadie se burle de ella por esto: la superstición no es un burdo atentado contra el intelecto; forma parte de las emociones, y los sabios de mucho mundo que la reprimen lo hacen so pena de empobrecer sus almas, una eventualidad que en general no logran impedir. Así que las palabras de la historia (*solo* una historia, se dijo ferozmente: *nada más* que eso...) tuvieron en Judy un efecto que en aquellas circunstancias distaba mucho de ser beneficioso. La desposeyeron, de manera repentina y horrible, del mágico frenesí que le había imbuido la cacería, y a medida que su percepción regresaba a la normalidad, se dio cuenta de que estaba agotada y de que sería inútil proseguir...

Y, de hecho, reflexionó con pesimismo, había sido inútil intentarlo siquiera. Peor que inútil: una locura... Y la aceptación de que había sido una incauta al querer detener en solitario a un asesino desesperado le cayó como un jarro de agua fría. Estaba loca, *¡loca!* La habían poseído, ahora se daba cuenta,

13. Crispin cita aquí y también más adelante el cuento «El señor Humphreys y su herencia», que el escritor M. R. James (1862-1936), especializado en relatos de fantasmas y de terror, incluiría en el volumen de cuentos *Más historias de fantasmas de un anticuario.*

esos demonios que según cuentan se hacen llamar Legión; y después de lanzarla precipitadamente por el más apropiado equivalente local del acantilado gadareno,[14] la habían abandonado para que se valiese por sí misma en un estado de agotamiento físico y espiritual; la virtud —así la llaman— perdida, toda pasión consumida. El sentido común, más insistente que nunca en razón de su exilio temporal, regresó para atosigarla y reprenderla sin descanso. ¿Qué *tendría* que haber hecho? Dirigirse rápidamente a la casa, claro, e informar del asesinato. A nadie se le ocurriría recriminarla por no haberse embarcado en esta descabellada empresa, y ya estaría a salvo hace rato, con luz, calor y compañía... Compañía; Judy empezaba a echarla de menos allí de pie, en la oscuridad, entre los altos setos, con su ropa destrozada goteando agua sobre el terreno desigual y asilvestrado a sus pies. Sí, pensó, tener compañía sería muy agradable en ese momento.

En el entretanto, debía consagrar cuanta energía le quedase a salir de aquel lugar atroz y alejarse de él tanto como le fuera posible.

De momento, no estaba muy asustada. Eso vendría más tarde. Pero sabía que, en algún lugar, un asesino esperaba agazapado; y un laberinto, generalmente un inocuo espacio de divertimiento, puede en según qué circunstancias empezar a percibirse como una trampa. Judy torció el gesto al recordar lo ilusionada y ansiosa que se había mostrado esa misma mañana ante David Crane por realizar justo esta exploración. Se le antojaba que hacía siglos de aquello, y ahora...

Bueno, ahora lo que tocaba era moverse, con el mayor sigilo posible.

14. Referencia al episodio de los endemoniados gadarenos del que se hacen eco en el Nuevo Testamento los evangelistas Mateo (8,30-32), Marcos (5,11-16) y Lucas (8,32-34).

¿Dirección? Fácil. Debía desandar sus pasos y volver por donde había venido, y por fortuna se acordaba de los giros que había tomado. A la derecha al entrar y, luego, izquierda, izquierda, derecha. Esto significaba que debía hacer izquierda, derecha y derecha, y la entrada quedaría a su izquierda.

De lo que no se acordó fue de que los laberintos están expresamente diseñados para confundir a las personas que han tomado nota de los pasos que han seguido al entrar.

Tras buscar la salida durante diez minutos angustiosos —agravados por el hecho de que era imposible avanzar sin hacer ruido—, Judy se dio cuenta de que estaba atrapada de verdad. En un Laberinto con un Asesino, pensó, y comoquiera que empezaba a aflorar en su interior la histeria, dejó escapar una risita tonta. A no ser, claro está, que el asesino hubiese tenido éxito donde ella había fallado, y conseguido salir de un modo u otro. Pero eso era poco probable. Quizá tenía tanto miedo de ella como ella de él, y ante la ocurrencia Judy soltó otra risita. Más alto esta vez. «Dios mío —pensó, mientras hacía un esfuerzo por controlar los nervios—, si voy a seguir así, casi mejor suelto un grito y le digo de una vez por todas dónde puede encontrarme.»

(«… Así que se detuvo y llamó a Voz en Cuello, y supuso que el Eco, o el Sonido de su Grito, soterró de momento los demás ruidos, porque, cuando de nuevo se hizo el silencio, distinguió un correteo (ligero) de pies que se le aproximaba por la espalda, y que tanto lo atemorizó que también él echó a correr…»)

Ligero. Claro, no sería estruendoso. Era de esperar.

«… Pero decídete, Judy, querida, ¿de qué tienes miedo? O de M. R. James y el mausoleo, o del otro señor X que le ha clavado una navaja a Nicholas Crane. No pueden ser los dos. ¿O sí? Parece que sí… Bueno, pues plantéatelo así: ¿a cuál de los dos preferirías encontrarte al doblar este recodo al que te acercas? ¿A X o… a los moradores del lugar, reunidos, departiendo entre susurros? Hagan sus apuestas, damas y caballeros: un maníaco homicida con tres crímenes garantizados o un grupo de magníficos espectros de primera categoría…

»Pero esto no puede ser. Ni hablar. Detente, Judy. Para un momento, domínate y piensa con detenimiento.»

Tan pronto como sus movimientos cesaron, se hizo un profundo silencio. Estaba el implacable tamborileo de la lluvia, desde luego, pero aparte de eso, nada. ¿Nada? ¿Seguro? Bueno, de vez en cuando se agitaban los setos con un frufrú, como si alguien anduviera hurgando entre ellos al otro lado.

«Y en efecto, al hacerse más oscuro, le pareció que había más de uno, y puede que hasta una banda entera, de aquellos seguidores: al menos eso concluyó por lo mucho que hacían agitarse y crujir los setos…»

El frufrú lo producía la lluvia. Pues claro que era la lluvia. O —puesto que se trataba de un lugar abandonado— animales. Pequeños animales.

«… todas las fieras del bosque…»

¿Ratas?

Judy se llevó dos dedos a la boca y se los mordió hasta que sangraron. De nada valdría gritar, no serviría para nada, sobre todo con el señor X agazapado como un conejo, en silencio, puede que a escasos pasos de allí… Claro que, si fuera como un gato, seguramente estaría *agatapado,* y aunque intentó evitarlo por todos los medios, Judy soltó otra risita, y siguió riéndose. El estúpido carcajeo se le fue de las manos, y continuó (se diría que hasta doblegar sus últimos muros de cautela) interminablemente.

Cuando por fin paró, el silencio que lo reemplazó se le antojó más horrible si cabe que el anterior.

Y de golpe hizo presa de ella un oscuro abatimiento: un abatimiento de un amargor e intensidad incalculables, que la hundió a millones de brazas de profundidad. Se trataba —poco sabía ella— de una reacción mucho más sana y beneficiosa que las necias chanzas a las que se había entregado antes su mente conmocionada; pero ella lo sintió como algo mucho más espantoso: a saber, el último abismo, allende el cual no podía haber nada, *absolutamente nada* peor. Por todos lados, los altos y abominables setos la acorralaban, sus copas sin podar apenas llegaban a distinguirse como una línea irregular que se recortaba contra el cielo nocturno. Estaba helada, empapada, indescriptiblemente cansada y aterrada. Y sin importarle ya qué pudiera sucederle, rompió a llorar como una niña perdida.

Cuánto duró aquello es algo que nunca supo especificar después, puesto que fue ese el punto de inflexión a partir del cual su mente quedó anestesiada y se negó —¡ah, el último profiláctico contra su ruina inminente!— a aceptar más mensajes de sus sentidos. Tenía la vaga impresión de que, cuando cesó el llanto, reemprendió la marcha, pero qué la impulsó a hacerlo, y durante cuánto tiempo anduvo, sigue siendo un misterio impenetrable. Lo más probable es que su ciego deambular por aquel incalificable laberinto no se prolongase tanto, pero a ella le pareció que duró días. Recuerda —de manera muy vaga, como sacado de un sueño casi olvidado— que cada vez que desembocaba en un callejón sin salida, cosa que sucedía a menudo, volvía a salir sin experimentar sensación de frustración o decepción alguna; y es que cabe decir que, a estas alturas, ella era poco más que una autómata, tan desposeída de voluntad, cognición y conación como un robot, sin la menor conciencia de lo que buscaba, ni por qué. Días, le parecieron; quia, meses, siglos…

Así que, cuando por fin salió de entre los setos, no cayó inmediatamente en la cuenta de lo que había pasado.

Pero algo la hizo vacilar, y se quedó mirando fijamente la oscuridad. Y durante ese instante de duda, su cerebro reanudó penosamente su funcionamiento. Estaba en campo abierto.

Ya no se encontraba confinada. Había escapado, por fin, de la demencial y desconcertante secuencia de calles y recodos e *impasses.*

De modo que había terminado. Pasó un momento sin poder asimilarlo. Con todo por lo que había pasado, le parecía imposible de digerir. Pero sí. Era verdad. Podía *sentir* que era libre… Dejó escapar un gutural suspiro de alivio.

Y relativamente cerca de ella, algo se movió.

Judy notó que se le secaba la garganta; intentó gritar y no le salió la voz. Su mano, que golpeó el bolsillo de su impermeable con un espasmo nervioso, hizo que algo se sacudiera ruidosamente en el interior. Cerillas. No se paró a pensar en que la fría lluvia extinguiría la llama de manera casi instantánea. Con dedos temblorosos, en un último intento de aferrarse al valor y la cordura, sacó la caja y prendió una de las cerillas.

Durante un segundo llameó luminosa. Y el corazón de Judy se encogió ante la visión que se le ofreció a la fugaz y temblorosa luz.

Ni mucho menos se hallaba fuera del Laberinto. Al contrario, estaba en el claro que se abría en su mismísimo centro. Y a escasa distancia ante sí tenía el mausoleo…

Solo que no era un mausoleo. Era una tumba, un montículo de tierra con una deteriorada lápida torcida en un extremo. Y algo que podría o no haber sido humano reptaba por encima del montículo.

La llama se extinguió.

Y entonces Judy sí gritó.

5

Gervase Fen, profesor de Lengua y Literatura inglesas en la universidad de Oxford, estaba inquieto aquel martes por la tarde. El trimestre había llegado a su fin: no tenía planes para las vacaciones, y no se le ocurría nada que hacer —algo del todo inusual en él—. Es más, no podía ocultarse a sí mismo el hecho de que sus entretenimientos criminológicos empezaban a presentar los sospechosos visos de una adicción, o cuando menos de un hábito adquirido, y en consecuencia le enervaba el nulo afán de comunicación de Humbleby, que lo tenía sin noticias del caso Crane. Cuando las circunstancias no daban pábulo a su febril intelecto, Sherlock Holmes había hallado solaz con dosis de cocaína, pero la Ley de Drogas Peligrosas había cortado de raíz esa clase de prácticas, y las alternativas legales que quedaban —las bebidas alcohólicas, por ejemplo— serían de muy dudosa eficacia. No es que…, se justificaba Fen ante el impasible patio interior al que daban sus habitaciones del primer piso en St. Christopher. No es que a él se le hubiera ocurrido alguna idea referente al caso Crane, en el actual estado de cosas; lo que pasaba es que se temía que Humbleby pudiese haber pasado por alto alguna prueba fundamental para su resolución. Y aunque sabía que los miembros del Departamento de Investigación Criminal no eran tontos, y que sus temores probablemente fueran infundados, no conseguía que estas consideraciones lo tranquilizaran. La desconfianza hacia los expertos, a pesar de todo lo que los apologistas de la tecnocracia puedan hacer para eliminarla, está profundamente arraigada en el carácter inglés, y Fen, cuya mentalidad no era precisamente cosmopolita, la compartía abiertamente.

Su intranquilidad se había visto acentuada por la llamada de Judy con la historia del sabotaje del Bentley de Nicholas Crane y su rarísima secuela. Un asesino muy escrupuloso, pensó Fen —al menos, con las vidas de quienes él consideraba inocentes—, y esa actitud podría ser relevante… Pero hacían falta más *hechos,* muchos más. Fen había examinado y analizado una docena de veces los datos con los que ya contaban, y para entonces estaba convencido de que estos no arrojarían nueva luz sobre el caso; así pues, en algún lugar aguardaba a ser descubierto un elemento importante, la pista crucial. Fen no tenía fe en el dogma que afirma de manera categórica que todo enigma pergeñado por el hombre puede ser descifrado por el hombre, porque sabía que en la historia del crimen existen numerosos ejemplos que prueban lo contrario; sí creía, empero, que en el noventa y nueve por ciento de los casos los misterios tienen una explicación, y no estaba ni mucho menos dispuesto a asumir que el que tenían entre manos perteneciera al uno por ciento restante. De modo que siguió dándole vueltas y más vueltas mientras crecía su mal humor, y el día declinó para dar paso a la tarde, y Humbleby seguía sin dar señales de vida.

A las siete y media Fen decidió tomar la iniciativa y telefoneó a Scotland Yard. Pero Humbleby no estaba allí, y no supieron o, siguiendo instrucciones, no quisieron decirle dónde podía encontrarle. La irritación de Fen iba en aumento, y llamó a Lanthorn House. Eleanor Crane, que fue quien contestó, se mostró cortés e hizo ver que reconocía su nombre, pero no, dijo, el inspector Humbleby no había pasado por allí desde la noche anterior, y no había dejado dicho cuándo tenía intención de volver, si es que la tenía.

—Ah —dijo Fen—. Bueno, muchas gracias, señora Crane. Pensé que cabía la posibilidad de que estuviese con ustedes. Espero no haberles interrumpido la cena.

—De ningún modo. La invitada de David… —La ronca voz sonó tan ínfimamente sarcástica y burlona—. La invitada de David no se ha presentado aún, así que hemos retrasado la cena.

Una oscura nubecilla de mal agüero —de momento poco más grande que la mano de un hombre, desde luego— tomó forma en un rincón de la mente de Fen.

—Supongo —dijo— que se refiere a la señorita Flecker.

—Sí. No he caído en la cuenta de que la conocía usted. A juzgar por las alusiones nada sutiles de mi hijo, témome que haya estado dándole bastante la lata a la pobre.

—¿Y lleva mucho retraso, si se puede saber?

—Pues, al parecer, confirmó que estaría aquí a las siete en punto. Espero que no haya sufrido un accidente. Pero este es un lugar muy apartado, así que es posible que le esté costando dar con nosotros. No había estado aquí antes.

—Entiendo. Gracias de nuevo. —Fen se despidió y colgó.

Un accidente… Pero cuarenta minutos de retraso no eran suficientes para ponerse en lo peor, y Fen no tenía motivos para pensar que Judy estuviera en el punto de mira del desconocido X —y con mayor razón después de que X, aparentemente, hubiera arriesgado tanto para evitar que David regresara a casa, y con toda probabilidad se estrellase, en el coche de Nicholas Crane—. A pesar de todo esto, Fen no acababa de tenerlas todas consigo y, tras pasar un rato rumiando su preocupación inútilmente, telefoneó al departamento de Sonido de Long Fulton. No tenía demasiadas esperanzas de que a aquellas horas hubiera alguien allí, pero resultó que Johnny, que se hallaba inmerso en ese momento en la composición de una colosal y vacua sinfonía, había decidido que el departamento de Sonido era un espacio conveniente, tranquilo y agradable para escribir la partitura de este opus por las tardes, y en consecuencia se encontraba allí y pudo proporcionar a Fen la información requerida. Sí, dijo, la señorita Flecker había salido para Aylesbury, en el automóvil del señor Griswold, poco después de las seis.

Y siendo así, reflexionó Fen después de colgar, estaba claro que debería de haber llegado a las siete; la distancia entre ambos sitios no era tan grande. Pero seguro que la explicación de Eleanor Crane era la acertada: sencillamente se habría perdido por el camino… Fen hizo examen de conciencia y descubrió que, en última instancia, aquel impreciso desasosiego hacia Judy no tenía otra causa más sutil y altruista que su deseo de *hacer algo.* En buena parte era puro teatro, un pretexto —después de haberlo intentado todo y fracasado— para entrar en acción y hacer algo útil. Aclarar este particular le proporcionó mucha paz mental. Seguramente Judy ya hubiese llegado a Lanthorn House, pero no había ninguna razón para no acercarse y comprobarlo personalmente, y la excursión lo mantendría ocupado un rato. Después de pertrecharse para la lluvia, salió de sus aposentos y se dirigió hacia su coche.

Se trataba de un pequeño modelo deportivo de color rojo, de aspecto excepcionalmente estridente y disoluto, que le había comprado, unos años antes, a un estudiante empobrecido y caído en desgracia. Un sugerente desnudo cromado se inclinaba hacia delante desde la tapa del radiador, y el nombre Lily Christine III aparecía caligrafiado con grandes letras blancas en el capó. Una capota con goteras protegía someramente a los asientos del vehículo de los elementos. Fen se aseguró de que tenía gasolina suficiente para el viaje de entre dieciocho y veinte millas y partió ruidosamente.

Estaba completamente oscuro y llovía a mares cuando cruzó la verja de Lanthorn House a las nueve menos cuarto; y se topó tan de repente con el cadáver de Nicholas Crane que solo un destello de la empuñadura de la navaja a la luz de los faros evitó que lo atropellase. Detuvo el coche, se apeó y efectuó un breve y triste examen. «Pobre diablo», murmuró. «Pero dudo que le diera tiempo a asustarse mucho.» A juzgar por la flacidez de las extremidades, la muerte solo era somática aún —lo que quería decir que, probablemente, no se había producido hacía más de cuatro horas—; pero no era posible, pensó, realizar una estimación más aproximada que esa. Sacó una linterna del coche y, tras proyectar la luz por la zona, descubrió con su ayuda, cerca de allí, un pañuelo arrugado cubierto de barro que llevaba bordadas las iniciales J. A. F. El hallazgo reavivó de repente la angustia. Por lo que sabía de Judy, se le antojaba harto improbable que hubiera asesinado a Nicholas Crane, pero apuntaba a que ella había estado allí en algún momento de esa misma tarde, y si por casualidad había sido testigo de lo sucedido… La inspección de la zona por parte de Fen se tornó más rápida y resuelta tan pronto se le ocurrió esta posibilidad.

Y no tardó en hallar lo que buscaba: la temeraria persecución emprendida por Judy estaba impresa en el barro con toda la claridad que un fanático de las huellas pudiera desear. La pequeña y nítida impresión de cada zapato estaba superpuesta a las señales que había dejado la persona a la que había seguido, y eso demostraba que, en todo caso, ella no lo había acompañado bajo coacción. Pero había más: ambas personas corrían muy rápido, puesto que la marca del talón era consistentemente más profunda que la de la parte anterior de la planta del pie, y el borde anterior de la suela aparecía siempre claramente dibujado. Y puesto que Judy corría, no había seguido a la otra persona a partir del rastro de sus pisadas —seguir huellas impresas en la maleza al mismo tiempo que uno va corriendo a toda prisa es imposible—, sino estando aquella presente; en otras palabras, debía de haberla perseguido muy de cerca. Es más: si se comparaba la cantidad de agua acumulada en las huellas con la acumulada en las depresiones naturales del terreno, era posible deducir *grosso modo* el tiempo transcurrido desde la persecución: no más de una hora, calculó Fen, y puede que bastante menos…

Estas observaciones lo entretuvieron poco más de medio minuto y lo dejaron muy alarmado: la valentía de la muchacha era sin duda admirable, pero no podía decir lo mismo de su sensatez, y en qué podía haber acabado la cacería era algo que no se quería ni imaginar. Empezó a seguir el rastro, con cuidado de no pisar las huellas y avanzando tan deprisa como podía. Y hasta que emergió de entre los árboles y los arbustos para plantarse en una ladera a campo abierto, nada lo demoró. Pero al llegar aquí, tuvo que detenerse e, indeciso, barrer los alrededores con el haz de su linterna, porque a esta mayor altitud la alfombra de hierba era más mullida y porosa, y a pesar de la lluvia, las pisadas —como rápidamente pudo comprobar con las suyas propias— no dejaban huellas. Sin demasiado optimismo, Fen remontó despacio la ladera; en esa fase lo único que podía hacer era mirar a su alrededor al azar. Y al cabo llegó a la terraza de terreno llano donde Judy se había tropezado y caído, y donde él pudo distinguir los pocos y desperdigados escombros de una casa derruida o en ruinas. Se detuvo sin saber por dónde seguir, aguzando el oído, pero aparte del siseo constante de la lluvia, el silencio parecía total. Un instante después, sin embargo, llamó su atención a la luz de la linterna un pálido reflejo metálico, y se agachó a recoger una pequeña pistola automática con la que, según confirmó el contenido del cargador, se había efectuado un único disparo. Aunque claramente poco concluyente, el descubrimiento no le pareció demasiado tranquilizador, salvo como prueba de que no había perdido el rastro; y todavía debía resolver el problema de qué dirección seguir a partir de allí. Pasó unos minutos caminando en círculos cada vez más amplios, siempre en torno al punto donde había encontrado la pistola, pero no halló rastro alguno que le fuera de utilidad. Y justo reemprendía la marcha ladera arriba, obedeciendo a la idea nada convincente pero tampoco mejorable de que esa sería la continuación lógica de la línea que Judy y su presa habían seguido hasta entonces, cuando escuchó el grito.

No fue un alarido, ni tampoco un largo aullido, pero bastó para indicarle hacia dónde ir, y tras una breve carrera entre las ruinas y la oscuridad llegó al Laberinto. Con la ayuda de la linterna, pudo identificar enseguida lo que era —de manera tanto más inmediata en la medida en que ya estaba al tanto de la existencia de ese lugar en los jardines de Lanthorn House—, pero, así y todo, su temor por la seguridad de Judy era tan acentuado que necesitó hacer acopio de toda su fuerza de voluntad para no cometer la estupidez de lanzarse de cabeza al interior como un inconsciente. Debía adentrarse en el laberinto, desde luego: las pisadas volvían a ser nítidas de nuevo y, como el rastro de los animales en la fábula de Esopo, apuntaban solo hacia dentro: no volvían a salir. Cabía la posibilidad de que existieran otras vías de evacuación, pero no le quedaba más remedio que decantarse por la hipótesis más probable, que Judy seguía en el Laberinto, y cruzar los dedos para que resultase ser la correcta. ¿Debería llamarla? Si lo hacía, el grito podía tener el efecto de ahuyentar al atacante de Judy y alejarlo de ella (eso suponiendo que la estuvieran atacando, cosa que en ese momento parecía presumible), aunque también cabía la posibilidad de que azuzase la crueldad del criminal. Fen decidió no gritar. El sigilo y la sorpresa eran armas muy útiles; si la intención del asesino era matar a Judy, desgañitarse llamándola difícilmente iba a impedirlo, y si no lo fuera, entonces estaría advirtiendo al enemigo de su presencia, lo que suponía una desventaja innecesaria. De modo que guardó silencio…, y en el entretanto lo que tocaba era idear la manera de marcar su ruta por el Laberinto para, llegado el momento, poder salir fácilmente.

Describir este razonamiento lleva su tiempo, y sin duda tiene un regusto despiadado ante el peligro vital de una tercera persona. Pero lo cierto es que Fen solo precisó unos segundos de cálculo mental, e incluso esta fue una demora que lamentó profundamente. Entonces, gracias a Dios, recordó algo. En el bolsillo de su impermeable llevaba un enorme ovillo de cordel de bramante, adquirido el día anterior, y que era exactamente lo que necesitaba. Anudó a toda prisa un extremo del cordel a un árbol joven que crecía justo en el exterior de la entrada al Laberinto y, a continuación, desenrollando el ovillo a medida que avanzaba, se adentró con decididas zancadas en la maraña de húmedas y fétidas calles cubiertas de maleza. Estaba casi seguro de que el bramante no le alcanzaría hasta el centro del laberinto, pero resultaría útil hasta donde llegara. Dudó respecto a si dejar la linterna encendida o no. La luz mostraría su avance de manera indefectible, una información que le serviría a la muchacha tanto como al asesino, de modo que al final escogió dejarla prendida. En un caso como aquel, reflexionó sombrío, enseguida llegaba un punto en el que razonar dejaba de ser útil y a uno no le quedaba otra que confiar en la suerte sin más.

Fen era un hombre leído en todo lo referente a los vericuetos más intrigantes de la actividad humana, y sabía bastante sobre laberintos; sabía, por ejemplo, que la planta básica de un laberinto es siempre muy simple y que en casi todos los casos el centro puede alcanzarse aplicando una fórmula breve y sencilla. Por consiguiente, no estaba tan confundido como lo podría haber estado una persona peor informada, y sus exploraciones preliminares fueron de índole metódica y destinadas a descartar los callejones sin salida y los rastros falsos más palpables. Desenrollando y enrollando de nuevo su cordel cuando un *cul de sac* lo obligaba a retroceder sobre sus pasos, tardó muy poco en reducir a dos las rutas posibles, y al reparar en que una obedecía a una planta simétrica —primera a la derecha, segunda a la izquierda, primera a la derecha, segunda a la izquierda— y la otra no, se decantó por la primera sin dudarlo. Al tomar los desvíos siguiendo esta pauta, era probable que avanzase hacia el perímetro del Laberinto, que supo que era rectangular tras su primera exploración; en algún momento, por tanto, tendría que variar la fórmula —o, mejor dicho, deducir un segundo patrón— para poder así desplazarse de vuelta hacia el centro. Y puesto que los laberintos son, en esencia, poco más que juguetes a gran escala, era medianamente obvio que el segundo patrón de la fórmula sería muy similar al primero —segunda a la derecha seguida por primera a la izquierda, por ejemplo, frente a primera a la derecha seguida de segunda a la izquierda—. A quienes concebían estos lugares les gustaba poder señalarle a sus víctimas, después de tenerlas dando vueltas sin remedio, lo extremadamente sencillo que era salir una vez se conocía la fórmula. Y aunque Fen tenía muy presente el serio aviso contra el exceso de confianza contenido en las aventuras del Harris del señor Jerome en Hampton Court,[15] no creía que aquel laberinto en particular fuera a ser la excepción a la regla.

Como es lógico, no tenía motivos para suponer que Judy fuera a encontrarse en el centro del Laberinto cuando él llegase; podría estar en cualquier otro lugar. Pero la ruta desde la entrada hasta el centro, una vez trazada, le proporcionaría un punto de referencia a partir del cual podría realizar incursiones hacia los lados, sin tener que correr el riesgo de ponerse a dar vueltas de manera arbitraria y acabar extraviado; es más, hasta sus errores formaban parte de la búsqueda que debía efectuar. Más tarde reconocería que el ambiente de aquel lugar no le gustó nada y que, aun cuando el episodio no le afectó tan profundamente como a Judy, por razones obvias, no hubo un solo momento en que el incauto buscador de joyas del señor James no acompañara (incongruentemente) al egregio Harris en las dependencias literarias de su mente.

15. Se refiere Crispin aquí a la famosa y desternillante novela de J. K. Jerome (1859-1927) *Tres hombres en una barca,* y más concretamente al episodio en el que Harris, uno de los protagonistas, invita a unos turistas a pasear por el laberinto de Hampton Court y acaban pasando horas perdidos en su interior.

Pese a ello, su actividad metódica le permitió mantener a raya su imaginación, eso y la amenaza mucho más tangible de un posible ataque por parte de X. Enseguida descubrió que avanzar sin hacer ruido era del todo impracticable, de modo que sacrificó el sigilo por la velocidad. Esto lo colocó en una posición de vulnerabilidad muy desagradable, pero no había otro remedio. Una y otra vez, detenía la marcha y se quedaba muy quieto escuchando, antes de reanudar la carrera entre los interminables setos; en dos ocasiones —visto que su presencia debía de haber sido detectada hacía ya mucho tiempo— llamó a Judy en voz alta. Solo el silencio le respondió, y se le encogió el estómago de angustia.

Aunque en un primer momento se precipitó al ponerla en práctica, y por consiguiente acabó extraviado, sus cálculos sobre el segundo patrón de la fórmula del Laberinto resultaron correctos, y finalmente llegó al centro. Contra todo pronóstico, el cordel había alcanzado de sobra —era como si tuviese millas de largo—, y Fen bendijo al ferretero que se lo había endiñado con el argumento sofístico de que lo caro siempre sale barato al final. Y en esas estaba, perdiendo el tiempo en bendecir al ferretero antes de inspeccionar el centro del laberinto, cuando cayó desplomado por un fuerte golpe en el cogote.

Más tarde calculó que probablemente permaneciera inconsciente entre cinco y diez minutos. En retrospectiva, su relato del suceso es frío y desprendido, pero no es un hombre que sufra el dolor con estoicismo, y es indudable que en aquel momento se sintió terriblemente agraviado. Cuando recuperó el sentido y se despertó mareado y dolorido sobre las zarzas y la maleza mojadas, en lo primero en lo que pensó de manera coherente fue en el cordel que había de sacarle de allí, y no le sorprendió descubrir que había desaparecido: X había emprendido la huida y se lo había llevado consigo para retrasar a su persecutor. Esta circunstancia no lo contrarió en exceso, sin embargo; se trataba de una eventualidad con la que había contado, y una vez comprendido el principio sobre el que se regía el plano del Laberinto, confiaba en que sería capaz de hallar la salida. La linterna seguía allí, y después de recogerla, se levantó tambaleándose y se palpó la parte posterior de la cabeza, donde comprobó con amarga satisfacción que no sangraba. Medio minuto más tarde había localizado a Judy.

Yacía inconsciente, con la cara manchada de barro y lívida como el papel, pero por lo que pudo comprobar no estaba herida. Después de sentarse un momento a su lado para dar tiempo a que su cabeza dejara de dar vueltas, Fen se la cargó al hombro y se alejó bamboleándose de allí. Antes de emprender su búsqueda, había tomado la precaución de marcar, por medio de un pañuelo anudado a una ramita, la calle por la que había desembocado al corazón del laberinto, y, como había previsto, con esta señal de partida no le fue demasiado difícil encontrar la salida. Tras salir a campo abierto, la luz de los faros de su coche, que había dejado encendidos, le guio de regreso al camino de entrada. Y a las diez menos cuarto, él y Judy se encontraban a salvo en Lanthorn House.

A lo largo de toda esa noche, las ventanas de Lanthorn House permanecieron iluminadas, y hubo un confuso e interminable ir y venir de médicos, policía y, ya al final, reporteros. Una vez hubo comprobado que Judy estaba a salvo e ilesa, Fen empezó a ponerse de mal humor ante los nulos resultados de cuanto se estaba haciendo, y se marchó al volante de Lily Christine nada más pasada la medianoche; la aventura lo había dejado maltrecho, y su interés en el caso se vio superado por unas inmensas ganas de volver a casa y meterse en la cama. Pero la investigación policial siguió su curso hasta el amanecer. Al principio, Humbleby estuvo al cargo; le habían llamado a Londres y él había conducido hasta Aylesbury tan rápido como había podido. Más tarde, sin embargo, estuvo ausente, puesto que a las dos de la mañana un desconsolado inspector Berkeley telefoneó desde Doon Island para comunicarle que Madge Crane había muerto.

6

A las cinco de la tarde del día siguiente, que era miércoles, Fen se estaba tomando un té con Humbleby en el despacho de este último en Scotland Yard.

Era una estancia pequeña, recia pero austeramente amueblada. Las ventanas, en lo alto de una esquina del edificio, daban al Parlamento y al río. Una discreta pero vehemente estufa de gas la calentaba. Humbleby ocupaba la silla giratoria al otro lado del ancho escritorio de madera de roble, y Fen, con una historiada, dramática e innecesaria venda en la cabeza, estaba sentado en la silla reservada para las visitas, sus largas piernas irreverentemente apoyadas sobre una esquina de la mesa. Fen era exigente en la demanda de muestras de lástima por sus aflicciones, pero sabía que en ese momento Humbleby era mucho más digno de compasión, y no quiso, en consecuencia y a diferencia de lo que acostumbraba ante malestares leves, adoptar ni el aire ni la voz quejumbrosa de un hombre que se recupera precariamente de una gravísima intervención quirúrgica. En cambio, escrutó a Humbleby con clemencia, reparó en la palidez de su rostro, en la tensa línea de su boca, en las oscuras ojeras por falta de sueño, en el desorden de su cabello gris siempre tan repeinado y en su ropa sucia y arrugada. Humbleby había alegrado el té con un chorrito de ron y lo bebía con avidez, exhausto, mirando por encima de los tejados tiznados de hollín al cielo gris de aquella tarde de marzo.

—Vengo de ver al jefe —dijo—. Ha sido muy amable, pero con el asesinato de Madge Crane este asunto va a ocupar las portadas de todos los periódicos hasta que se resuelva —levantó el mentón para señalar con un gesto la pila de ediciones vespertinas que tenía delante— y, en esas circunstancias, yo ya me figuraba que tendrían que apartarme del caso. Necesitan como mínimo un Inspector Jefe al cargo. Chichley. ¿Lo conoce?

Fen negó con la cabeza.

—Un tipo agradable, y muy capaz. Aun así, es decepcionante. El jefe me ha dejado claro que no debía tomarme este cambio como una crítica; tal y como ha dicho, lo que pasa es que no he tenido tiempo de ponerme en serio. Pero aun así…

—Resulta desalentador, sí —dijo Fen; Humbleby le caía bien y le parecía una pena que lo tuvieran que apartar solo porque Madge Crane era famosa—. ¿Cuánto tiempo le queda?

—¿Antes de que Chichley tome las riendas? Pues digo yo que unas horas, poco más. Y la verdad es que no sé cómo voy a detallarle los pormenores del caso si no echo antes una cabezada.

—Quizá sea posible cerrar el caso hoy mismo —dijo Fen.

—Ojalá, pero me temo que es usted demasiado optimista.

—Puede ser. Pero ¿le parece que lo intentemos? ¿O está demasiado cansado para dedicarle media hora o así?

—No. No estoy tan cansado. Vamos a intentarlo. Y si puede arrojar algo de luz sobre este caso, le estaré eternamente agradecido. No es por el ascenso; podría haberlo conseguido hace años de haberlo querido. Lo que pasa es que *detesto* dejar un trabajo a medias.

Fen asintió.

—Lógico —dijo de manera tajante—. Póngame al día, entonces. Primero Nicholas, y luego Madge.

—De acuerdo. —Humbleby apuró el té, se arrellanó en la silla y se encendió un purito—. A mi entender, he descubierto todos los hechos verdaderamente relevantes. No he salido de Doon Island hasta este mediodía, ¿sabe usted? Y luego me he pasado por Lanthorn House antes de volver a comisaría.

—¿Y ha hablado usted con la muchacha?

—¿Se refiere a la señorita Flecker? Sí, en efecto.

—¿Cómo se encuentra?

—Me alegra decir que está recuperada casi del todo. Y con muchas ganas de verle y darle las gracias por rescatarla. Ha vuelto a su piso, y una amiga va a quedarse a dormir unas noches, hasta que se le pase el susto.

—Deduzco, entonces, que solo fue un desmayo lo que la dejó inconsciente, ¿no?

—Así es. Debía de estar aterrada, así que no me extraña. Muy valiente, pero poco sensato por su parte salir detrás del tipo ese. En cualquier caso… Me temo que no tiene la menor idea de quién era.

—Y qué me dice de Eleanor Crane, ¿ha hablado con ella?

—No hubo ocasión. Los médicos se han mostrado, esto…, inflexibles. Es asombroso cómo se derrumbó al enterarse de que Nicholas había muerto.

—¿Le apreciaba mucho, entonces?

—Parece ser que era el niño de sus ojos, aunque se cuidaba muy mucho de demostrarlo en público. Y el resultado es que ahora está histérica perdida.

—Ya —dijo Fen—. Bueno, vamos a lo que vamos. Tengo entendido que Nicholas regresó a Lanthorn House nada más pasadas las ocho. ¿De dónde venía?

—Cenó temprano en Aylesbury. Al parecer, fue y volvió en autobús. Dese cuenta de que comer fuera era una de las precauciones que estaba tomando para evitar un posible envenenamiento.

—Lo sé. Pasemos ahora al asesinato y al episodio del Laberinto. Lo primero, las coartadas. ¿Qué me dice de los que estaban en Lanthorn House?

—Salvo el personal de servicio, ninguno tiene coartada. Todo el mundo da por hecho que Eleanor Crane no salió de la casa en todo ese tiempo, pero no hay pruebas que lo demuestren o, mejor dicho, son tan débiles que resultan inservibles. Medesco se marchó a las siete y media para regresar en coche a Londres, y…

—¿Medesco?

Humbleby aclaró la posición de Medesco en el seno de la familia, una posición de la que Fen no estaba al tanto.

—El tipo, al parecer —concluyó—, no estaba instalado en la casa, pero se había acostumbrado a acercarse muy a menudo y pasar allí el día… No sé de dónde saca la gasolina toda esta gente. —Humbleby suspiró—. O sí, la verdad.

—¿Y David?

—Salió de la casa, a pie, poco después de Medesco, a eso de las ocho menos veinte. Según su incoherente versión, como la señorita Flecker no había llegado puntual a la cita, fue tan idiota como para llegar a la conclusión de que esta no iba a presentarse, de que le había dado plantón. Así que fue a dar un paseo bajo la lluvia, dice que para lamerse las heridas de su orgullo maltrecho, y no volvió, como usted bien sabe, hasta minutos antes de las diez. No es que sea un comportamiento demasiado normal, pero bueno, me da que es tonto de remate.

—Ajá… Bueno, y ahora el asesinato en sí. ¿Qué hay de la navaja?

—Es uno de esos chismes aparatosos estilo *boy scout,* nada fuera de lo común. Estaba afilada como una hoja de afeitar. Y ni una sola huella.

—Nicholas efectuó un disparo. ¿Piensa usted que hirió a su atacante?

—Tengo la certeza de que no. Encontramos la bala en el tronco de un árbol.

—Lástima. ¿Y las pisadas?

—Una cuarenta y tres de hombre… Una talla muy común, desafortunadamente. Todavía estoy esperando el informe final, y ahora mismo es nuestra mejor baza, porque seguro que nos proporciona la estatura y el peso, y eso acota el número de sospechosos de varios millones a solo unos cuantos centenares de miles.

—Vamos, vamos —dijo Fen—. Lo ve usted muy negro. Me figuro que se puede dar por hecho que se trata de alguien a quien Nicholas *ya conocía.*

Humbleby le trasladó la versión de Judy acerca del incidente, y terminó diciendo:

—Sí, supongo que el grito de Nicholas diciendo «Entonces *eras tú…*» sí que sugiere que se trataba de alguien a quien ya conocía.

—Y el saludo, «¡Hola! ¿Disfrutando del buen tiempo?», es casual y por fuerza apunta a que era una persona a la que no le sorprendía encontrarse en la propiedad.

—Bueno, no, me temo que aquí hay una pega. Según la señorita Flecker, el tono con el que pronunció esas palabras no fue casual. Las pronunció con *desagrado,* como si Nicholas hubiese adivinado al instante el motivo por el cual la persona lo esperaba allí. Así que, si lo piensa, se dará cuenta de que no tuvo por qué tratarse necesariamente de alguien que tuviese derecho a hallarse en la propiedad.

—Sí, ya veo —dijo Fen pausadamente—. ¿Y usted cree que fue un hombre?

—No hay pruebas concluyentes… Eso sin contar las pisadas, claro, que después de todo *podría* haberlas dejado una mujer calzada con zapatos de caballero… Pero en vista de la manera en que le asestaron la cuchillada a Nicholas, cara a cara, me cuesta creer que fuera obra de una mujer.

—Coincido totalmente con usted. Vamos progresando, pues. Un hombre que Nicholas conocía, y cuya estatura y peso nos revelará el informe de las pisadas.

—Es un comienzo —reconoció Humbleby con nulo entusiasmo.

—Y ahora —dijo Fen—, cuénteme lo de Madge.

El relato de Humbleby fue claro y conciso. Como Maurice, Madge había sido asesinada con colchicina, pero en su caso se había introducido el veneno en un decantador de ginebra, del que ella había tomado una copa hacia las nueve de la noche del día anterior, y había fallecido a la una y media de la madrugada. A pesar de sus protestas, todo indicaba que, en el fondo, le alivió contar con el dispositivo de seguridad organizado por el inspector Berkeley, y la estrecha y rigurosa vigilancia de dicho dispositivo garantizaba que, a partir de las nueve de la noche del lunes, que es cuando se apostaron los agentes, no hubo oportunidad alguna de envenenar la ginebra. Es más, estaba probado que a la hora del almuerzo del lunes la ginebra era inocua, ya que su consumo no había tenido efectos dañinos. Eso acotaba el intervalo en el que alguien podía haber accedido al decantador a unas ocho horas de esa tarde. Buena parte de ese tiempo lo había pasado la propia Madge Crane en la misma sala donde guardaban la ginebra, pero entre las seis y las siete salió a dar un paseo, momento en que dejó a su secretaria, la señorita Oughtred, a cargo de la casa.

—Lo de la tal Oughtred es bastante triste —dijo Humbleby—. Tengo la casi absoluta certeza de que Madge Crane la trataba mal, pero a pesar de ello se ha llevado un disgusto terrible. Y puesto que hasta cierto punto es *responsable* de la muerte de la muchacha, ya sabe…

—No, no sé nada —interpuso Fen—. ¿De qué manera es responsable?

—Bueno, le dio a entender a Madge que la casa no había pasado ni un segundo sin vigilancia, cuando de hecho sí lo había estado, y bastante más de un segundo. Y Madge, como le he dicho, estaba mucho más preocupada de que la envenenaran de lo que hacía ver: la muerte de Maurice debió de dejarla aterrorizada. Así que, si la tal Oughtred no le hubiese mentido asegurándole que no había salido de la casa en ningún momento, es probable que Madge no hubiese vuelto a tocar la ginebra, ni ya puestos ninguna otra bebida o alimento que pudiese haber sido adulterado mientras la casa estaba vacía. Engañó a Berkeley haciéndole pensar que no creía posible que alguien pudiera desear asesinarla, pero por lo que cuenta Oughtred, lo cierto es que estaba muy asustada.

—Pero ¿por qué le mintió la señorita Oughtred?

Humbleby dejó escapar un gruñido.

—Lo crea o no, la señorita Oughtred tenía un lío con el carnicero de Doon Island... Si llega a ver a la pobre criatura, tan fea, y seguro que los cuarenta ya no los cumple, no daría crédito; pero he contrastado la información y es verdad. Así que, en cuanto Madge se fue de paseo, la señorita Oughtred se escabulló, fue a reunirse con su carnicero y estuvo con él media hora por lo menos. Se suponía que ella debía vigilar la cena, pero al parecer era uno de esos platos que se cocinan sin que uno tenga que estar encima. Regresó a la casa antes que Madge, y como es lógico no le contó lo de la cita; sabía que Madge, además de burlarse de su patética relación, le pondría fin. Madge era esa clase de persona. Así que no dijo ni mu. Y ahora Madge está muerta, claro, y como la señorita Oughtred es consciente de que la colchicina tuvieron que agregarla a la ginebra mientras ella andaba de picos pardos, entre las seis y las siete de la tarde del lunes, la pobre desgraciada está completamente rota.

—Nuestro asesino se mueve mucho, ¿no le parece? —dijo Fen con aire pensativo—. ¿Considera posible que cuente con un cómplice?

—Lo considero muy improbable, la verdad.

—Yo también. ¿Cree que tendrá un avión privado?

—¿Un *avión*?

—Lo digo en serio.

—Pues no, claro que no creo que tenga un avión privado. Y si lo tiene, seguro que no lo usaría para ir volando de asesinato en asesinato. Llamaría demasiado la atención, vaya.

—Sí. Coincido con usted. ¿Cuánto se tarda en ir desde Doon Island a Lanthorn House o viceversa, descartando el viaje en avión?

—Tres horas —contestó Humbleby— como poco.

Fen bajó los pies del escritorio y se levantó.

—Siendo así —dijo—, puede proceder a arrestar sin más dilación a cierto caballero... Eso, claro está, si descarta la posibilidad de que exista un cómplice, cosa que en mi opinión haría usted muy bien en descartar. Ahora bien...

Enmudeció cuando se le ocurrió una nueva idea.

—No, me estoy precipitando un poco —dijo—. Todavía tiene fisuras... ¿A qué hora llegó usted a Lanthorn House el lunes por la noche?

—Sobre las ocho.

—¿Y estaba David Crane allí a esa hora?

—Sí.

—Así que es imposible que se encontrase en Doon Island entre las seis y las siete, envenenando la ginebra del decantador.

—Exacto. Lo mismo que Medesco, Nicholas y Eleanor Crane.

—Entonces sí que no tiene fisuras. Y la respuesta...

Sonó el teléfono, y Humbleby descolgó el auricular de mala gana ante tan inoportuna interrupción. Pero mientras escuchaba, su impaciencia se esfumó, y cuando, después de pronunciar unas palabras de elogio, acabó la llamada, su cansancio había desaparecido y estaba exultante.

—¡Lo tenemos! —anunció.

Fen sonrió.

—¿Ha confesado? El hombre ha sido tan descuidado que en varias ocasiones me he preguntado si no tendría intención de entregarse tan pronto hubiese vengado a Gloria Scott.

—No, no ha confesado. Ha sido gracias a algo mucho más concluyente. ¿Se acuerda de que me recomendó que enviara circulares a las camareras de los barcos de pasajeros que arribaron a este país hará unos dos años, por si acaso una de ellas reconocía la fotografía de Gloria Scott?

—Me acuerdo —contestó Fen con sorna—. En ese momento insinuó usted que yo empezaba a chochear.

Humbleby sonrió de oreja a oreja, con el purito prendido entre los dientes formando un ángulo triunfante.

—Mis disculpas —dijo sin la menor contrición—. Me inclino humildemente ante vos… Cosa que es bastante generosa de mi parte, todo sea dicho, porque al fin y al cabo sí que seguí su recomendación. Y ha funcionado.

—Todas mis sugerencias funcionan —dijo Fen, ufano.

—Gloria Scott —dijo Humbleby, con el aire de quien se dispone a recitar un poema embriagador— arribó a Liverpool el 19 de febrero de 1947 a bordo del buque de vapor Cape Castle, que las había traído a ella y a su madre desde Sudáfrica. La camarera que las atendió durante la travesía se jubiló hace un año y se mudó a las Western Highlands; y puesto que no lee otro periódico que *The Scotsman,* y *The Scotsman* no fue uno de los diarios que publicaron la fotografía de Gloria Scott, la mujer no tenía ni idea de que sabía algo que podía sernos de ayuda. Madre e hija permanecieron en el camarote prácticamente todo el viaje, de modo que los otros pasajeros casi no las vieron. Pero la señora MacCutcheon, la camarera esta de la que le hablo, las vio mucho por su trabajo, y se acuerda de ellas muy bien. No hace falta que le diga que, en aquella travesía, Gloria Scott ni se llamaba Gloria ni se apellidaba Scott.

—Reconozco que el nombre de pila no lo sé, ahí me gana usted —dijo Fen con ecuanimidad—. Pero sí puedo decirle cuál era su apellido.

Y así lo hizo.

—¡Sí, sí! —Humbleby estaba pletórico—. Acierta usted plenamente. Ahora mismo no sé cómo ha llegado a esa conclusión, pero ha acertado. Basta para pedir una orden de arresto, ¿no le parece?

—Basta y sobra, en efecto —asintió Fen muy serio—. Pero antes de marcharse, no olvide pasar por el despacho de su jefe para decirle que ya no harán falta los servicios de Chichley.

—He ahí un placer que por pequeño no resulta menos gratificante —dijo Humbleby con tono aleccionador—. ¿Quiere acompañarme?

—No, gracias. Ver alimañas atrapadas no es un plato de gusto, por mucho que lo merezcan.

—Sí, tiene razón —dijo Humbleby recuperando la seriedad—. No es un asunto agradable. —Se puso de pie—. Pero si quiere que nos reunamos más tarde, podemos hablar de eso y más.

—Estaré en el Ateneo —dijo Fen—. Si tiene tiempo, venga a cenar conmigo. Y si no, pásese de todos modos.

—*Cerrado.* —Humbleby se dirigió hacia la puerta—. Caso Crane *cerrado.* A partir de ahora queda en manos de los abogados… Hasta esta noche, entonces.

Una hora y media más tarde estaba llamando a la puerta de cierto hogar. Abrió una criada, una muchacha de pechos generosos y aspecto descuidado que resultaba imposible no asociar con los bajos fondos de una novela del siglo XVIII. No, señor, respondió, el señor no había pasado por casa desde esa mañana. Y no, tampoco tenía ni idea de dónde podía estar. Llevaba unos días que no paraba de entrar y salir, vaya. Un ajetreo un poco sospechoso, en su opinión. Sí, sí (aspirando por la nariz con altanería), podían entrar y echar un vistazo si no la creían…

Entraron y echaron un vistazo; el dueño estaba ausente, en efecto. Humbleby apostó dos agentes en la puerta, por si este decidía volver, y con resignación se subió al coche con su sargento y se marchó. Al sargento no le apetecía verse implicado en el *denoument* de un caso que estaba en boca de todo el país. Era un hombre de la vieja escuela: para él un asesinato era un asesinato, fuera la víctima una estrella de cine o un mendigo, y las detenciones eran todas iguales, en la medida en que constituían una vindicación ética y el cumplimiento de un deber. Después de aclararse la garganta de manera aparatosa, sí que se tomó la licencia, no obstante, de romper el hielo y dirigir una pregunta a su superior.

—¿Cree que conseguirá largarse del país, señor? —preguntó en tono casual.

Humbleby gruñó.

—Espero que no. Además, hoy en día tampoco resulta tan fácil, ¿no le parece?

—Con toda esa reglamentación del Gobierno es más bien difícil, señor. Ya sé que en parte nos ayuda, pero yo podría vivir sin ella perfectamente. Cuanta más burocracia, más chanchullos y más posibilidades de ensuciarse las manos. Y, qué quiere que le diga, de eso ya tenemos de sobra.

Humbleby se mostró de acuerdo con esta crítica.

—Pero, a pesar de todo eso, la burocracia es útil en este caso —observó—. Las probabilidades de que nuestro hombre se nos escape son de… Bueno, de una entre cien…

* * *

Pero, mientras la muerte natural no se lo lleve, no cabe duda de que Evan George sigue ufanándose, muchos años después, de que le tocase ese uno por ciento.

CAPÍTULO V

1

A la atención del profesor Gervase Fen, Leiper Films Inc., Estudios de Long Fulton, Inglaterra.

México, abril de 1949

Estimado profesor Fen:

Me figuro que le sorprenderá que me dirija a usted antes que a la policía; al fin y al cabo, nuestra relación fue breve y superficial. Pero siempre he profesado gran admiración por su talento en el campo de la criminología, así como en el académico, y me complacería que fuera usted el depositario legal de mi confesión, la cual no me cabe duda de que alcanzará cierta notoriedad en los anales del crimen. Deberá usted pasársela a la policía, cómo no, a fin de que el caso pueda cerrarse definitivamente y queden despejadas cuantas dudas tengan... Como habrá visto, no me arrepiento: aquellos tres odiosos jóvenes merecían morir. Pero es curioso el vacío espiritual que siento ahora, una vez rematada la tarea.

Lo único que lamento es no haber podido seguir la investigación de cerca. Me hubiese gustado saber si tenía una remota idea de la verdad *antes* de que mi huida me delatase. Teniendo en cuenta su destreza y mi negligencia deliberada, me figuro que tenía usted más que una remota idea.

Por favor, fíjese en que he dicho negligencia *deliberada.* Sé que, de haber querido, habría cubierto mis huellas con tanta eficacia que ni siquiera usted habría sospechado jamás de mí. Pero, claro, tenía la certeza de que lo único que no podría ocultar por mucho tiempo era la identidad de «Gloria Scott», y puesto que ese dato ya era incriminatorio, las precauciones que tomé con respecto a los asesinatos en sí fueron más bien burdas, y destinadas únicamente a concederme el tiempo que necesitaba para terminar lo que me había propuesto.

Si hay algo que tendrá claro llegados a este punto es una cosa: la muchacha que conocían bajo el nombre de «Gloria Scott» era, de hecho, mi hija Madeline.

Y la adoraba.

Fíjese en el tiempo verbal. No hablo en pasado solo porque Madeline ya no esté viva. Algo —un giro psicológico del todo inesperado— me sucedió cuando vi morir a Maurice Crane el sábado aquel…

Pero ya se enterará de eso a su debido tiempo.

«Gloria Scott» era mi hija. Y para explicarle por qué maté a los Crane he de retrotraerme a mis días de casado, hace casi veinte años.

La verdad es que aquella unión no podría haber sido menos sensata. Dorothy y yo éramos incompatibles prácticamente en todos los aspectos. La conocí en Johannesburgo, donde nací y pasé los primeros treinta y siete años de mi vida. Y ahora, al echar la vista atrás, se me antoja increíble que alguna vez pudiese resultarme mínimamente atractiva. No obstante, así fue. Tenga en cuenta que no empecé a escribir, ni gocé de una reputación ni de unos ingresos decentes hasta muy entrado en años. Por la época en que conocí a Dorothy, yo era una persona muy insignificante, que ganaba una miseria como empleado de la oficina que la Compañía de Diamantes De Windt tenía en Johannesburgo, y Dorothy gozaba de un nivel económico muchísimo más elevado. Sus padres, como los míos, habían fallecido, y le habían dejado una renta; nada del otro mundo, pero muy decente para vivir. Ya por entonces yo anhelaba dedicarme a la literatura, y para poder escribir necesitaba dinero sin tener que trabajar, para ir tirando hasta que consiguiera vivir de lo mío.

Así fue como pasó, ¿entiende? No fue con Dorothy con quien contraje matrimonio, sino con la cuenta de depósito que ella tenía en el banco.

Era una muchacha delgada, alta, muy rubia, con ojos azul desleído. Como usted bien sabe, yo soy bajo y moreno, y he reparado en que a los hombres como yo a menudo les cautivan mujeres con esa clase de físico. Y de alguna extraña manera —puesto que acabó casándose conmigo—, también ella debió de sentirse atraída por mí, aun a pesar de lo anodino que fuera mi aspecto. Me gustaría pensar que intuyó mi talento, pero eso sería decir mucho en su favor. De hecho, estoy convencido de que ella consideró desde el principio que el matrimonio le daba carta blanca para practicar un acoso sin freno. Y yo fui lo bastante estúpido para caer en la trampa.

A las pocas semanas de casarnos, mi vida era un infierno. Entre mi físico menudo y mi total dependencia de Dorothy en el aspecto económico, me vi impotente, atado de pies y manos. Los hombres enclenques que son maltratados por sus mujeronas suelen ser objeto de burla, pero le puedo asegurar por experiencia que la situación no tiene gracia... Si ella hubiese mostrado algún respeto hacia lo que yo escribía, quizá yo hubiese soportado lo demás, pero al principio no tuve ningún éxito, y ella no dejaba pasar ni una sola oportunidad de mofarse de mi obra. Y las relaciones sexuales, cuando ella se prestaba a mantenerlas, eran pura condescendencia, una pantomima incalificable.

Pero entonces nació Madeline.

Después de la creación artística, Madeline es la que ha suscitado en mí las emociones más fuertes. Yo no he experimentado nunca el amor tal y como lo conocen otras personas, y jamás he mantenido relaciones de amistad profundas y duraderas, así que desde el punto de vista emocional estaba muy frustrado, reprimido, y todo el afecto que era capaz de mostrar quedó a disposición de Madeline cuando llegó. La adoraba, era un amor tan fuerte que nada, ni siquiera mi trabajo, podía hacerle sombra. Y ahora que veo las cosas con más claridad, no puedo engañarme y fingir que aquella fuera una respuesta sana, ni mucho menos: fue una obsesión que se acentuó con los años hasta el punto de derivar casi en demencia. Pero si estoy escribiendo esta carta, no es para justificar mis sentimientos hacia Madeline, sino solamente para explicar lo que me llevó a entregarme a algo tan melodramático como la venganza.

Mi mujer me odiaba y me despreciaba. Y mi adoración por Madeline acabó por hacerle odiar y despreciar a Madeline también. No era físicamente cruel con la niña —aunque opino que lo habría sido, y disfrutado con ello, de haberse atrevido—, pero boicoteaba a Madeline de todas las maneras posibles, tanto es así que, ya desde que gateaba, me di cuenta de que Madeline se estaba volviendo cauta, retorcida y desconfiada. Me cuentan que Madeline no caía bien en los estudios, ni tampoco en el teatro de Menenford donde trabajó. Pero ¿a alguien le extraña que no fuera candorosa ni sincera ni confiada después de la infancia que tuvo? Estoy convencido de que, si no hubiese muerto, habría combatido, con el tiempo, los efectos de esa crianza, porque poseía una naturaleza dulce y generosa, pero una muchacha no puede pasarse diecisiete años encadenada a una madre que la odia sin que ello deforme su carácter gravemente.

Ahora ya puedo pensar en Madeline con cierta objetividad. Con los años se convirtió en una jovencita engreída, insensata y alocada. No hablaría así de ella si fuera culpa suya. Pero Dorothy fue la responsable; Dorothy y…

Iba a añadir «y nadie más», pero no sería verdad. De manera indirecta, también *yo* fui responsable.

Porque, verá, Dorothy pidió el divorcio y el tribunal le concedió a ella la custodia de Madeline. Lo que significa que, a partir de ese momento, Dorothy pudo practicar su sutil brutalidad con Madeline sin que nadie la frenase.

No hace falta que entre en detalles sobre el divorcio. Baste decir que mi vida familiar era abominable, que me acosté con otra y que Dorothy lo descubrió. Evidentemente, no dejó pasar la oportunidad de deshacerse de mí, y de no haber sido por Madeline yo habría estado encantado de librarme de *ella:* para entonces hubiera preferido morir de hambre o renunciar a escribir antes que seguir viviendo de su asqueroso dinero. Pero yo adoraba a la pequeña Madeline —tenía seis años por aquel entonces—, y solo pensar en separarme de ella me resultaba insoportable. Dorothy lo sabía, y conseguir la custodia de Madeline fue su gran victoria, el bocado más suculento y satisfactorio de su venganza. Hice lo imposible por revocar la sentencia, pero fue en vano. Hasta pensé en suicidarme, pero me pareció que así solo traicionaría a Madeline, porque cabía la posibilidad de que llegase un día, no importa cuán lejano, en el que quizá fuera capaz de serle de ayuda. Lo que hice al final fue emborracharme y abandonar Sudáfrica. Estuve ebrio tres semanas seguidas, y cuando me quedé sin dinero me pagué el pasaje trabajando a bordo de un barco con rumbo a Inglaterra.

Tenía derecho a ver a Madeline una vez al mes, pero me pareció que lo mejor era romper con todo radicalmente.

En Inglaterra reconocieron mi talento y prosperé; si trabajaba y ahorraba era por Madeline, no había un solo día en el que no pensara en ella. A veces me llegaban noticias suyas a través de amigos que vivían en Sudáfrica y estaban al tanto de cómo me sentía, pero en Inglaterra no se la mencioné a nadie, jamás, e incluso dudo de que alguien supiera siquiera que había estado casado; a decir verdad, no era algo de lo que me apeteciese hablar. No me la quitaba de la cabeza, claro, y me preocupaba, y bueno, no niego que el tema me ofuscara lo suyo. Pero, aunque fuera de manera fragmentaria, me mantenían informado sobre Madeline, y lo que no me contaban ya lo deducía o imaginaba yo solo. De vez en cuando me enviaban alguna fotografía también…

Y eso fue lo que me permitió reconocer a mi hija en la fiesta de Nicholas Crane.

Me enteré de que Dorothy y Madeline partían rumbo a Inglaterra: a Dorothy le habían diagnosticado cáncer de pulmón y quería que la vieran en una de las consultas privadas de Harley Street. Yo intenté seguirles el rastro después de que desembarcaran en Inglaterra, pero fracasé estrepitosamente. En consecuencia, pasé dos años terribles sin noticias de ellas, sin saber si estaban vivas o muertas. Me había propuesto intentar reconciliarme con Dorothy, a fin de poder ver a Madeline de nuevo, pero daba la impresión de que ambas se hubieran evaporado nada más desembarcar. Empiezo a sospechar que la agencia de detectives que contraté era extremadamente incompetente.

Estaba hundido en la más profunda de las miserias cuando Leiper me vino con la propuesta de que escribiera el guion de *La dama desdichada.* Lo primero que pensé fue rechazarla —cualquier encargo se me hacía muy cuesta arriba en ese momento—, pero entonces decidí que quizá una nueva clase de trabajo me sacase un poco de mi depresión, así que al final acepté. Por supuesto, no tenía ni la más remota idea de que Madeline estaba metida en el mundillo del cine, y aunque los oí referirse un par de veces a «Gloria Scott», el nombre no me dijo nada, como es natural; y como su papel en la película no era tan importante como para justificar su presencia en nuestras reuniones de guion, no tuve oportunidad de conocerla.

Hasta que llegó la noche de la fiesta de Nicholas Crane.

Yo estaba hablando con alguien cuando llegó ella, y no la vi en un primer momento. Eso sí, cuando lo hice, la reconocí al instante; y creo que de no haber ido tan bebido como iba, me habría dado un ataque. Sin embargo, no fue así. Me quedé pasmado, incapaz de creer que no estaba soñando.

Y ella me reconoció a mí, desde luego. Caroline Cecil le contó a su amigo el inspector Humbleby que algo dejó descolocada a Madeline nada más entrar; y ese algo fue encontrarme a mí allí de manera inesperada. Ella sabía quién era su padre, y mi fotografía había aparecido en la sobrecubierta de varios de mis libros; pero parece ser que, hasta ese momento, no tenía ni idea de que yo estuviera relacionado ni con el cine en general, ni con *La dama desdichada* en particular. De modo que se llevó una fuerte impresión al encontrarme allí.

Nos presentaron. Conversamos como lo hacen un par de extraños. Ella no estaba segura de que yo la hubiese reconocido, ni yo de que ella me hubiese reconocido a mí, y creo que los dos pensamos que una fiesta tumultuosa no era el mejor lugar para un reencuentro como el nuestro. Además, yo estaba aturdido. Era como inventarse una isla o un continente y descubrir que existía realmente tal y como uno lo había imaginado. La fiesta se prolongó y yo bebí mucho más. Madeline se quedó a hablar con Nicholas Crane y yo salí y me quedé esperándola en la calle. De hecho, se quedaron conmigo un par de personas más.

Es curioso cómo funciona la cabeza. Yo daba por hecho que, a la vista de lo mucho que ansiaba estar con Madeline, ella querría estar conmigo. Pero no era así, claro está. Llevaba tanto tiempo apartado de su vida que tan solo era un nombre para ella —y Dios sabe las mentiras que Dorothy le habría contado sobre mí—. Sea como sea, llevaba ya dos años viviendo sola en Inglaterra, y aun así no había intentado ponerse en contacto conmigo… Lo habría hecho, quizá, si se hubiera visto en una situación desesperada, pero hasta que el señor Nicholas Crane no se cruzó en su camino había conseguido evitarlo.

Y al final fue a mí a quien recurrió en busca de consuelo. Esa noche, mientras caminábamos juntos hacia Piccadilly, se desahogó y me lo contó todo: lo mucho que había acabado odiando a Dorothy, que la misma noche después de desembarcar esta había fallecido en el hotel de Liverpool donde se hospedaban y que, como solo tenía diecisiete años, creyendo que le designarían como tutor a un hermano especialmente odioso de Dorothy, había huido a Menenford esa misma noche, sin advertir a nadie de la muerte de su madre, y allí había conseguido un empleo en el teatro de repertorio bajo un nombre falso. Parece ser que tenía miedo de que la policía diese con ella, pero en el equipaje de Dorothy no había ninguna foto suya, y aunque el departamento de Personas Desaparecidas consiguió que les enviaran una desde Sudáfrica, jamás llegaron a localizarla. El problema de la cartilla de racionamiento lo solventó haciendo todas sus comidas en bares y cafés. Así fue como empezó una vida completamente nueva…

Aquella noche en Mayfair estaba destrozada, casi histérica. Y no es de extrañar. Además de todo lo anterior, me contó lo que le habían hecho Maurice, Madge y Nicholas Crane.

Se puede imaginar cómo me sentí. En cuanto a ella, lo único que quería era marcharse corriendo a casa y enterrar la cabeza bajo la almohada. La consolé lo mejor que supe, y después de quedar en que pasaría a verla a su nueva dirección por la mañana para hablar con tranquilidad, la dejé en el taxi. No tenía ganas de estar con nadie, ni siquiera conmigo.

Como es natural, le mentí a la policía acerca de este episodio. Para entonces, Maurice Crane estaba muerto, y no podía contarles que era el padre de Gloria Scott.

Me quedé varios minutos allí plantado en Piccadilly después de que se marchara el taxi. Estaba inquieto. Aunque un poco tarde, se me ocurrió de repente que Madeline no debería estar sola dado su estado de ánimo. Así que, pasado un rato, paré un segundo taxi y le pedí al conductor que me llevase a Stamford Street.

Y para cuando llegamos al puente de Waterloo, justo estaban sacando a mi hija del río.

Me fijé en la pequeña multitud que se había reunido allí, y le pedí al taxista que parase. De alguna manera, no sé cómo, presentía lo que había sucedido. Estuve allí el tiempo necesario para constatar que no me equivocaba. Luego el taxi me llevó de regreso al hotel.

No pegué ojo en toda la noche. Estaba fuera de mí, supongo. Había dos líneas de la Elegía de Pope que se repetían en bucle en mi cabeza. «Sobre el linaje una venganza súbita despierta, y demasiados coches fúnebres asediarán su puerta…»

Tan solo deseaba hacer una cosa: matar.

Y había tres personas sin las cuales el mundo estaría mucho mejor.

2

Como sabe, empleé colchicina, y fue una elección bastante arbitraria. Solo podía recurrir a venenos vegetales, claro —nunca he llegado a entender por qué los asesinos insisten en comprar paquetes de arsénico en la droguería, cuando campos, bosques y jardines están repletos de sustancias igual de mortíferas—, pero lo mismo podría haber utilizado aconitina o belladona. Quizá fuera porque el azafrán silvestre es para mí una de las flores más hermosas… No tenía recursos —cloroformo y demás— para aislar el principio activo de la droga. Pero mi destilación casera no salió nada mal, ¿eh? Y si no hubiese funcionado, siempre podría haber recurrido a otro método.

Preparé la destilación el viernes, justo antes del almuerzo. Con anterioridad había pasado por Stamford Street para eliminar cualquier evidencia que pudiese dar pistas sobre el verdadero nombre de Madeline. Si me toma por tonto —cosa que no soy ni por asomo—, permita que insista en que esta operación no tuvo nunca otro objetivo que no fuera retrasar la investigación; sabía que tarde o temprano determinarían la verdadera identidad de mi hija. Como táctica dilatoria, no obstante, fue muy útil, porque a esas alturas no podía prever qué oportunidades tendría para acceder a mis víctimas, y necesitaba unos días de inmunidad para trabajar.

Fíjese que digo unos días, porque lo cierto es que tenía la intención sincera de entregarme nada más terminada la faena. ¿Le sorprende? Probablemente no. Seguro que se dio cuenta de que los descuidos de X —dejar las huellas de las pisadas es uno de ellos— solo podían explicarse con una hipótesis de esa clase, sobre todo cuando la persona en cuestión había demostrado ser tan inteligente en otros aspectos (por ejemplo, llevé guantes en todo momento). Al final, empero, el hábito de estar vivo se impuso. No fue por falta de valentía por lo que no me entregué; fue el convencimiento de que un acto semejante carecería de trascendencia social y, como tal, sería meramente irracional y supersticioso.

Cuando estuve en Stamford Street, aproveché para llevarme uno o dos recuerdos de Madeline por razones sentimentales.

Los tengo aquí conmigo, pero es curioso lo poco que me conmueven ahora.

Envenené el medicamento de Maurice Crane ese viernes por la tarde. Los jardines de Lanthorn House son perfectos para esconderse, y estaba reconociendo el terreno cuando, casualmente, lo divisé en la ventana de su dormitorio. De esta manera pude localizar la habitación correcta sin demasiada dificultad. Una casa tan grande y tan llena de recovecos resulta completamente vulnerable, y fue fácil colarse. Merodear por el interior a escondidas y con una dosis de colchicina en el bolsillo era muy arriesgado, pero nunca he sido una persona que se arredre ante el peligro, y dicen que los dioses protegen al audaz. Conmigo lo hicieron, vaya, entonces y hasta el final. En Stamford Street, en Lanthorn House, en Doon Island, en el piso londinense de Nicholas Crane: en todas y cada una de estas ocasiones salí indemne. Un ángel de la guarda —¡o un demonio, dirán!— veló por mí, y mi confianza creció exponencialmente con cada éxito.

Me fui a casa y esperé a ver qué pasaba. Usted ya sabe cómo se desarrollaron los acontecimientos. Maurice Crane murió, y ante mis propios ojos, además. Y fue en ese preciso instante cuando, de golpe y porrazo, Madeline dejó de importarme. Evitaré ahondar demasiado en este tema, no sea que algún ignorante me malinterprete. Pero bastará si le digo que, en el momento mismo de la muerte de Maurice Crane, fue como si una emoción aún más fuerte que el amor que sentía por Madeline lo emborronase, o lo apartase violentamente a un lado. Hasta entonces no creía que pudiera existir una emoción tan intensa. Pero me equivocaba. Lo que sentí entonces fue la más fuerte y profunda y embriagadora de las emociones, y desde entonces no dejo de preguntarme ¡cómo me las apañé para disimularlo! Pero, bueno, soy un excelente actor, y de alguna manera lo conseguí.

Nicholas Crane era el siguiente en la lista, y hasta el lunes a primera hora no se me presentó una oportunidad para ocuparme de él. Pero al final las Parcas fueron benévolas. Me acerqué a su piso a las siete y media con un pretexto. ¡Una hora nada plausible para ir de visita! Pero me devoraba la impaciencia y me traía sin cuidado si mi irrupción le parecía sospechosa o no. La excusa para sacarlo de la cama era que me marchaba pronto de Londres rumbo al norte y antes quería consultarle una serie de detalles técnicos —ángulos de cámara, panorámicas y esas cosas— para el guion. Podría o no habérselo creído, y podría o no haberse presentado la ocasión de colocar el veneno. Pero al final, todas estas consideraciones resultaron irrelevantes. Por una bendita coincidencia él había salido y, sin querer, se había dejado la puerta mal cerrada. De manera que pude hacer lo que me dio la gana.

Esa tarde bajé en coche hasta Doon Island. Allí tuve que esperar un par de horas hasta que fue posible entrar en la casa de Madge Crane, y cuando por fin pude hacerlo, entre las seis y las siete, me surgieron serias dudas sobre dónde introducir el veneno. Permítame que deje una cosa bien clara. Aunque la muerte de Maurice Crane me cambió psicológicamente, de manera que lo que impulsaba mis actos ya no era mi devoción por Madeline, sino algo totalmente distinto… A pesar de esto, jamás me entregué, por tentado que estuviese, a matar de forma indiscriminada y por puro placer. De haber sucumbido a esa tentación, la muchacha que me persiguió hasta el interior del Laberinto no estaría viva. Ni tampoco usted. Y es probable que tampoco otras cuantas personas. Pero posco una gran capacidad de autocontrol y me contuve. El mero deleite que pueda producir una experiencia, por intenso que sea, no justifica que uno se refocile en ella, creo yo. De modo que, en realidad, ¡no soy el monstruo sin escrúpulos que probablemente algunos dirán que soy!

Y todo esto viene a cuento de explicar el aprieto en el que me encontré después de trepar por una ventana y colarme en la casa de Madge Crane. Esta vez parecía no haber medicamento, y cualquier otra cosa que envenenase podría haber sido consumida también por la secretaria. Al final tuve que conformarme con añadir mi colchicina a la ginebra, por insatisfactoria que fuera la opción. Pero de nuevo funcionó exactamente como pretendía, aunque no hasta treinta y seis horas después, claro está.

Esa noche regresé a Lanthorn House, y allí manipulé la dirección del coche de Nicholas Crane. Pensé, ¿sabe usted?, que era muy probable que Nicholas y Madge se pusieran en guardia contra un posible envenenamiento tan pronto como se descubriese la causa de la muerte de Maurice Crane; de modo que había que planificar otras alternativas. Como recordará, había reunión de guion al día siguiente, el martes por la mañana, y me quedé espantado cuando vi a David Crane llegar a los estudios en el coche de Nicholas. Yo no tenía nada en contra de David, no deseaba verlo morir. Después del almuerzo, pues, cuando los carpinteros reanudaron su trabajo en el taller, inutilicé el motor lo mejor que pude con una barra de hierro que encontré en la cochera. Así que ¡vaya y cuénteselo a los mentecatos que crean que soy un maníaco homicida!

El martes por la noche maté a Nicholas. Me apena reconocer que me pilló desprevenido; de lo contrario, habría sido un encontronazo menos frontal. Me parece que puedo sentirme orgulloso de mí mismo, aunque sea un poco. Se dio cuenta al instante de por qué estaba yo allí, era más corpulento, más joven y más fuerte que yo, y además llevaba una pistola, mientras que yo solo tenía una navaja de mis tiempos en Sudáfrica. Pero arremetí contra él sin pensarlo, y él se puso tan nervioso que erró el tiro varias yardas. El instante en que la navaja lo penetró fue el mejor de todos… Y, claro, seguro que está pensando que es mera sed de sangre lo que experimenté. Si de verdad lo piensa, se equivoca. Puedo afirmar sin ningún género de dudas que mi excitación fue de una naturaleza mucho más sutil e intelectual.

Por desgracia, perdí la cabeza tan pronto hube consumado el crimen. Cuando oí que alguien se acercaba, salí huyendo, sin caer en la cuenta de que no era más que una muchacha solitaria. Ya le habrán contado nuestro jueguecito del escondite en el Laberinto. ¡Huelga decir que no me metí allí de forma intencionada! ¡Incluso hubo momentos en que llegué a preguntarme si algún día lograría salir! La muchacha y yo debimos llegar al centro más o menos al mismo tiempo, sin saberlo, pero por rutas diferentes. En el momento en que prendió la cerilla aquella, gritó y se desmayó, justo me había caído encima del montículo de la tumba en la oscuridad, y trataba de averiguar a gatas si me encontraba al borde de alguna fosa o algo… Es normal que la muchacha se pusiera un poco nerviosa. ¡Demasiados escrúpulos, eh! Debo disculparme por haberle noqueado y quitado el cordel, pero comprenderá que estaba un tanto desesperado por retrasar la persecución…

Bueno, la historia casi se aproxima a su fin. Las noticias de última hora de las ediciones extra de la prensa matutina del miércoles me informaron de que Madge Crane estaba muerta y mi tarea cumplida, así que decidí que había llegado el momento de hacer las maletas. En el puerto de Brixham, en Devon, robé una lancha motora y, caída la noche, crucé con ella hasta la costa francesa, donde desembarqué cerca de Cherburgo, una zona que conozco muy bien. Allí embarqué rumbo a México, y aquí me tiene. He estado invirtiendo en diamantes desde que acabó la guerra —una precaución que le aconsejo que tome en estos tiempos en que tanto se tambalean las monedas— y pude traerme cierta cantidad de piedras conmigo. Me permitirán vivir cómodamente, aquí o en otra parte, durante mucho mucho tiempo.

Pues bien, ya lo sabe todo. Pero hay una última cosa que debo decirle, y es que…

Aquí el manuscrito se interrumpía.

3

—Hasta cierto punto —dijo Fen—, uno se queda con la intriga de qué sería esa «última cosa». Supongo que la típica afirmación reivindicando haber sido único. Dudo que haya existido un solo asesino que no creyera que su intelecto carecía de precedente en la historia de la humanidad.

Judy Flecker asintió con la cabeza.

—Pero ha escrito otras confesiones, ¿no es así? —dijo—. A lo mejor podría usted rellenar los vacíos con ellas.

—Ha escrito docenas, en efecto —corroboró Humbleby—. Que yo sepa no ha parado de escribirlas. Pero la mayoría son pura fantasía. Tengo entendido que las últimas las ha enviado en su mayor parte a dignatarios de la Iglesia; el moderador de la asamblea metodista es uno de sus destinatarios preferidos.

—¿Y siempre es México adonde cree haber huido?

—No; a veces es a Labrador, y otras al Sáhara. Ninguno de estos lugares se parece al interior de Broadmoor,[16] pero tampoco es que le importe. No, lo que cuenta es que la carta de Fen, que fue la primera de todas, es la única coherente y, esto…, fundamentalmente veraz. Hemos realizado una

16. El de Broadmoor es un hospital psiquiátrico de alta seguridad situado en Berkshire, Inglaterra, que fue fundado en 1863 como «asilo para criminales lunáticos».

comprobación rutinaria del contenido y, salvo el penúltimo párrafo, es todo verdad.

—¿Y ahora está completamente loco?

—Así lo estimo, sí.

—¿Y cree que ya estaba loco cuando cometió los asesinatos?

—Es probable. No de manera patente, desde luego, pero si lo llega a examinar un médico, lo habría encerrado. A juzgar por lo que él mismo cuenta, fue ver morir a Maurice Crane lo que hizo que perdiera el juicio definitivamente.

—Me da escalofríos cada vez que pienso en él plantado a mi lado en ese espantoso laberinto… Tiene gracia, no llegué a conocerlo de manera normal, ¿saben?, ni siquiera le vi la cara. Lo detuvieron en Londres, ¿no?

—Sí. En un pub de Tottenham Court Road, a la hora del almuerzo, el jueves. Como recordará, todos los periódicos publicaron su fotografía en la edición de la mañana, y el dueño del pub lo reconoció y nos avisó por teléfono. Dios sabe qué hacía allí o qué intenciones tenía. Para entonces ya estaba loco de remate, y enseguida me di cuenta de que estaba demasiado tarado para llevarlo a juicio… Pero bueno, supongo que podemos darnos con un canto en los dientes.

Estaban en el salón del Club de los estudios de Long Fulton. Era una estancia alargada, de techos bajos con vigas vistas, provisto de butacas tapizadas de chintz, ceniceros dorados de latón y, en un extremo, un bar bien surtido. Sus copas reposaban sobre una mesa baja con tablero de cristal emplazada delante del sofá donde estaban sentados. La luminosa luz del sol de mayo entraba por las ventanas y, puesto que era mediodía y los de los estudios estaban casi todos trabajando, tenían el salón para ellos solos. Fen y Humbleby habían acudido por invitación de Judy; solo la semana anterior, casi dos meses después del *denouement* del caso Crane, habían conseguido cerrar una fecha para reunirse los tres.

Judy miró a Fen.

—Y ahora, cuéntenos, ¿cómo le encontró lógica a todo el asunto?

—Muy fácil —contestó—, siempre y cuando uno contara con que el asesino no tenía un cómplice que estaba en Doon Island mientras él estaba en Lanthorn House, o viceversa. —Adoptó un tono resentido—. Pero desde el punto de vista deductivo, el caso no me satisfizo por la simple razón de que había demasiadas formas *alternativas* de resolver el misterio: con la ayuda del informe de las pisadas, por ejemplo; o mediante cualquiera de las numerosas combinaciones fortuitas de mero azar y mera rutina... Aun así, supongo que uno no puede pretender que la vida real se adapte al patrón de las historias de detectives, en las que si no fuera por el razonamiento puro y duro jamás se capturaría a un solo delincuente. A veces pienso...

—Venga —dijo Humbleby—, déjese de charlas y vaya al grano.

Fen le lanzó una mirada más bien fría.

—La pista crucial —dijo— no apareció hasta el final. Fue la información relativa al envenenamiento de la ginebra de Madge, según la cual este solo podía haberse efectuado entre las seis y las siete de la tarde del lunes. Ahora bien, el medicamento de Nicholas podían haberlo adulterado o bien entre las seis y las siete de la tarde del lunes, o bien entre las siete y las ocho de la mañana del lunes. Hasta una mente tan tarda como la de Humbleby se dio cuenta de que entre las seis y las siete de la tarde el asesino no podía haber estado tanto en Doon Island (envenenando la ginebra de Madge) como en Lanthorn House (envenenando el medicamento de Nicholas) por una estupenda razón, que es que entre ambos lugares hay tres horas y pico de viaje. Y eso significaba que el medicamento de Nicholas por fuerza tenía que haber sido adulterado entre las siete y las ocho de la mañana del lunes.

»Pues bien, desde el principio teníamos claro que se trataba de asesinatos intencionados, que las víctimas eran exclusivamente personas que habían perjudicado a Gloria Scott. Así pues, lo curioso acerca del momento en que adulteraron el medicamento de Nicholas era que se había efectuado horas antes de la publicación de la carta de Nicholas a Marge en el *Mercury*. Es decir, X estaba apuntando a Nicholas no solo mucho antes de que el mundo entero supiera que Nicholas había perjudicado a Gloria Scott, sino cuando se suponía que la muchacha era nada menos que su protegida. Yo me había figurado lo del contrato, pero dados los escrúpulos que había mostrado con lo de David y el coche, era cuestionable que X hubiese matado a Nicholas basándose en meras figuraciones.

—Aun así, ¿no existía la posibilidad de que lo del coche fuera una maniobra de distracción urdida por David? —intervino Judy.

—Sí, desde luego. Pero eso solo era plausible bajo la hipótesis de que David fuera el asesino, y Humbleby había sido testigo de que este no podía haber envenenado la ginebra de Madge de ninguna de las maneras.

—Ah, ya entiendo… Siga.

—Sabíamos, por tanto, que X se cuidaba de hacer daño a personas inocentes. Y, puesto que contaminó el medicamento de Nicholas el lunes muy temprano, era indudable que ya estaba al tanto de la artimaña con el contrato. ¿De quién podía haber obtenido esa información? Hasta las ocho y veinte de la mañana del lunes, cuando Snerd le entregó la carta a Rouncey, solo había cuatro personas que supieran de su existencia: Madge, Nicholas, Snerd… y la propia Gloria Scott.

»Ahora bien, se podía demostrar que ninguna de esas personas era X, evidentemente. Snerd podría haberlo sido, pero cuando apuñalaron a Nicholas, Snerd estaba en la cárcel, así que eso ya lo descartaba, aun cuando no hubiera otras pruebas para hacerlo. De modo que uno de los cuatro le había contado a otra persona la jugarreta que le habían gastado a Gloria. ¿Snerd? No, inconcebible: se había despachado a gusto cuando Humbleby lo interrogó, así que no podría haberse perjudicado más reconociendo eso también; además, no es la clase de hombre que mienta para proteger a alguien. ¿Madge y Nicholas? Impensable también. Se jugaban nada menos que sus respectivos empleos, así que no estaba la situación como para ir contándole a nadie su fea triquiñuela.

»Eso dejaba a Gloria Scott.

»Y solo había una persona con la que Gloria Scott hubiese hablado entre el momento en que Nicholas le dijo que la habían engañado y el momento en que se suicidó.

—Evan George —murmuró Judy—. Sí, *ya veo*... Pero, espere, ¿no podría haberle pasado la información a otra persona?

—Desde luego que sí. Pero, en ese caso, ¿por qué mentir acerca de su charla con Gloria? ¿Por qué negar (su silencio era una negación evidente) haber recibido la información?

—Bueno, si reconocía ser el padre de Gloria Scott, habría pasado a ser sospechoso del asesinato de Maurice Crane. Así que, incluso si no hubiera cometido el asesinato, no se habría atrevido a reconocerlo.

—No, me temo que esa teoría no es válida. En el momento en que mintió, todavía no estaba ni mucho menos claro que a Maurice Crane lo hubieran asesinado. Que George supiera, si era inocente, podía tratarse perfectamente de una muerte natural.

—Es verdad, claro... Hay otra posibilidad, no obstante. Evan George podría haber estado mintiendo acerca de su charla con Gloria para proteger a alguien; a una persona a la que le hubiese contado la conversación.

Fen arqueó las cejas.

—Pero ¿de qué forma iba su mentira a proteger a nadie? A esas alturas, el medicamento de Nicholas todavía no había sido envenenado, y hasta que eso sucedió, todo el asunto este acerca de quién conocía la triquiñuela del contrato era irrelevante: sencillamente no incriminaba a nadie. No, me temo que la conclusión era indiscutible: Evan George mintió; y el motivo no podía ser otro que para protegerse a sí mismo… En cuanto a la índole de su relación con Gloria, solo podía hacer elucubraciones, claro está; pero me pareció que lo más probable era que fuera su padre.

Se hizo un largo silencio; los tres estaban repasando el caso y reviviendo el papel que habían desempeñado en él. Entonces Judy dijo:

—Pobre David… Me temo que va a tardar en recuperarse de toda esta historia.

—¿Sigue trabajando aquí? —preguntó Fen.

—No, lo ha dejado. Tampoco es que hiciera mucho, y de todos modos cumplirá treinta y cinco en agosto y recibirá el dinero que su padre le dejó en fideicomiso… El otro día me pidió que me casara con él.

—¿Y le ha dicho que sí?

—Me temo que no. Es muy buen chico, pero con él solo tendría un cuarto de marido. Necesitaría casarme con tres más como él para completar el marido entero, y la poligamia es ilegal.

—Poliandria —la corrigió Fen con sutileza.

—Pues poliandria… Aunque no sé yo —dijo Judy con aire soñador—, la verdad es que con varios maridos seguro que no me aburriría.

—Una cosa es que no se aburra —observó Fen—, y otra que sea burra y cometa una asna… —Se interrumpió—. Por cierto, ¿qué va a pasar con *La dama desdichada*?

—Se va al cajón —dijo Judy—. Al cajón *sine die.* Leiper se habrá cansado de ella de repente. Ahora mismo tiene en mente rodar una película sobre sir Philip Sidney.[17]

—Con la que pretenderá demostrar, sin duda —dijo Fen mordazmente—, que todo el corpus poético de Sidney se lo inventó en 1909 el señor T. S. Eliot.

Humbleby consultó su reloj.

—Bueno, lo siento, pero he de marcharme. Tengo una cita con una serie de robos en Hammersmith.

—Solo una cosa más antes de que se vaya. —Judy se inclinó hacia delante y habló muy seria—. ¿Cree que es verdad eso que cuenta George en su confesión acerca de la infancia desgraciada de Gloria?

—Por lo que he podido comprobar, lo es. ¿Por qué lo pregunta?

—Oh, no sé… Me caía verdaderamente bien, ya lo sabe. Y cuando repaso todo lo ocurrido, es en ella en la que más pienso. No pudo tener peor suerte en esta vida, con una madre cruel y puede que también una lacra heredada de su padre.

—Sí —dijo Humbleby con gravedad—, no hay duda de que tuvo muy mala suerte. Nadie puede culparla de sus defectos.

Fen asintió con la cabeza.

—Y, así pues, nuestro brindis final es inevitable. El caso empezó con Gloria Scott, y con ella debe cerrarse…

Alzó su copa, y ellos las suyas.

—En memoria de una dama desdichada.

17. Sidney, una de las más eminentes figuras de la Inglaterra isabelina, fue poeta, cortesano, académico y militar, y se le atribuye la introducción del soneto en la literatura inglesa.

ÍNDICE

Esta edición de *Demasiados coches fúnebres,* de Edmund Crispin,
terminó de imprimirse el día 28 de mayo de 2025
en los talleres de la imprenta Kadmos, en Salamanca,
sobre papel Coral Book Ivory de 90 g
y tipografía Adobe Garamond Pro de 12,2 pt.

EDMUND CRISPIN EN IMPEDIMENTA

LA JUGUETERÍA ERRANTE

Un misterio para Gervase Fen

Traducción de José C. Vales

«Hilarante... Estamos ante una de las novelas más entretenidas jamás escritas.»
—*Washington Post*

www.impedimenta.es